Agatha Christie

Miss Marple

Die verschwundenen Goldbarren

Illustrationen von
Charlotte Panowsky

Loewe

CIP-Kurztitelaufnahme der Deutschen Bibliothek

Christie, Agatha:
Miss Marple, die verschwundenen Goldbarren/Agatha Christie.
[Übers. aus dem Engl. von Maria Meinert.]
Bayreuth: Loewe, 1986.
Einheitssacht.: The thirteen problems <dt.>
ISBN 3-7855-2077-8

Lizenzausgabe mit Genehmigung
des Scherz Verlags, Bern und München
Titel des Originals: „The Thirteen Problems“
Titel der Ausgabe im Scherz Verlag:
„Der Dienstagabend-Club“

Übersetzung aus dem Englischen von Maria Meinert

ISBN 3-7855-2077-8
Umschlagzeichnung: Charlotte Panowsky
Umschlagkonzeption: Creativ GmbH, Stuttgart
Satz: Fotosatz Glücker, Würzburg
Druck und Bindung: Wiener Verlag, Himberg
Printed in Austria

Inhalt

Der Dienstagabend-Klub

„Ungelöste Rätsel."

Raymond West blies eine Rauchwolke vor sich hin und wiederholte die Worte mit einer gewissen Selbstgefälligkeit.

„Ungelöste Rätsel."

Er blickte sich voller Behagen um in dem alten Zimmer mit den breiten schwarzen Deckenbalken und den guten alten Möbeln, die so ganz und gar dazugehörten. Von Beruf war er Schriftsteller und schätzte eine harmonische Atmosphäre sehr. Das Haus seiner alten Tante Jane hatte ihm von jeher gefallen, da es in seinen Augen den richtigen Rahmen für ihre Persönlichkeit bildete. Sein Blick wanderte hinüber auf die andere Seite des Kamins zu dem behäbigen Großvaterstuhl, in dem sie kerzengerade saß. Miss Marple trug ein in der Taille eng zusammengerafftes Kleid aus schwarzem Brokat, und Brabanter Spitzen fielen in Kaskaden über ihren Busen. Sie hatte schwarze Spitzenhandschuhe ohne Finger an, und ein schwarzes Spitzenhäubchen thronte auf dem kunstvoll aufgetürmten schneeweißen Haar. Sie strickte etwas aus weicher weißer Wolle. Ihre verblichenen blauen Augen, die so gütig und freundlich dreinschauten, glitten mit sanftem Wohlgefallen über ihren Neffen und seine Gäste. Zunächst ruhten sie auf Raymond selbst, der so selbstbewußt und heiter dasaß, dann auf Joyce Lemprière, der Künstlerin mit dem kurzgeschnittenen Haar und den eigenartigen haselgrünen Augen, danach auf dem gutgekleideten Weltmann Sir Henry Clithering. Es waren noch zwei weitere Leute anwesend: Dr. Prender, der ältliche Geistliche der Gemeinde, und Mr. Petherick, der Rechtsanwalt, ein kleiner vertrockneter Mann, der stets über seine Brillengläser hinwegblickte. Nach kurzer, aufmerksamer Betrachtung wandte sich Miss Marple wieder ihrer Strickarbeit zu, während ein Lächeln um ihre Lippen spielte.

Mr. Petherick ließ das trockene Hüsteln vernehmen, mit dem er gewöhnlich seine Bemerkungen einleitete.

„Was sagen Sie da, Raymond? Ungelöste Rätsel? Ha – was hat's damit auf sich?"

„Gar nichts", rief Joyce Lemprière. „Raymond liebt nur den Klang der Worte seiner eigenen Stimme."

Raymond West blickte sie vorwurfsvoll an. Sie aber warf den Kopf zurück und lachte.

„Es ist doch Humbug, nicht wahr, Miss Marple?“ fragte sie gebieterisch. „Davon sind Sie sicher überzeugt.“

Miss Marple lächelte ihr sanft zu, ohne jedoch etwas darauf zu erwidern.

„Das Leben selbst ist ein ungelöstes Rätsel“, ließ sich der Pfarrer vernehmen.

Raymond richtete sich auf und warf mit einer impulsiven Bewegung seine Zigarette fort.

„So war es nicht gemeint. Ich habe nicht im philosophischen Sinne gesprochen“, erklärte er. „Ich habe an nackte, nüchterne Tatsachen gedacht, an Begebenheiten, die niemals aufgeklärt worden sind. Ich dachte an Mordaffären und geheimnisvolles Verschwinden – an Vorkommnisse, von denen uns Sir Henry stundenlang erzählen könnte, wenn er wollte.“

„Aber ich plaudere nicht aus der Schule“, meinte Sir Henry bescheiden. „Nein, das Fachsimpeln liegt mir nicht.“

Sir Henry Clithering war bis vor kurzem Kommissar von Scotland Yard gewesen.

„Es gibt wohl eine ganze Reihe von Mordfällen und anderen Verbrechen, die von der Polizei nie aufgeklärt worden sind“, äußerte sich Joyce Lemprière.

„Das wird im allgemeinen zugegeben“, bestätigte Mr. Petherick.

„Ich möchte doch wissen“, rief Raymond West, „was für eine Art von menschlichem Gehirn am besten dazu befähigt ist, die Fäden eines Geheimnisses zu entwirren. Man hat immer das Gefühl, daß dem durchschnittlichen Polizeidetektiv die nötige Portion Phantasie fehlt.“

„Das ist die Ansicht des Laien“, bemerkte Sir Henry trokken.

„Sie sollten ein Komitee gründen“, meinte Joyce lächelnd. „Betreffend Psychologie und Phantasie wende man sich an den Schriftsteller . . .“

Sie machte eine ironische Verbeugung gegen Raymond, er aber blieb ernst.

„Die Kunst des Schreibens verschafft einem die Einsicht in die menschliche Natur“, erwiderte er mit gesetzter Miene.

„Man entdeckt vielleicht Motive, die der Durchschnittsmensch übersehen würde."

„Ich weiß, lieber Neffe", mischte sich Miss Marple ein, „daß du sehr interessante Bücher schreibst. Aber glaubst du, daß die Leute wirklich so unangenehm sind, wie du sie schilderst?"

„Meine liebe Tante", erwiderte Raymond sanft, „bewahre dir deinen Glauben. Um keinen Preis der Welt möchte ich ihn dir zerstören."

„Ich will damit sagen", beharrte Miss Marple, während sie mit gerunzelter Stirn ihre Maschen zählte, „daß mir so viele Leute weder gut noch schlecht, sondern einfach töricht erscheinen."

Mr. Petherick räusperte sich wieder.

„Meinen Sie nicht, Raymond", fragte er, „daß Sie der Phantasie eine zu große Bedeutung beimessen? Phantasie ist etwas sehr Gefährliches, wie wir Rechtsanwälte nur zu gut wissen. Das Beweismaterial unparteiisch zu prüfen und den Tatsachen nüchtern ins Auge zu sehen, scheint mir die einzig logische Methode zu sein, die zur Wahrheit führt. Ich möchte noch hinzufügen, daß sie nach meinen Erfahrungen die einzige ist, die Erfolg hat."

„Pah!" rief Joyce und warf den schwarzen Kopf entrüstet zurück. „Ich möchte wetten, daß ich Sie alle auf diesem Gebiet übertrumpfen könnte. Ich bin nicht nur eine Frau – und Sie können sagen, was Sie wollen, Frauen besitzen eine Intuition, die Männern versagt ist –, ich bin auch eine Künstlerin. Meine Augen sehen Dinge, die Ihnen entgehen. Und dann habe ich mich als Künstlerin in allen Kreisen herumgetrieben. Ich kenne das Leben von allen Seiten, was zum Beispiel unserer lieben Miss Marple erspart geblieben ist."

„Das läßt sich nicht so ohne weiteres sagen, meine Liebe", entgegnete Miss Marple. „In einem Dorf kommen manchmal auch sehr peinliche und unglückselige Dinge vor."

„Darf ich auch ein paar Worte hinzufügen?" fragte Dr. Pender lächelnd. „Ich weiß, es ist heutzutage üblich, die Geistlichkeit zu belächeln, aber wir hören Dinge und kennen Seiten des menschlichen Charakters, die den lieben Mitmenschen ein Buch mit sieben Siegeln sind."

„Nun", meinte Joyce, „mir scheint, daß wir eine ziemlich

repräsentative Versammlung darstellen. Wie wäre es, wenn wir einen Klub bildeten? Was ist heute? Dienstag? Wir wollen ihn den Dienstagabend-Klub nennen. Er kommt jede Woche zusammen, und jedes Mitglied muß der Reihe nach ein Problem vorbringen. Irgendeine geheimnisvolle Angelegenheit, die ihm persönlich bekannt ist und deren Lösung er natürlich weiß. Wie viele sind wir denn eigentlich? Eins, zwei, drei, vier, fünf. Von Rechts wegen müßten es sechs sein."

„Sie haben mich vergessen, liebes Kind", sagte Miss Marple vergnügt lächelnd.

Joyce war ein wenig betroffen, ließ sich aber nichts anmerken.

„Das wäre herrlich, Miss Marple, wenn Sie sich auch daran beteiligen würden. Ich hatte angenommen, es sei Ihnen nichts daran gelegen."

„Ich denke es mir sehr interessant", erwiderte Miss Marple, „besonders, wenn so viele kluge Herren zugegen sind. Leider bin ich selbst nicht besonders klug, aber wenn man so viele Jahre in St. Mary Mead gelebt hat, gewinnt man eine gewisse Einsicht in die menschliche Natur."

„Ich bin überzeugt, daß Ihre Mitwirkung sich als sehr wertvoll erweisen wird", meinte Sir Henry höflich.

„Wer will anfangen?" fragte Joyce.

„Darüber besteht wohl kein Zweifel", meinte Dr. Pender, „wenn wir schon das große Glück haben, daß ein so berühmter Gast wie Sir Henry in unserer Mitte weilt ..."

Mit diesen Worten machte er gegen Sir Henry eine höfliche Verbeugung. Der letztere schwieg eine Weile. Dann schlug er seufzend die Beine übereinander und begann: „Es ist ein wenig schwierig für mich, gerade das auszuwählen, wonach Ihr Sinn steht, aber da fällt mir eben ein Beispiel ein, das Ihre Bedingungen tadellos erfüllt. Wahrscheinlich haben Sie vor einem Jahr etwas über diesen Fall in den Zeitungen gelesen. Damals wurde der Fall als ungelöstes Rätsel ad acta gelegt, aber zufälligerweise ist mir gerade vor wenigen Tagen die Lösung in die Hände gefallen.

Die Tatsachen sind sehr einfach. Drei Menschen setzten sich zum Abendessen nieder, das unter anderem aus Dosenhummer bestand. Später am Abend erkrankten alle drei, und ein

Arzt wurde schnell herbeigeholt. Zwei Personen erholten sich wieder, die dritte starb."

„Aha", sagte Raymond mit wachsendem Interesse.

„Wie gesagt, die Tatsachen als solche waren äußerst einfach. Der Tod wurde auf Fischvergiftung zurückgeführt und ein dementsprechender Totenschein ausgestellt. Das Opfer wurde mit allen Ehren bestattet. Aber dabei ließ man die Sache nicht bewenden."

Miss Marple nickte zustimmend. „Es entstand wohl ein Gerede, wie das meistens so ist."

„Und nun muß ich die handelnden Personen in diesem kleinen Drama vorstellen. Ich will den Mann und seine Frau Mr. und Mrs. Jones nennen und die Gesellschafterin der Frau Miss Clark. Mr. Jones war Reisender für eine chemische Fabrik – ein etwa fünfzigjähriger Mann, der in seiner groben Art ziemlich gut aussah. Seine Frau war eine ganz alltägliche Erscheinung von etwa fünfundvierzig Jahren. Die Gesellschafterin, Miss Clark, war sechzig Jahre alt – eine korpulente, heitere Frau mit einem rötlichglänzenden Gesicht. Keiner von ihnen, möchte man sagen, sehr interessant.

Der Anfang aller Schwierigkeiten lag in einem merkwürdigen Umstand. Am Abend vor dem Unglück hatte Mr. Jones in einem kleinen Hotel für Handlungsreisende in Birmingham übernachtet. Zufällig war das Löschpapier in der Schreibunterlage seines Zimmes gerade an diesem Tag erneuert worden, und das Zimmermädchen, das anscheinend nichts Besseres zu tun hatte, amüsierte sich damit, das Löschpapier im Spiegel zu studieren, nachdem Mr. Jones gerade einen Brief geschrieben hatte. Ein paar Tage später brachten die Zeitungen einen Bericht über Mrs. Jones' Tod, der auf das Essen von Dosenhummer zurückgeführt wurde, und das Zimmermädchen teilte dem übrigen Dienstpersonal sofort mit, was sie auf dem Löschpapier entziffert hatte. Es handelte sich um folgende Worte: ‚... völlig abhängig von meiner Frau ... wenn sie tot ist, werde ich ... Hunderte und Tausende ...'

Ich möchte noch erwähnen, daß kurz zuvor die Zeitungen voll waren von der Geschichte einer Frau, die von ihrem Mann vergiftet worden war, und es gehörte infolgedessen nicht viel dazu, die Phantasie dieser Mädchen zu schüren.

Nach ihrer Ansicht hatte Mr. Jones geplant, seine Frau umzubringen, um Hunderttausende von Pfund zu erben! Eines dieser Mädchen hatte zufällig Verwandte in der kleinen Provinzstadt, in der die Jones' wohnten. Sie schrieb an sie, und sie schrieben zurück. Es wurde dabei erwähnt, daß Mr. Jones sich sehr für die Tochter des ansässigen Arztes, eine gutaussehende junge Frau von dreiunddreißig Jahren, interessierte. Ein Skandal breitete sich aus, und es dauerte nicht lange, da wurde ein Gesuch an den Minister des Inneren eingereicht, die Leiche untersuchen zu lassen. Zahllose anonyme Briefe, die alle Mr. Jones des Mordes an seiner Frau bezichtigten, gingen in Scotland Yard ein. Ich kann nun wohl zugeben, daß wir zuerst die Sache auch nicht eine Sekunde lang für Ernst nahmen, sondern sie für eitles Dorfgeschwätz hielten. Um das Publikum zu beschwichtigen, wurde dennoch die Exhumierung der Leiche angeordnet, und wieder einmal erwies sich der auf nichts Konkretes begründete Aberglaube der Bevölkerung als überraschend gerechtfertigt. Die Leichenschau ergab, daß genügend Arsenik vorhanden war, um einwandfrei zu beweisen, daß die Dame an Arsenvergiftung gestorben war. Es lag nun an Scotland Yard, mit Hilfe der örtlichen Behörden nachzuweisen, wie und durch wen das Arsenik verabreicht worden war."

„Oh!" rief Joyce. „Jetzt wird's interessant. Dies ist der wahre Jakob."

„Der Verdacht fiel natürlich auf den Ehemann, der durch den Tod seiner Frau profitierte. Wenn er auch nicht gerade Hunderttausende erbte, wie das romantisch angehauchte Zimmermädchen im Hotel annahm, so kam er immerhin in den Besitz des nicht zu verachtenden Betrages von 8000 Pfund. Abgesehen von dem, was er verdiente, hatte er kein eigenes Vermögen, und er war ein Mann mit verschwenderischen Gewohnheiten und einer besonderen Vorliebe für die Gesellschaft junger hübscher Frauen. So taktvoll wie möglich untersuchten wir das Gerücht über seine Zuneigung zu der Tochter des Arztes. Es stellte sich heraus, daß wohl eine enge Freundschaft zwischen ihnen bestanden hatte, die jedoch vor zwei Monaten zu einem jähen Abschluß gekommen war, und seitdem schienen sie sich nicht mehr gesehen zu haben. Der Doktor selbst, ein älterer, ehrlicher, argloser Mann, war wie vom Donner gerührt, als er von dem Ergebnis der Leichenschau hörte. Er war damals um Mitternacht zu den drei Kranken gerufen worden und hatte sofort den ernsten Zustand von Mrs. Jones erkannt. Daraufhin ließ er Opiumpillen aus seiner Hausapotheke holen, um ihre Schmerzen zu lindern. Trotz seiner Bemühungen erlag sie jedoch der Vergiftung. Aber auch nicht für eine Sekunde hatte er den Verdacht gehegt, daß etwas nicht in Ordnung sei. Er war überzeugt, daß der Tod auf die Fischvergiftung zurückzuführen sei. Ihr Essen hatte an jenem Abend aus Hummer in Dosen und Salat, einem Auflauf und Brot mit Käse bestanden. Unglücklicherweise war von dem Hummer nichts übriggeblieben – es war alles aufgegessen und die Dose fortgeworfen worden. Er hatte das junge Hausmädchen Gladys Linch befragt. Sie war schrecklich aufgeregt, in Tränen aufgelöst und nahezu fassungslos, und es war schwierig, sie immer wieder zum Thema zurückzubringen. Sie hatte jedoch wiederholt erklärt, daß die Dose in keiner Weise ausgebeult und der Hummer nach ihrer Meinung in tadellosem Zustand gewesen sei.

Das waren die Tatsachen, auf die wir uns stützen mußten. Wenn Jones seiner Frau mit Vorbedacht Arsenik verabreicht hatte, so konnte es nicht beim Abendessen gewesen sein; das lag klar auf der Hand, da alle drei Personen an dem Mahl teilgenommen hatten. Und noch etwas: Jones selbst war gerade von Birmingham zurückgekehrt, als das Abendessen aufgetragen wurde. Also hätte er keine Gelegenheit gehabt, das Gift vorher unter die Speisen zu mengen."

„Wie steht es mit der Gesellschafterin", fragte Joyce, „dieser korpulenten Frau mit dem gutmütigen Gesicht?"

Sir Henry nickte.

„Wir haben Miss Clark nicht ganz aus den Augen gelassen, das kann ich Ihnen versichern. Aber es war völlig unklar, welches Motiv sie für dieses Verbrechen gehabt haben könnte. Mrs. Jones hatte ihr nichts hinterlassen. Im Gegenteil, sie verlor durch den Tod ihrer Arbeitgeberin ihre Stelle und mußte sich eine andere suchen."

„Damit scheidet sie als Verdachtsperson wohl aus", bemerkte Joyce nachdenklich.

„Einer meiner Inspektoren entdeckte bald darauf eine bedeutsame Tatsache“, fuhr Sir Henry fort. „An dem verhängnisvollen Abend war Mr. Jones nach dem Abendessen in die Küche hinuntergegangen und hatte einen Teller Maizenabrei verlangt für seine Frau, die über schlechtes Befinden geklagt hatte. Er hatte in der Küche gewartet, während Gladys Linch den Brei zubereitete, und ihn dann selbst nach oben in das Zimmer seiner Frau getragen. Das, gebe ich zu, erschien mir als das letzte Glied in der Beweiskette.“

Der Rechtsanwalt nickte zustimmend.

„Motiv“, sagte er, während er die Punkte an seinen Fingern abzählte, „Gelegenheit. Als Reisender für eine chemische Fabrik konnte er sich mit Leichtigkeit das Gift beschaffen.“

„Auch war er ein Mann mit schwachem Charakter“, fügte der Pfarrer hinzu.

Raymond West starrte Sir Henry an.

„Es ist irgendeine Falle dabei“, meinte er. „Warum haben Sie ihn nicht verhaftet?“

Sir Henry zog ein etwas schiefes Gesicht.

„Das bringt uns zum unglückseligen Teil dieses Falles. Bis dahin war alles glattgegangen, nun aber kommen wir zu den Hindernissen. Jones wurde nicht verhaftet, weil wir im Laufe des Verhörs von Miss Clark erfuhren, daß nicht Mrs. Jones, sondern sie selbst den ganzen Teller Maizenabrei aufgegessen hat.

Ja, es stellte sich heraus, daß sie, wie üblich, zu Mrs. Jones ins Zimmer gegangen war. Mrs. Jones saß aufrecht im Bett, und der Teller mit dem Maizenabrei stand neben ihr auf dem Nachttisch.

‚Ich fühle mich gar nicht gut, Milly‘, erkärte sie. ‚Das geschieht mir ganz recht. Warum muß ich ausgerechnet Hummer zu Abend essen. Ich bat Albert, mir etwas Maizenabrei zu holen. Aber jetzt, wo er vor mir steht, scheine ich keinen Appetit darauf zu haben.‘

‚Schade‘, meinte Miss Clark, ‚und dabei ist er so gut zubereitet, ganz ohne Knollen. Gladys kann wirklich recht gut kochen. Es gibt sehr wenige Mädchen heutzutage, die einen Maizenabrei richtig zubereiten können. Am liebsten möchte ich ihn selbst essen. Ich bin so hungrig.‘

‚Das glaube ich Ihnen gern. Bei Ihrer verrückten Lebensweise‘, erklärte Mrs. Jones.

„Ich muß erwähnen“, unterbrach sich Sir Henry, „daß Miss Clark aus Entsetzen über ihre zunehmende Korpulenz gerade eine Abmagerungskur machte.

‚Die Kur ist nicht gut für Sie, Milly, wirklich nicht‘, behauptete Mrs. Jones. ‚Wir sind nun mal so, wie uns Gott geschaffen hat. Essen Sie den Brei. Es ist das Beste für Sie, das es gibt.‘

Miss Clark ließ sich das nicht zweimal sagen und verzehrte tatsächlich den ganzen Teller. Sehen Sie, damit brach der gegen den Ehemann aufgebaute Beweis zusammen. Als wir Jones um eine Erklärung der Worte auf der Schreibunterlage baten, antwortete er ohne Umschweife, der Brief sei eine Antwort auf ein Schreiben seines Bruders in Australien gewesen, der ihn um eine größere Geldsumme gebeten habe. In seiner Antwort habe er darauf hingewiesen, daß er völlig abhängig sei von seiner Frau. Erst wenn seine Frau gestorben sei, werde er über Geld verfügen und seinem Bruder nach Möglichkeit helfen. Er habe sein Bedauern ausgesprochen, daß es ihm im Augenblick nicht möglich sei, und seinen Bruder daran erinnert, daß sich Hunderte und Tausende von Menschen in der Welt in derselben mißlichen Lage befänden.“

„Und damit verlief die Sache im Sand?“ fragte Dr. Pender.

„Damit verlief die Sache im Sand“, bestätigte Sir Henry mit ernster Miene. „Wir konnten es nicht riskieren, Jones nur auf Vermutungen hin zu verhaften.“

Tiefes Schweigen fiel über die Anwesenden, das schließlich von Joyce unterbrochen wurde: „Und mehr können Sie uns nicht verraten, nicht wahr?“

„So stand der Fall während des letzten Jahres. Die richtige Lösung befindet sich nun in den Händen von Scotland Yard, und in zwei bis drei Tagen werden die Zeitungen darüber berichten.“

„Die richtige Lösung“, wiederholte Joyce nachdenklich. „Was mag wohl dahinterstecken? Wir wollen alle einmal fünf Minuten nachdenken und dann sprechen.“

Raymond West nickte zustimmend und blickte auf seine Uhr. Als die fünf Minuten um waren, sah er zu Dr. Pender hinüber.

„Wollen Sie sich zuerst äußern?“ fragte er.

Der alte Herr schüttelte den Kopf. „Ich muß gestehen, daß ich völlig perplex bin. Meiner Ansicht nach muß der Ehemann schuldig sein. Aber wie er es fertiggebracht hat – bei dieser Vorstellung streikt meine Phantasie. Ich kann nur sagen, er muß ihr das Gift auf eine bisher unentdeckte Weise verabreicht haben. Wie die Geschichte dann aber nach so langer Zeit ans Licht kommen konnte, ist mir schleierhaft."

„Joyce?"

„Die Gesellschafterin", entschied Joyce. „Allemal die Gesellschafterin! Wer weiß, was für ein Motiv sie gehabt hat! Daß sie alt, korpulent und häßlich war, besagt gar nichts. Sie konnte sich trotzdem in Jones verliebt haben. Außerdem mag sie die Frau aus einem anderen Grund gehaßt haben. Versetzen Sie sich einmal in die Rolle einer Gesellschafterin – stets gezwungen, freundlich zu sein, ja zu sagen, die eigene Persönlichkeit zu unterdrücken und alles in sich zu verschließen. Eines Tages konnte sie es eben nicht länger ertragen und hat sie dann getötet. Wahrscheinlich hat sie das Arsenik in den Brei getan, und die Geschichte, daß sie ihn selbst gegessen habe, ist einfach erfunden."

„Und was ist Ihre Ansicht, Mr. Petherick?"

„Aus den Tatsachen läßt sich nicht viel schließen. Persönlich bin ich der Meinung – denn ich habe zu viele Fälle ähnlicher Art beobachtet –, daß der Ehemann schuldig ist. Die einzige Erklärung, die sich mit den Tatsachen vereinbaren läßt, scheint darauf hinzudeuten, daß Miss Clark ihn aus irgendeinem Grunde absichtlich in Schutz nahm. Sie mögen ja eine finanzielle Vereinbarung untereinander getroffen haben. Wahrscheinlich war er sich darüber klar, daß er in Verdacht geraten würde, und sie, der nichts weiter als eine sorgenvolle Zukunft ins Gesicht starrte, hat sich vielleicht für eine beträchtliche Summe dazu bereit erklärt, das Märchen von dem Maizenabrei zu erzählen. Wenn sich die Sache so verhielt, so war es höchst anstößig. Wirklich höchst anstößig."

„Ich bin völlig anderer Meinung", protestierte Raymond. „Sie haben alle einen sehr wichtigen Faktor vergessen. *Die Tochter des Arztes*. Ich lege den Fall so aus: der Dosenhummer war tatsächlich schlecht. Daher die Vergiftungserscheinungen. Man läßt den Arzt kommen. Dieser stellt fest, daß Mrs. Jones, die mehr vom Hummer gegessen hat als die anderen, an heftigen Schmerzen leidet, und läßt, wie er aussagte, ein paar Opiumpillen holen. Wohlgemerkt, er geht nicht selbst, sondern schickt jemanden. Wer gibt dem Boten die Opiumpillen? Offenbar seine Tochter, die ihm wahrscheinlich bei der Zubereitung der Arzneien hilft. Sie liebt Jones, und in diesem Augenblick kommen die niedrigsten Impulse ihrer Natur zum Durchbruch. Sie wird sich bewußt, daß es in ihrer Hand liegt, seine Freiheit zu erwirken. Die Pillen, die sie schickt, enthalten reines weißes Arsenik. Dies ist meine Lösung."

„Und nun, Sir Henry, sagen Sie uns, wer recht hat", bestürmte ihn Joyce.

„Einen Augenblick", erwiderte Sir Henry. „Miss Marple hat noch nicht gesprochen."

Miss Marple schüttelte traurig den Kopf.

„Du meine Güte", sagte sie, „da habe ich schon wieder eine Masche fallen lassen, aber die Geschichte war so spannend. Ein trauriger Fall, ein sehr trauriger Fall. Er erinnert mich an den alten Mr. Hargraves, der oben auf dem Hügel wohnte. Seine Frau hatte nie den geringsten Verdacht geschöpft – bis er starb und sein ganzes Vermögen einer Frau hinterließ, mit der er zusammengelebt und von der er fünf Kinder gehabt hatte. Eine Zeitlang war sie bei ihm Hausmädchen gewesen. Ein so nettes Mädchen, behauptete Mrs. Hargraves immer – das stets gewissenhaft die Matratzen umdrehte. Und der alte Hargraves hatte ihr in der Nachbarschaft ein Haus eingerichtet, während er weiterhin Kirchenvorsteher blieb und am Sonntag den Klingelbeutel herumreichte."

„Meine liebe Tante Jane", fragte Raymond ein wenig ungeduldig. „Was haben denn längst verstorbene Leute wie die Hargraves mit diesem Fall zu tun?"

„Er kam mir bei der Schilderung von Sir Henry sofort in den Sinn", entgegnete Miss Marple. „Die Tatsachen ähneln sich doch sehr, nicht wahr? Das arme Mädchen hat wohl inzwischen gebeichtet, und ich nehme an, daß Sie es auf diese Weise erfahren haben, Sir Henry?"

„Was für ein Mädchen?" rief Raymond. „Meine liebe Tante, was redest du nur daher?"

„Das arme Mädchen Gladys Linch natürlich – das Mädchen,

das so furchtbar aufgeregt war, als der Doktor mit ihr sprach –, und sie hatte auch allen Grund, das arme Ding. Hoffentlich kommt dieser gemeine Jones an den Galgen. So ein hilfloses Wesen zur Mörderin zu machen. Wahrscheinlich werden sie das arme Ding auch hängen."

„Miss Marple, ich glaube, Sie befinden sich in einem leisen Irrtum", begann Mr. Petherick.

Miss Marple schüttelte jedoch störrisch den Kopf und blickte zu Sir Henry hinüber.

„Habe ich nicht recht? Der Fall scheint mir so klar zu sein. Die ‚Hunderte und Tausende' – und der Auflauf – ich meine, der Zusammenhang ist unverkennbar."

„Welcher Zusammenhang, liebe Tante?" erkundigte sich Raymond.

Seine Tante wandte sich ihm zu.

„Köchinnen streuen fast immer ‚Hunderte und Tausende' – diese kleinen rosa und weißen Zuckerkügelchen – auf einen Auflauf. Als ich hörte, daß sie einen Auflauf zum Abendessen gehabt hatten und daß der Ehemann in seinem Brief ‚Hunderte und Tausende' erwähnt hatte, brachte ich sofort diese beiden Tatsachen in Zusammenhang. Das Arsenik steckte natürlich in den Zuckerkügelchen. Jones übergab sie dem Mädchen und trug ihr auf, sie über den Auflauf zu streuen."

„Das ist aber unmöglich“, fiel ihr Joyce ins Wort. „Sie haben alle von dem Auflauf gegessen.“

„Keineswegs“, erwiderte Miss Marple. „Wie Sie sich wohl noch entsinnen, führte die Gesellschafterin eine Entfettungskur durch. Dabei meidet man gewöhnlich Süßspeisen. Und Jones hat wahrscheinlich die Zuckerkügelchen von seiner Portion abgekratzt und auf den Rand des Tellers gelegt. Ein sehr kluger, aber auch sehr böser Plan.“

Aller Augen waren auf Sir Henry gerichtet.

„So merkwürdig die Sache auch klingen mag, aber Miss Marple hat den Nagel auf den Kopf getroffen. Jones hatte Gladys Linch ‚ins Unglück gebracht‘, wie man im Volksmund zu sagen pflegt. Sie war der Verzweiflung nahe. Er wollte seine Frau aus dem Weg schaffen und versprach Gladys, sie zu heiraten, sobald seine Frau tot sei. Also vergiftete er die Zuckerkügelchen und gab sie Gladys mit einer genauen Gebrauchsanweisung. Gladys Linch ist in der vergangenen Woche gestorben. Ihr Kind starb bei der Geburt, Jones hatte sie wegen einer anderen Frau sitzenlassen. Als sie im Sterben lag, gestand sie die Wahrheit.“

Es folgte ein kurzes Schweigen, und dann wandte sich Raymond an seine Tante.

„Nun, Tante Jane, du hast ja wieder einmal den Vogel abgeschossen. Ich kann mir beileibe nicht vorstellen, wie du das nur fertiggebracht hast. Nie im Leben wäre mir der Gedanke gekommen, daß die kleine Küchenmagd etwas mit dem Fall zu tun haben könnte.“

„Das glaube ich wohl, lieber Neffe. Denn du weißt noch nicht so viel vom Leben wie ich. Ein Mann wie dieser Jones – etwas vulgär und jovial. Sobald ich hörte, daß ein hübsches junges Mädchen im Hause war, wußte ich, daß er sie nicht in Ruhe gelassen haben würde. Es ist aber alles so aufregend und peinlich und gar kein angenehmer Gesprächsstoff. Ich kann dir gar nicht sagen, wie schockiert Mrs. Hargraves damals war und was für Aufregung im ganzen Dorf herrschte.“

Der Tempel der Astarte

„Und was wollen Sie uns nun erzählen, Dr. Pender?“

Der alte Pfarrer lächelte sanft. „Mein Leben hat sich an friedlicheren Plätzen abgespielt. Es war arm an sensationellen Ereignissen. Und doch habe ich einmal in meiner Jugend etwas sehr Seltsames und Tragisches erlebt.“

„Das klingt sehr interessant“, ermunterte ihn Joyce Lemprière.

„Ich habe es nie vergessen“, fuhr der Pfarrer fort. „Es machte damals einen tiefen Eindruck auf mich, und wenn ich daran zurückdenke, kann ich noch heute die Furcht und das Entsetzen jenes schrecklichen Augenblicks fühlen, als ich mitansah, wie ein Mann durch anscheinend überirdische Kräfte zu Tode kam.“

„Ich bekomme eine Gänsehaut, Pender“, klagte Sir Henry.

„Die habe ich damals auch bekommen“, erwiderte der andere. „Seitdem habe ich nie mehr über Leute gelacht, die von der ‚Macht der Atmosphäre‘ reden. Es gibt tatsächlich so etwas. Gewisse Orte sind von guten oder schlechten Einflüssen so durchdrungen und gesättigt, daß eine unerhörte Wirkung von ihnen ausgeht.“

Joyce stand auf und drehte die beiden Lampen aus, so daß der Raum nur durch den flackernden Feuerschein im Kamin erhellt wurde.

„Atmosphäre“, meinte sie, „nun können wir uns so richtig in die Geschichte hineinversetzen.“

Dr. Pender lächelte ihr zu, lehnte sich im Sessel zurück, nahm seinen Kneifer ab und begann seine Erzählung.

„Ich weiß nicht, ob jemand unter Ihnen Dartmoor kennt. Das Haus, von dem ich Ihnen erzählen will, liegt am Rande von Dartmoor. Es war ein reizvolles Besitztum, und doch blieb es mehrere Jahre ohne Käufer. Ein Mann namens Haydon – Sir Richard Haydon – kaufte das Haus. Ich kannte ihn von meiner Studienzeit her, und obwohl ich ihn etliche Jahre aus den Augen verloren hatte, verband uns immer noch die alte Freundschaft. Mit großem Vergnügen nahm ich daher seine Einladung nach dem ‚Hain des Schweigens‘, wie sein neues Besitztum hieß, an.

Die Zahl der Gäste war nicht sehr groß. Abgesehen von Richard Haydon selbst waren anwesend: sein Vetter Elliot Haydon, Lady Mannering mit einer blassen, ziemlich unansehnlichen Tochter namens Violet, ein Captain Rogers und seine Frau, abgehärtete Sportsmenschen, die sich nur für Pferde und Jagd interessierten; ferner ein junger Dr. Symonds und endlich Miss Diana Ashley. Miss Ashley war mir nicht ganz unbekannt. Ihr Bild war oft in den vornehmen Illustrierten zu sehen, denn sie gehörte zu den berühmten Schönheiten der Saison. Sie war in der Tat eine auffallende Erscheinung – dunkel, hochgewachsen, mit schöner, gleichmäßig getönter elfenbeinfarbener Haut und halbgeschlossenen dunklen, schräggestellten Augen, die ihr ein seltsam pikantes orientalisches Aussehen verliehen. Außerdem besaß sie eine wundervolle Stimme, tief und glockenrein.

Ich sah sofort, daß sie auf meinen Freund Richard Haydon eine große Anziehungskraft ausübte, und vermutete, daß die Gesellschaft ihretwegen arrangiert worden war. Über ihre Gefühle war ich mir nicht ganz im klaren. Sie war ein wenig launenhaft in ihren Gunstbezeigungen. Eine Zeitlang redete sie nur mit Richard, ohne irgendeinem anderen die geringste Beachtung zu schenken. Dann wieder begünstigte sie seinen Vetter Elliot und schien kaum zu bemerken, daß Richard überhaupt existierte. Bei anderen Gelegenheiten griff sie sich den ruhigen, zurückhaltenden Dr. Symonds heraus und versuchte, ihn mit ihrem bezaubernden Lächeln zu betören.

Am Morgen nach meiner Ankunft zeigte uns unser Gastgeber sein ganzes Anwesen. Das Haus selbst war nicht besonders bemerkenswert; es war ein gutes, solides Haus aus Devonshire-Granit, das Wind und Wetter trotzen konnte, unromantisch, aber sehr behaglich. Von seinen Fenstern aus genoß man einen weiten Blick über das Panorama der Heide – eine weite Landschaft, deren Hügel mit verwitterten Felsspitzen gekrönt waren.

Auf den Kuppen des uns am nächsten gelegenen Felsens befanden sich Überreste aus den längst vergangenen Tagen der jüngeren Steinzeit. Auf einem anderen Hügel hatte man kürzlich ein Hünengrab entdeckt, in dem Bronzewerkzeuge gefunden worden waren.

‚Aber diese Besitzung ist hier das Interessanteste von allem', behauptete er. ‚Der Name ist Ihnen bekannt – Hain des Schweigens. Es ist leicht zu erraten, woher der Name stammt.'

Er deutete mit der Hand auf eine bestimmte Stelle. Die Gegend hier war einigermaßen kahl – Felsen, Heide und Farnkraut, aber kaum hundert Meter vom Hause entfernt stand ein dichter Hain.

‚Das ist ein Stück uralter Vergangenheit', erklärte Haydon. ‚Die Bäume sind natürlich inzwischen abgestorben und wieder neu angepflanzt worden, aber im großen und ganzen ist der Hain so geblieben, wie er in grauer Vorzeit war – vielleicht genauso wie in den Zeiten der phönizischen Siedler. Kommen Sie mit, und sehen Sie ihn einmal an.'

Wir folgten ihm alle. Sobald wir den Hain betraten, spürte ich eine seltsame Beklemmung. Es lag vielleicht an dem drükkenden Schweigen. In diesen Bäumen schien kein Vogel zu nisten. Ein Gefühl der Trostlosigkeit und des Grauens bemächtigte sich meiner. Ich sah, wie Haydon mich, seltsam lächelnd, anblickte.

‚Spüren Sie etwas an dieser Stätte, Pender?' fragte er. ‚Was ist es? Antagonismus? Oder Unbehagen?'

‚Es gefällt mir hier nicht', antwortete ich gelassen.

‚Das ist verständlich. Dies war nämlich ein Bollwerk der alten Feinde Ihres Glaubens. Dies ist der Hain der Astarte.'

‚Astarte?'

‚Ja, Astarte oder Istar oder Aschtoreth oder wie man sie auch nennen mag. Ich ziehe den phönizischen Namen Astarte vor. Es existiert noch ein anderer Hain der Astarte in diesem Lande – auf dem Wall im Norden. Ich kann es zwar nicht beweisen, aber ich glaube, wir haben hier einen wirklichen, authentischen Astartehain. Hier, innerhalb dieses dichten Baumkreises, wurden heilige Gebräuche ausgeübt.'

‚Heilige Gebräuche', murmelte Diana Ashley, und ihre Augen bekamen einen träumerischen, abwesenden Ausdruck. ‚Was für Bräuche mögen das wohl gewesen sein?'

‚Sicher keine anständigen, nach allem, was man so hört', meinte Captain Rogers mit einem lauten, albernen Lachen. ‚Ziemlich leidenschaftliche Angelegenheit, denke ich mir.'

Haydon achtete nicht weiter auf ihn.

‚Im Mittelpunkt des Haines müßte eigentlich ein Tempel stehen', erklärte er. ‚Tempel kann ich mir nicht leisten, dafür habe ich mir ein eigenes Phantasiegebilde geschaffen.'

In diesem Augenblick betraten wir eine kleine Lichtung im Innern des Haines, und mitten darin erhob sich ein steinerner Bau, der wie ein Sommerhaus aussah. Diana Ashley richtete einen fragenden Blick auf Haydon.

‚Ich nenne es das Götzenhaus', sagte er. ‚Es ist das Götzenhaus der Astarte.'

Er führte uns hinein. Innen stand auf einer unpolierten Ebenholzsäule eine seltsame kleine Statue, die eine Frau mit halbmondförmigen Hörnern, auf einem Löwen sitzend, darstellte.

‚Die Astarte der Phönizier', sagte Haydon, ‚die Göttin des Mondes.'

‚Die Göttin des Mondes', wiederholte Diana. ‚Oh, feiern wir doch heute abend eine wilde Orgie! In Kostümen. Im Mondschein werden wir hierherkommen und dem Kult der Astarte frönen.'

Ich machte eine unwillige Bewegung, worauf Elliot Haydon, Richards Vetter, sich mir schnell zuwandte.

‚Ihnen gefällt dies alles nicht, Herr Pfarrer, gestehen Sie es nur.'

‚Nein', erwiderte ich ernst. ‚Ganz und gar nicht.'

Er warf mir einen eigenartigen Blick zu. ‚Aber es ist doch nur ein Scherz. Dick kann bestimmt nicht wissen, ob dies wirklich ein heiliger Hain ist. Das bildet er sich nur ein. Er spielt gern mit diesem Gedanken. Und selbst wenn es der Fall wäre ...'

‚Ja, was dann?'

‚Nun', er lachte unbehaglich. ‚Sie glauben doch nicht an so etwas, nicht wahr? Sie, als Pfarrer.'

‚Ich weiß nicht recht, ob nicht gerade ich als Pfarrer daran glauben sollte.'

‚Aber das sind doch alles Dinge der Vergangenheit.'

‚Dessen bin ich mir nicht so sicher', erwiderte ich nachdenklich. ‚Ich weiß nur eines: Im allgemeinen lasse ich mich nicht so leicht von meiner Umgebung beeinflussen, aber von dem Moment an, da ich diesen Hain betrat, habe ich eine merkwürdige Wirkung verspürt. Es ist mir, als sei ich von etwas Bösem und Drohendem umgeben.‘

Er blickte ängstlich über seine Schulter.

‚Ja‘, gab er zu, ‚es ist – es ist irgendwie sonderbar. Ich verstehe, was Sie meinen, aber vermutlich spielt uns unsere Phantasie einen Streich. Was sagen Sie dazu, Symonds?‘

Der Doktor antwortete nicht sofort. Nach einer Weile sagte er ruhig: ‚Es gefällt mir nicht. Ich kann Ihnen nicht sagen, warum, aber irgendwie gefällt es mir nicht.‘

In diesem Augenblick kam Violet Mannering zu mir herüber.

‚Dieser Platz ist mir verhaßt‘, rief sie. ‚Lassen Sie uns doch fortgehen.‘

Wir brachen auf, und die anderen folgten uns. Nur Diana Ashley blieb zurück. Als ich mich umsah, stand sie vor dem Götzenhaus und betrachtete sinnend die Statue.

Es war ein ungewöhnlich heißer und schöner Tag, und Dianas Vorschlag, am Abend ein kleines Kostümfest zu veranstalten, wurde von allen mit Begeisterung aufgenommen. Wie gewöhnlich wurde bei den Vorbereitungen viel gelacht, getuschelt und heftig genäht, und als wir am Abend zum Essen erschienen, wurden wir mit den üblichen Heiterkeitsausbrüchen empfangen. Rogers und seine Frau waren neolithische Hüttenbewohner – wodurch sich das plötzliche Fehlen der Kaminvorleger erklärte. Richard Haydon nannte sich einen phönizischen Seefahrer, und sein Vetter war ein Räuberhauptmann. Dr. Symonds hatte sich als Küchenchef verkleidet. Lady Mannering stellte eine Krankenschwester dar und ihre Tochter eine tscherkessische Sklavin. Ich selbst steckte in einer reichlich warmen Mönchskutte. Als letzte erschien Diana Ashley, die uns alle ziemlich enttäuschte, denn sie war in einen unförmigen schwarzen Domino gehüllt.

‚Die Unbekannte‘, erklärte sie leichtfertig. ‚Das bin ich. Und nun lassen Sie uns um Himmels willen essen.‘

Nach dem Essen gingen wir vor das Haus. Es war eine bezaubernde Nacht, warm und mild, und der Mond ging gerade auf.

Wir machten einen Spaziergang und plauderten vergnügt, und die Zeit verging rasch. Nach etwa einer Stunde fiel es uns auf, daß Diana Ashley nicht unter uns weilte.

‚Sie ist bestimmt noch nicht zu Bett gegangen', meinte Richard Haydon.

Violet Mannering schüttelte den Kopf.

‚O nein', sagte sie. ‚Ich habe sie vor einer Viertelstunde in diese Richtung gehen sehen.' Bei diesen Worten wies sie auf den Hain, der düster und schattenhaft im Mondlicht lag.

‚Was sie wohl im Sinne hat?' bemerkte Richard Haydon.

‚Einen Schabernack, möchte ich wetten. Wir wollen mal nachsehen!'

Wir machten uns alle zusammen auf den Weg, neugierig, was Miss Ashley wohl angestellt haben mochte. Ich persönlich spürte jedoch wiederum eine seltsame Abneigung, diesen dunklen Baumgürtel zu betreten. Eine geheimnisvolle Macht schien mich davon zurückhalten zu wollen. Fester denn je war ich davon überzeugt, daß diesem Ort etwas wirklich Böses anhaftete, und ich hatte den Eindruck, daß einige meiner Gefährten von denselben Empfindungen geplagt wurden, obwohl sie es sicher höchst ungern zugegeben hätten. Die Bäume waren so dicht gepflanzt, daß das Mondlicht nicht durchdringen konnte. Die Nacht war erfüllt mit vielen unbestimmten Geräuschen. Allenthalben glaubte man ein ständiges Flüstern und Seufzen zu hören. Es war so unheimlich, daß wir uns unwillkürlich dichter zusammendrängten.

Plötzlich waren wir auf der Lichtung angelangt und blieben vor Staunen wie angewurzelt stehen; denn vor uns auf der Schwelle des Götzenhauses stand eine schimmernde, in durchsichtige Gaze gehüllte Gestalt, aus deren dunklem Haar zwei halbmondförmige Hörner hervorragten.

‚Mein Gott!' rief Richard Haydon, während ihm die Schweißperlen auf die Stirn traten.

Aber Violet Mannering hatte schärfere Augen.

‚Nanu, das ist ja Diana!' rief sie erstaunt. ‚Wie hat sie sich denn nur hergerichtet? Sie sieht auf einmal ganz anders aus.'

Die Gestalt im Türrahmen hob die Hände. Sie trat einen Schritt vor und sprach mit singender, süßer, hoher Stimme:

‚Ich bin die Priesterin der Astarte. Tretet mir nicht zu nahe; denn ich halte den Tod in meiner Hand.'

‚Lassen Sie den Unsinn sein, liebes Kind', protestierte Lady Mannering. ‚Sie machen uns ja angst und bange, wirklich!'

Haydon sprang auf sie zu.

‚Mein Gott, Diana!‘ rief er. ‚Du bist einfach wundervoll.‘

Meine Augen hatten sich inzwischen an das schwache Mondlicht gewöhnt, und ich konnte alles deutlicher sehen.

Wie Violet gesagt hatte, sah Diana tatsächlich ganz verwandelt aus. Die orientalischen Züge ihres Gesichts waren ausgeprägter; ihre Schlitzaugen funkelten grausam, und auf ihren Lippen lag ein seltsames Lächeln, das ich nie zuvor gesehen hatte.

‚Hüte dich‘, warnte sie. ‚Nähere dich nicht der Göttin. Wer mich anrührt, ist des Todes!‘

‚Wundervoll, Diana‘, rief Haydon, ‚aber höre bitte damit auf. Mir ist irgendwie nicht ganz geheuer dabei.‘

Er schritt über das Gras auf sie zu, und sie erhob die Hand gegen ihn.

‚Halt!‘ rief sie. ‚Keinen Schritt näher, oder ich schlage dich mit dem Zauber der Astarte zu Boden.‘

Richard Haydon lachte und schritt ein wenig schneller aus. Auf einmal geschah etwas Merkwürdiges. Er zauderte einen Moment; dann stolperte er und schlug der Länge nach hin.

Er stand nicht wieder auf, sondern blieb flach auf derselben Stelle liegen.

Plötzlich begann Diana hysterisch zu lachen – ein seltsames, grauenvolles Geräusch, das in das Schweigen der Lichtung fiel.

Mit einem Fluch auf den Lippen sprang Elliot vor.

‚Das kann man ja nicht mehr aushalten‘, rief er. ‚Steh auf, Dick, Menschenskind, steh auf.‘

Doch Richard Haydon rührte sich nicht. Elliot kniete neben ihm nieder und drehte ihn vorsichtig um. Er beugte sich über ihn und blickte ihm ins Gesicht.

Dann sprang er abrupt auf und schwankte ein wenig.

‚Herr Doktor – um Gottes willen, kommen Sie, Herr Doktor. Ich – ich glaube, er ist tot.‘

Symonds rannte sofort hin, und Elliot kehrte langsamen Schrittes zu uns zurück. Er betrachtete seine Hände mit einem merkwürdigen Blick, den ich nicht verstand.

In diesem Augenblick stieß Diana einen wilden Schrei aus.

‚Ich habe ihn getötet!‘ rief sie. ‚Oh, mein Gott! Ich wollte es nicht, aber ich habe ihn getötet.‘

Mit diesen Worten wurde sie ohnmächtig und sank auf das Gras, wo sie wie ein Häufchen Elend liegenblieb.

Mrs. Rogers schrie auf.

‚Ich möchte fort von diesem gräßlichen Ort', jammerte sie. ‚Hier kann einem ja alles passieren. Oh, wie furchtbar!'

Elliot packte mich an der Schulter.

‚So etwas ist doch nicht möglich', murmelte er. ‚Ich sage Ihnen, es ist unmöglich. Keiner kann auf eine solche Weise getötet werden. Es ist – es ist gegen die Natur.'

Ich versuchte, ihn zu beschwichtigen.

‚Es gibt sicher eine ganz vernünftige Erklärung dafür. Ihr Vetter litt vielleicht an einer Herzschwäche, von der niemand etwas wußte. Und der Schock und die Erregung . . .'

Er unterbrach mich. ‚Sie haben mich nicht verstanden.' Mit diesen Worten hielt er mir die Hände unter die Augen, und ich sah, daß sie rote Flecken aufwiesen.

‚Dick ist nicht vor Schreck gestorben, sondern erstochen worden. Und zwar mitten durchs Herz. Aber es ist *keine Waffe vorhanden*.'

Ich starrte ihn ungläubig an. In diesem Augenblick erhob sich Symonds, der seine Untersuchung beendet hatte, und kam auf uns zu. Er war sehr blaß und zitterte am ganzen Leibe.

‚Sind wir denn alle verrückt?' fragte er. ‚Was für eine Stätte ist dies eigentlich, daß so etwas vorkommen kann?'

‚Dann stimmt es also', sagte ich.

Er nickte.

‚Die Art der Wunde deutet auf einen langen dünnen Dolch hin, aber – es ist kein Dolch vorhanden.'

Wir sahen einander bestürzt an.

‚Aber er muß doch dasein', rief Elliot Haydon. ‚Er muß herausgefallen sein und irgendwo auf dem Boden liegen. Wir wollen ihn suchen!'

Vergeblich tasteten wir den Boden ab. Violet Mannering meinte plötzlich: ‚Diana hatte etwas in der Hand. Eine Art Dolch. Ich habe ihn gesehen. Ich habe ihn glitzern sehen, als sie ihm drohte.'

Elliot Haydon schüttelte den Kopf.

‚Er war mindestens drei Meter von ihr entfernt, als es passierte', warf er ein.

Lady Mannering beugte sich über die am Boden liegende Gestalt des jungen Mädchens.

‚Jetzt hat sie nichts in der Hand', verkündete sie, ‚und auf dem Boden kann ich auch nichts entdecken. Hast du dich auch nicht geirrt, Violet? Ich habe nämlich nichts gesehen.'

Dr. Symonds ging zu dem Mädchen hinüber.

‚Wir müssen sie ins Haus schaffen', erklärte er. ‚Rogers, wollen Sie mir helfen?'

Gemeinsam trugen wir das bewußtlose Mädchen ins Haus und kehrten zurück, um Sir Richards Leiche zu holen."

Dr. Pender brach ab und blickte sich mit kummervoller Miene im Kreise um. „Heutzutage würde man natürlich anders handeln", meinte er, „dank den zahlreichen Detektivromanen. Jeder Straßenjunge weiß, daß man eine Leiche an derselben Stelle liegenlassen muß, wo man sie findet. Aber damals hatten wir davon keine Ahnung und trugen infolgedessen Sir Richard ins Haus und legten ihn in sein Schlafzimmer. Dann wurde der Butler mit dem Fahrrad zur Polizei geschickt – eine Fahrt von gut zwölf Meilen.

Daraufhin zog mich Elliot Haydon beiseite. ‚Hören Sie mal', erklärte er, ‚ich kehre in den Hain zurück. Die Waffe muß unbedingt gefunden werden.'

‚Falls überhaupt eine Waffe vorhanden war', erwiderte ich.

Er ergriff meinen Arm und schüttelte ihn heftig. ‚Der abergläubische Kram spukt Ihnen im Kopf herum. Sie sind der Ansicht, daß sein Tod durch übernatürliche Kräfte verursacht ist. Ich aber kehre in den Hain zurück, um der Sache auf den Grund zu gehen.'

Merkwürdigerweise war ich dagegen und versuchte, ihn von seinem Vorhaben abzubringen, was mir jedoch nicht gelang. Schon die Vorstellung von diesem dunklen Wald war mir widerlich, und ich hatte eine ausgesprochene Vorahnung, daß sich noch ein weiteres Unheil ereignen würde. Doch Elliot war ganz eigensinnig. Ich glaube, er fürchtete sich selbst, wollte es aber nicht eingestehen. Er machte sich auf den Weg mit der festen Absicht, das geheimnisvolle Geschehen aufzuklären.

Wir verbrachten eine fürchterliche Nacht. Keiner von uns konnte schlafen. Wir versuchten es nicht einmal. Als die Polizeibeamten ankamen, wollten sie der Geschichte keinen rechten Glauben schenken und unbedingt Miss Ashley einem Kreuzverhör unterwerfen. Dabei hatten sie aber nicht mit Dr. Symonds gerechnet, der sich dieser Idee heftig widersetzte. Sobald Miss Ashley aus ihrer Ohnmacht oder Trance erwacht war, hatte er ihr einen starken Schlaftrunk verabreicht und bestand nun darauf, daß sie keinesfalls vor dem nächsten Tage gestört werde.

Erst am nächsten Morgen gegen sieben Uhr dachte jemand an Elliot Haydon. Symonds erkundigte sich plötzlich nach ihm. Ich schilderte ihm Elliots Vorhaben, und da wurde Symonds' ernstes Gesicht noch um eine Nuance blasser. ‚Ich wollte, er hätte es nicht getan. Es war – es war sehr unvorsichtig', meinte er.

‚Sie nehmen doch nicht an, daß ihm etwas zugestoßen ist?'

‚Hoffentlich nicht. Ich glaube aber, Herr Pfarrer, daß es besser ist, wenn wir uns jetzt um ihn kümmern.'

Er hatte natürlich recht, aber ich mußte mich gehörig zusammennehmen, um den nötigen Mut für diese Aufgabe aufzubringen. Wir machten uns auf den Weg und betraten noch einmal diesen unglückseligen Hain. Zweimal riefen wir Elliots Namen, bekamen aber keine Antwort. Nach einer Weile erreichten wir die Lichtung, die auch im Licht des frühen Morgens geisterhaft aussah. Symonds umklammerte meinen Arm, und ich unterdrückte einen Aufschrei. Derselbe Anblick, der sich uns gestern abend im Mondschein geboten hatte, wiederholte sich vor unseren Augen. Elliot Haydon lag genau an derselben Stelle wie sein Vetter.

‚Mein Gott!' stöhnte Symonds. ‚Es hat ihn auch erwischt!'

Wir eilten über das Gras an seine Seite. Diesmal bestand kein Zweifel an der Ursache der Tragödie. Ein langer, dünner Bronzedolch steckte in der Wunde.

‚Glücklicherweise ging der Stich durch die Schulter und nicht durch das Herz', bemerkte der Doktor. ‚Meiner Treu! Ich weiß nicht, was ich davon halten soll. Jedenfalls ist er nicht tot und wird uns über den Vorfall Bericht erstatten können.'

Aber ausgerechnet dazu war Elliot Haydon nicht in der Lage. Seine spätere Schilderung war im höchsten Grade verschwommen. Er hatte vergeblich nach dem Dolch gesucht und sich schließlich in die Nähe des Götzenhauses gestellt. Hier kam es ihm immer mehr zum Bewußtsein, daß er von einer Baumgruppe her beobachtet wurde. Er wehrte sich gegen diesen Eindruck, konnte ihn aber nicht abschütteln. Seiner Beschreibung nach begann ein kalter, seltsamer Wind zu wehen, der nicht von den Bäumen her, sondern aus dem Innern des Götzenhauses zu kommen schien. Er drehte sich um und sah hinein. Beim ersten Anblick der kleinen Figur schien es ihm, als leide er an einer optischen Täuschung. Denn die Figur wurde offenbar immer größer. Dann erhielt er plötzlich einen Schlag an die Schläfe, der ihn nach hinten taumeln ließ, und beim Fallen spürte er einen scharfen, brennenden Schmerz in der linken Schulter.

Man stellte fest, daß der Dolch aus dem nahen Hünengrab stammte und von Richard Haydon gekauft worden war. Aber niemand schien zu wissen, ob er ihn im Hause oder im Götzenhaus des Haines aufbewahrt hatte.

Die Polizei war und ist der Ansicht, daß Richard Haydon mit Vorbedacht von Miss Ashley erstochen worden sei. Aber angesichts unserer gemeinsamen Aussage, daß eine Entfernung von drei Metern zwischen ihnen lag, konnte sie die Anklage gegen sie nicht aufrechterhalten, und die Angelegenheit ist und bleibt ein Geheimnis."

Es folgte ein tiefes Schweigen.

„Es läßt sich eigentlich nichts dazu sagen", bemerkte Joyce Lemprière zu guter Letzt. „Es ist alles so schauderhaft – und unheimlich. Haben Sie selbst keine Erklärung dafür, Herr Dr. Pender?"

Der alte Mann nickte. „Ja, ich habe eine Erklärung – man könnte es jedenfalls so bezeichnen. Sie ist ziemlich eigenartig – läßt aber nach meiner Ansicht immer noch gewisse Faktoren ungeklärt."

„Ich habe an spiritistischen Sitzungen teilgenommen", ließ sich Joyce wieder hören, „und Sie können sagen, was Sie wollen, es kommen sehr merkwürdige Dinge vor. Vielleicht lassen sie sich durch Hypnose erklären. Das Mädchen hat sich

tatsächlich in eine Priesterin der Astarte verwandelt, und dann muß sie ihn wohl auf irgendeine Weise erstochen haben. Vielleicht hat sie den Dolch geworfen, den Miss Mannering in ihrer Hand sah."

„Es könnte auch ein Wurfspieß gewesen sein", schlug Raymond West vor. „Mondlicht ist letzten Endes nicht sehr kräftig. Es ist sehr gut möglich, daß sie einen Speer in der Hand hatte und ihn damit aus der Ferne erstach. Und dann setzte wohl eine Art Massenhypnose ein, womit ich sagen will, daß Sie alle gewissermaßen heimlich überzeugt waren, daß er auf übernatürliche Weise umkommen würde, und daher bildeten Sie sich ein, es sei so geschehen."

„Im Varieté habe ich schon manche ans Wunderbare grenzende Kunststücke mit Waffen gesehen", bemerkte Sir Henry. „Ich könnte mir sehr gut vorstellen, daß sich ein Mann in den Bäumen versteckt hielt und von dort aus mit ziemlicher Treffsicherheit ein Messer oder einen Dolch schleuderte – vorausgesetzt natürlich, daß es sich um einen Artisten handelte. Ich gebe allerdings zu, daß diese Erklärung sehr weit hergeholt ist, aber sie erscheint mir die einzig mögliche Theorie. Wie Sie sich vielleicht erinnern, stand das zweite Opfer deutlich unter dem Eindruck, daß sich jemand unter den Bäumen aufhielt und es beobachtete. Und wenn nun Miss Mannering erklärt, Miss Ashley habe einen Dolch in der Hand gehabt, und die anderen behaupten das Gegenteil, so ist das nicht weiter überraschend. Aus meinen Erfahrungen heraus kann ich Ihnen versichern, daß fünf Augenzeugenberichte von ein und derselben Sache oft so weit voneinander abweichen, daß es fast unglaublich erscheint."

Mr. Petherick hüstelte.

„Aber bei allen diesen Theorien scheinen wir eine wesentliche Tatsache übersehen zu haben", meinte er. „Was ist aus der Waffe geworden? Miss Ashley, die mitten auf einem freien Platz stand, hätte wohl kaum einen Speer verbergen können; und hätte ein verborgener Mörder den Dolch geworfen, müßte dieser Dolch noch in der Wunde gesteckt haben, als man den Mann umdrehte. Wir müssen, glaube ich, alle weithergeholten Theorien aus dem Spiel lassen und uns an nüchterne Tatsachen halten."

„Und wohin führen uns diese nüchternen Tatsachen?"

„Nun, über einen Punkt scheinen wir uns alle einig zu sein: niemand befand sich in der Nähe des Mannes, als er zu Boden sank. Also könnte nur einer ihn erstochen haben: er selbst. Mit anderen Worten: Selbstmord."

„Aber um Gottes willen, warum hätte er Selbstmord begehen sollen?" fragte Raymond West ungläubig.

Der Rechtsanwalt räusperte sich von neuem. „Ah, das ist wieder so eine theoretische Frage, aber im Augenblick befasse ich mich nicht mit Theorien. Wenn man das übernatürliche Element, an das ich nicht für eine Sekunde glaube, ausschließt, so scheint mir dies die einzig mögliche Erklärung des Geschehens zu sein. Er erstach sich, und beim Hinfallen flogen seine Arme zur Seite, wobei der Dolch aus der Wunde gerissen und weit fort unter die Bäume geschleudert wurde. Wenn dies auch reichlich unwahrscheinlich klingt, so liegt es doch wohl im Bereich des Möglichen."

„Ich möchte mich eigentlich nicht dazu äußern", sagte Miss Marple. „Es ist alles so verwirrend. Aber es passieren tatsächlich merkwürdige Dinge. Selbstverständlich gab es nur eine Möglichkeit, den armen Sir Richard zu erstechen, aber ich möchte wirklich wissen, was ihn zunächst veranlaßt hatte zu stolpern. Wahrscheinlich eine Baumwurzel. Man muß bedenken, daß er nur das Mädchen im Auge hatte, und im Mondlicht stolpert man sowieso sehr leicht."

Der Pfarrer warf ihr einen fragenden Blick zu. „Sie erwähnen, daß Sir Richard nur auf eine Weise erstochen werden konnte. Möchten Sie diese Behauptung vielleicht näher erläutern, Miss Marple?"

„Es ist sehr traurig, und ich mag nicht gern daran denken. Er war Rechtshänder, nicht wahr? Das muß er schon gewesen sein, um sich in die linke Schulter zu stechen. Ich glaube nicht, daß dieser arme Mann, Elliot Haydon, viel Nutzen von seinem bösen Verbrechen gehabt hat."

„Elliot Haydon?!" rief Raymond. „Hältst du ihn etwa für den Täter?"

„Wer könnte es sonst gewesen sein", erklärte Miss Marple und blickte ihn mit sanft erstaunten Augen an. „Es scheint niemand anders in Betracht zu kommen, wenn man nach Mr.

Pethericks weisem Rat sich an die Tatsachen hält und die heidnische Atmosphäre, die mir gar nicht gefällt, außer acht läßt. Elliot ging als erster zu seinem Vetter und drehte ihn um. Dabei kehrte er notgedrungen allen den Rücken zu, und da er als Räuberhauptmann verkleidet war, hatte er bestimmt irgendeine Waffe im Gürtel."

Aller Augen richteten sich auf Dr. Pender.

„Ich erfuhr die Wahrheit", sagte er, „fünf Jahre nach dem tragischen Ereignis. Und zwar durch einen Brief, den mir Elliot Haydon schrieb. Darin erwähnte er, daß er immer das Gefühl gehabt habe, daß ich ihn verdächtigte. Er behauptete, er sei einer plötzlichen Versuchung erlegen. Auch er habe Diana Ashley geliebt, aber er sei nur ein armer, um seine Existenz ringender Anwalt gewesen. Plötzlich sei ihm die Idee gekommen; wenn er Richard beiseite schaffte und Titel und Besitz erbte, lag ja die Zukunft in rosigem Schimmer vor ihm. Der Dolch sei ihm aus dem Gürtel gefallen, als er bei seinem Vetter niederkniete, und ehe er sich's versah, habe er ihn seinem Vetter in die Brust gestoßen. Um den Verdacht von sich abzuwenden, habe er sich später selbst die Stichwunde in der Schulter beigebracht. Er schrieb mir gerade bevor er auf eine Expedition nach dem Südpol aufbrach, für den Fall, wie er sagte, daß er nicht zurückkehren würde. Ich glaube nicht, daß er die Absicht hatte zurückzukommen, und ich weiß, daß, wie Miss Marple schon erwähnte, sein Verbrechen ihm nichts eingebracht hat. ‚Fünf lange Jahre', schrieb er, ‚habe ich Höllenqualen erduldet, und ich hoffe nun wenigstens, mein Verbrechen durch einen ehrenhaften Tod zu sühnen.'"

Eine Weile schwiegen alle. Schließlich unterbrach Sir Henry die Stille. „Und er ist tatsächlich eines ehrenvollen Todes gestorben. Sie haben zwar seinen Namen geändert, Herr Dr. Pender, aber ich habe den Mann, von dem Sie sprachen, doch erkannt."

„Wie ich schon sagte", fuhr der alte Pfarrer fort, „bin ich nicht der Ansicht, daß diese Erklärung völlig ausreicht. Ich glaube immer noch an den bösen Einfluß dieses Hains – einen Einfluß, der Elliot Haydon zu seiner Tat antrieb. Selbst bis auf den heutigen Tag kann ich nicht ohne ein Gefühl des Schauderns an das Götzenhaus der Astarte denken."

Die verschwundenen Goldbarren

„Es ist vielleicht nicht ganz fair, Ihnen die folgende Geschichte zu erzählen", erklärte Raymond West, „da ich Ihnen nicht die Lösung geben kann. Doch waren die Begebenheiten so interessant und eigenartig, daß ich Ihnen das Problem nicht vorenthalten möchte, und vielleicht können wir gemeinsam die Geschichte zu einem logischen Abschluß bringen.

Es ereignete sich alles vor zwei Jahren, als ich nach Cornwall fuhr, um Pfingsten mit einem Mann namens John Newman zu verbringen.

Er wohnte in Polperran an der Westküste von Cornwall – eine sehr wilde und felsige Gegend. Ich hatte diesen Mann ein paar Wochen zuvor kennengelernt und hielt ihn für einen äußerst interessanten Gefährten. Er besaß Intelligenz, ein Einkommen, das ihn unabhängig machte, und eine romantische Phantasie. Um seiner neuesten Liebhaberei zu frönen, hatte er dort ein Haus – Pol House – gemietet. Er war eine Autorität auf dem Gebiet des Elisabethanischen Zeitalters und beschrieb mir in lebhaften, anschaulichen Farben die Niederlage der spanischen Armada. Man hätte beinahe annehmen können, er sei ein Augenzeuge dieser Ereignisse gewesen. Ob es wohl so etwas gibt wie Reinkarnation? Das möchte ich nur allzugerne wissen."

„Du bist ja so romantisch, lieber Raymond", sagte Miss Marple und sah ihren Neffen gütig lächelnd an.

„Das ist wohl das letzte Adjektiv, das man auf mich anwenden kann", entgegnete Raymond West etwas verdrießlich. „Aber dieser Bursche Newman steckte bis zum Rande voll von Romantik, und aus diesem Grund interessierte er mich, sozusagen als ein merkwürdiges Relikt aus der Vergangenheit. Anscheinend war ein gewisses Schiff der Armada, das einen unermeßlichen Schatz in Form von Goldbarren von der Nordostküste Südamerikas an Bord hatte, an bekannten heimtükkischen Schlangenfelsen an der Küste Cornwalls zerschellt. Seit Jahren – so erzählte mir Newman – waren Versuche unternommen worden, das Schiff und seinen Schatz zu bergen. Solche Geschichten sind ja nicht selten, wenngleich die mythischen Schiffe die wirklichen an Zahl weit übertreffen. Jedenfalls war eine Gesellschaft gegründet worden, die aber bankrott ging, und Newman konnte die Rechte – oder wie man das nennt – für einen Pappenstiel erwerben. Er war ganz begeistert davon. Seiner Ansicht nach brauchte er sich nur die modernsten technischen Einrichtungen zu beschaffen, und das Gold gehörte ihm.

Als ich ihm zuhörte, mußte ich unwillkürlich denken, daß einem so reichen Menschen wie Newman alles mühelos in den Schoß fiel, während er sich aus dem tatsächlichen Wert des Goldes wahrscheinlich nichts machte. Jedenfalls steckte mich diese Begeisterung an. Im Geist sah ich die Galionen im Sturm an der Küste treiben und an den schwarzen Felsen zerschellen. Außerdem arbeitete ich zu der Zeit gerade an einem Roman, der zum Teil im sechzehnten Jahrhundert spielte, und ich hoffte, durch meinen Gastgeber wertvolles Lokalkolorit kennenzulernen.

In aufgeräumter Stimmung fuhr ich also an dem betreffenden Freitag von Paddington ab und freute mich auf die Reise. Außer mir war nur noch ein Mann im Abteil, der mir gegenüber auf dem Eckplatz saß. Er war groß und hatte eine militärische Haltung, und ich konnte mich des Eindrucks nicht erwehren, daß ich ihn vorher schon irgendwo gesehen hatte. Eine Zeitlang grübelte ich vergeblich darüber nach, aber schließlich fiel es mir ein. Mein Reisegefährte war Inspektor Badgworth, und ich war ihm begegnet, als ich eine Reihe von Artikeln über den Fall Everson schrieb.

Ich brachte mich bei ihm wieder in Erinnerung, und es war bald eine angenehme Unterhaltung im Gange. Als ich erwähnte, daß ich auf dem Wege nach Polperran sei, meinte er, das sei ein komischer Zufall, da er dasselbe Reiseziel habe. Da ich nicht neugierig erscheinen wollte, unterließ ich es, nach dem Zweck seiner Reise zu fragen. Statt dessen sprach ich von meinem eigenen Interesse für den Ort und erwähnte die untergegangene spanische Galione. Zu meinem Erstaunen schien der Inspektor darüber gut orientiert zu sein. ‚Das ist sicher die *Juan Fernandez*‘, meinte er. ‚Ihr Freund ist nicht der erste, der Geld verloren hat, um Geld aus ihr herauszuholen. Es ist eine romantische Geschichte.‘

‚Und wahrscheinlich beruht das Ganze auf einem Märchen‘,

fügte ich hinzu, ‚und es ist dort überhaupt kein Schiff versunken.‘

‚Oh, das Schiff liegt dort schon auf dem Meeresgrunde‘, bestätigte der Inspektor, ‚zusammen mit vielen anderen. Es ist erstaunlich, wie viele Wracks es gerade an dieser Küste gibt. Nebenbei bemerkt, ist es gerade ein Wrack, das mich in diese Gegend führt. Nämlich die *Otranto*, die vor sechs Monaten untergegangen ist.‘

‚Ich erinnere mich, davon gelesen zu haben‘, erwähnte ich. ‚Soviel ich weiß, ist niemand dabei umgekommen.‘

‚Niemand ist dabei umgekommen‘, pflichtete mir der Inspektor bei. ‚Aber etwas anderes ist verlorengegangen. Es ist nicht allgemein bekannt, aber die *Otranto* hatte Goldbarren an Bord.‘

‚So?‘ fragte ich mit großem Interesse.

‚Natürlich haben wir Taucher gehabt, um die Bergungsarbeiten vorzunehmen, aber – das Gold ist verschwunden, Mr. West.‘

‚Verschwunden?‘ fragte ich erstaunt. ‚Wie ist das möglich?‘

‚Das ist die große Frage‘, erwiderte der Inspektor. ‚Die Felsen rissen ein klaffendes Loch in die Stahlkammer des Schiffes. Es war für die Taucher leicht, auf diese Weise hineinzukommen, aber sie fanden die Stahlkammer leer vor. Es erhebt sich nun die Frage: Wurde das Geld vor oder nach dem Schiffbruch gestohlen? War es überhaupt je in der Stahlkammer?‘

‚Ein merkwürdiger Fall‘, bemerkte ich.

‚Ein sehr merkwürdiger Fall, wenn man sich klarmacht, was Goldbarren sind. Es handelt sich nicht um ein Diamantenkollier, das man in die Tasche stecken kann. Wenn man sich vorstellt, wie groß und hinderlich diese Barren sind, dann sollte man es einfach nicht für möglich halten. Es mag natürlich ein gewisser Hokuspokus vor der Abfahrt des Schiffes stattgefunden haben; aber wenn dies nicht der Fall ist, müssen die Barren in den letzten sechs Monaten entfernt worden sein. Und ich fahre jetzt hin, um der Sache auf den Grund zu gehen.‘

Bei meiner Ankunft holte mich Newman vom Bahnhof ab, und zwar mit einem Farmlastwagen, der zu seinem Besitz gehörte.

Das Haus war bezaubernd. Es lag hoch oben auf den Klippen und gewährte einen herrlichen Blick auf das Meer. Einzelne Teile waren drei- oder vierhundert Jahre alt, und ein moderner Flügel war angebaut worden. Dahinter, nach dem Binnenland zu, lagen etwa zweihundertvierzigtausend Ar Akkerland.

‚Willkommen in Pol House', sagte Newman, ‚unter dem Zeichen der Goldenen Galione.' Mit diesen Worten wies er auf eine tadellose Reproduktion einer spanischen Galione unter vollen Segeln, die über der Haustür hing.

Der erste Abend war äußerst angenehm und lehrreich. Mein Gastgeber zeigte mir die alten Manuskripte, die sich auf die *Juan Fernandez* bezogen. Er entrollte Karten für mich und deutete darauf bestimmte Positionen an. Ferner zeigte er mir Entwürfe von Tauchgeräten, die mir, offen gestanden, ein Buch mit sieben Siegeln waren.

Ich erwähnte meine Begegnung mit Inspektor Badgworth, die ihn sehr zu interessieren schien.

‚Eigenartige Leute wohnen an dieser Küste', bemerkte er nachdenklich. ‚Schmuggeln und Plündern steckt ihnen im Blut. Wenn ein Schiff an ihrer Küste zu Schaden kommt, betrachten sie es einfach als gesetzliche, für ihre Taschen bestimmte Beute. Ein Bursche ist darunter, den ich Ihnen gern zeigen möchte. Ein interessanter Mensch.'

Der nächste Tag stieg klar und hell herauf. Newman nahm mich mit nach Polperran und machte mich mit seinem Taucher Higgins bekannt. Dieser hatte ein ausdrucksloses Gesicht und war äußerst schweigsam. Sein Beitrag zur Unterhaltung bestand in wenigen einsilbigen Worten. Nach einer Diskussion höchst technischer Angelegenheiten begaben wir uns alle drei in die Kneipe *‚Zu den drei Ankern'*, wo ein Krug Bier die Zunge des verschlossenen Burschen ein wenig löste.

‚Ein Herr Detektiv aus London ist hier aufgetaucht', grunzte er. ‚Man sagt allenthalben, daß das Schiff, das im vergangenen November hier unterging, eine beträchtliche Menge Gold an Bord hatte. Na, es war nicht das erste Schiff, das versunken ist, und wird wohl auch nicht das letzte sein.'

‚Hört, hört', mischte sich der Drei-Anker-Wirt ein. ‚Da hast du ein wahres Wort gesprochen, Bill Higgins.'

‚Stimmt wohl, Mr. Kelvin', entgegnete Higgins.

Ich betrachtete den Wirt mit ziemlicher Neugierde. Er war ein bemerkenswerter Mann, ein dunkler Typ mit ungewöhnlich breiten Schultern. Seine Augen waren blutunterlaufen, und er vermied es stets, einen direkt anzusehen. Ich vermutete, daß dies der Mann war, den Newman als interessanten Menschen erwähnt hatte.

‚An dieser Küste wollen wir keine neugierigen Fremden', brummte er.

‚Meinen Sie die Polizei damit?' fragte Newman lächelnd.

‚Jawohl, die Polizei – und andere', fügte Kelvin vielsagend hinzu. ‚Vergessen Sie das nicht, Mister.'

‚Wissen Sie, Newman, das klang mir sehr nach einer Drohung', sagte ich zu ihm, als wir den steilen Hang hinaufkletterten.

Mein Freund lachte.

‚Unsinn, ich tue den Leuten hier nichts.'

Ich schüttelte zweifelnd den Kopf. Kelvin hatte etwas Unheimliches und Wildes an sich. Ich hatte das Gefühl, daß sich seine Gedanken auf seltsamen, uns unbekannten Pfaden bewegten.

Ich glaube, ich führte meine beginnende Unruhe auf diesen Moment zurück. In der ersten Nacht hatte ich ziemlich gut geschlafen, aber in der folgenden Nacht schlief ich unruhig und war häufig wach. Der Sonntag zog unfreundlich und finster herauf. Der Himmel war bedeckt, und ein Gewitter lag in der Luft. Ich habe es noch nie gut verstanden, meine Gefühle zu verbergen, und Newman bemerkte eine Veränderung an mir.

‚Was ist denn nur mit Ihnen los, West? Sie sind ja das reinste Nervenbündel heute morgen.'

‚Ich weiß es nicht', bekannte ich, ‚aber ich bin von düsteren Vorahnungen geplagt.'

‚Das liegt wohl am Wetter.'

‚Vielleicht.'

Mehr sagte ich nicht. Nachmittags unternahmen wir eine Fahrt in Newmans Motorboot. Aber es regnete so heftig, daß wir gern umkehrten, um wieder in trockene Kleidung zu kommen.

Und am Abend wurde meine Unruhe noch größer, während draußen ein furchtbarer Sturm heulte und tobte. Gegen zehn Uhr beruhigten sich die Elemente. Newman blickte zum Fenster hinaus.

‚Es klärt sich auf', verkündete er. ‚Mich sollte es nicht wundern, wenn wir in einer halben Stunde eine wolkenlose, klare Nacht hätten. Wenn das so ist, werde ich noch einen Spaziergang machen!'

Ich gähnte. ‚Ich bin furchtbar müde. Habe in der letzten Nacht nicht viel Schlaf bekommen und werde mich daher früh hinlegen.'

Das tat ich denn auch. Im Gegensatz zur vorigen Nacht

verfiel ich in einen tiefen Schlaf, der mir aber keine Ruhe brachte. Ich wurde immer noch von schrecklichen Ahnungen gequält und hatte furchtbare Träume. Ich wanderte in gräßlichen Schlünden und Klüften und wußte dabei ganz genau, daß jedes Ausrutschen den Tod bedeutete. Ich wachte auf, als die Zeiger meiner Uhr auf acht standen. Ich hatte heftige Kopfschmerzen, und der Terror meiner nächtlichen Träume war noch nicht von mir gewichen.

So sehr stand ich unter diesem Einfluß, daß ich, als ich zum Fenster trat und es öffnete, mit einem neuen Gefühl des Entsetzens zurückfuhr; denn das erste, was ich sah oder zu sehen glaubte, war ein Mann, der ein Grab schaufelte.

Es vergingen einige Minuten, bis ich mich gefaßt hatte. Dann wurde es mir klar, daß der ‚Totengräber' Newmans Gärtner und das ‚Grab' dazu bestimmt war, drei neue Rosenbüsche aufzunehmen, die daneben auf dem Rasen lagen.

Der Gärtner blickte zu mir hinauf und faßte an seinen Hut.

‚Guten Morgen, Sir. Schöner Tag, Sir.'

‚Sieht ja so aus', entgegnete ich unsicher; denn ich vermochte immer noch nicht meine gedrückte Stimmung ganz abzuschütteln.

Es war jedoch, wie der Gärtner festgestellt hatte, bestimmt ein sehr schöner Morgen. Die Sonne schien warm aus einem klaren mattblauen Himmel, der schönes Wetter für den ganzen Tag versprach, und ich pfiff vor mich hin, als ich zum Frühstück hinunterging. Newman hatte keine Dienstmädchen, die im Hause wohnten. Zwei Schwestern in mittleren Jahren, die auf einem Bauernhof in der Nähe lebten, erschienen täglich, um für seine bescheidenen Bedürfnisse zu sorgen. Eine von ihnen

stellte gerade die Kaffeekanne auf den Tisch, als ich in das Zimmer trat.

‚Guten Morgen, Elisabeth', begrüßte ich sie. ‚Ist Mr. Newman noch nicht unten?'

‚Er muß schon sehr früh fortgegangen sein, Sir', erwiderte sie. ‚Er war nicht im Hause, als wir ankamen.'

Sofort kehrte meine Unruhe zurück. An den beiden vorhergehenden Morgen war Newman ziemlich spät am Frühstückstisch erschienen, und ich hatte durchaus nicht den Eindruck, daß er ein Frühaufsteher sei. Meine Befürchtungen trieben mich dazu, in sein Schlafzimmer zu gehen. Es war leer, und außerdem war das Bett unbenutzt. Eine kurze Durchsuchung des Zimmers brachte noch etwas anderes ans Licht. Wenn Newman einen Morgenspaziergang unternommen hatte, mußte er in seinem Anzug vom Vorabend ausgegangen sein, denn dieser fehlte. Ich war jetzt davon überzeugt, daß meine bösen Ahnungen sich erfüllt hatten. Newman hatte natürlich seinen Abendspaziergang gemacht und war aus irgendeinem Grunde nicht zurückgekehrt. Warum? Hatte er einen Unfall erlitten? War er von den Klippen gestürzt? Es mußte sofort eine Suchaktion veranstaltet werden.

In wenigen Stunden hatte ich eine große Schar von Helfern zusammengetrommelt, und gemeinsam suchten wir die Klippen und Felsen nach allen Richtungen hin ab. Aber von Newman war keine Spur zu sehen.

In meiner Verzweiflung suchte ich schließlich Inspektor Badgworth auf, dessen Gesicht bei meiner Erzählung einen sehr ernsten Ausdruck annahm.

‚Es sieht mir so aus, als ob da eine Schurkerei im Gange sei', meinte er. ‚Es gibt hier in dieser Gegend etliche Burschen, die kein sehr ausgeprägtes Gewissen haben. Haben Sie Kelvin, den Drei-Anker-Wirt, schon gesehen?'

Ich erwähnte meine Begegnung mit ihm.

‚Wissen Sie schon, daß er vor vier Jahren eine Gefängnisstrafe abgesessen hat? Ja, wegen tätlichen Angriffs.'

‚Das überrascht mich gar nicht', erwiderte ich.

‚Man ist hier allgemein der Ansicht, daß Ihr Freund seine Nase allzugern in Angelegenheiten steckt, die ihn nichts angehen. Hoffentlich ist ihm nichts Ernsthaftes passiert.'

Die Suche wurde mit verdoppelter Kraft fortgesetzt, aber erst am Spätnachmittag wurden unsere Anstrengungen belohnt. Wir fanden Newman in einem tiefen Graben in einem entfernten Winkel seines eigenen Besitztums. Er war an Händen und Füßen gefesselt, und man hatte ihm ein Taschentuch als Knebel in den Mund gestopft, damit er nicht um Hilfe rufen konnte.

Er war äußerst erschöpft und klagte über heftige Schmerzen. Aber nachdem wir seine Handgelenke und Fußknöchel gerieben und ihm zur Stärkung einen ordentlichen Schluck Whisky eingeflößt hatten, vermochte er uns das Vorgefallene zu schildern.

Nachdem sich der Sturm gelegt hatte, war er um elf Uhr aus dem Haus gegangen und eine ganze Weile an den Klippen entlanggewandert bis zu der sogenannten Schmugglerbucht, die ihren Namen einer großen Anzahl von Höhlen verdankte. Hier hatte er einige Männer beobachtet, die etwas aus einem kleinen Boot luden, und war hinuntergestiegen, um zu sehen, was da vor sich ging. Er hatte nicht erkennen können, was sie ausluden, aber es schien sehr schwer zu sein, und es wurde in eine der abgelegensten Höhlen getragen.

Obwohl Newman keinen eigentlichen Verdacht schöpfte, hatte er sich im stillen doch etwas über dieses Treiben gewundert und war unbemerkt ziemlich dicht herangeschlichen. Plötzlich ertönte ein Schreckensruf, und sofort stürzten sich zwei kräftige Seeleute auf ihn, die ihn so lange bearbeiteten, bis er das Bewußtsein verlor. Als er wieder zu sich kam, lag er auf einem Lastwagen, der mit Holtergepolter den Weg hinanfuhr, der von der Küste zum Dorf führte. Zu seiner großen Überraschung bog der Wagen dann in seine eigene Einfahrt. Nachdem sich die Männer hier eine Zeitlang im Flüsterton unterhalten hatten, zerrten sie ihn schließlich aus dem Wagen und warfen ihn in einen Graben, der so tief war, daß man ihn nicht so rasch entdecken konnte. Dann fuhr der Wagen weiter und verließ seinen Grund und Boden durch ein anderes Tor, das etwa vierhundert Meter näher am Dorf lag. Er konnte seine Angreifer nicht näher beschreiben, wußte nur, daß es Seeleute waren und, ihrer Sprache nach zu urteilen, aus Cornwall stammten.

Inspektor Badgworth zeigte großes Interesse.

‚Sie können sich darauf verlassen, an dieser Stelle haben sie den Kram versteckt!' rief er. ‚Auf irgendeine Weise haben sie die Barren aus dem Wrack geborgen und in einer einsamen Höhle verstaut. Es ist bekannt, daß wir alle Höhlen in der Schmugglerbucht durchsucht haben und uns jetzt die anderen vornehmen.

Sicher haben sie nun bei Nacht die Barren in eine Höhle geschafft, die wir bereits untersucht haben und höchstwahrscheinlich nicht noch einmal betreten werden. Unglücklicherweise haben sie schon achtzehn Stunden Zeit gehabt, um den Kram beiseite zu schaffen, und ich möchte es sehr bezweifeln, ob wir noch etwas vorfinden werden.'

Der Inspektor eilte von dannen, um seine Nachforschungen wieder aufzunehmen. Er entdeckte deutliche Spuren, daß man das Gold an der erwähnten Stelle aufgestapelt hatte. Aber es war inzwischen wieder entfernt worden, und nichts deutete auf das neue Versteck hin.

Einen Anhaltspunkt hatte man allerdings, und der Inspektor selbst machte mich am nächsten Morgen darauf aufmerksam.

‚Dieser Weg wird von Motorfahrzeugen wenig benutzt', erklärte er, ‚und an einigen Stellen haben wir sehr deutliche Reifenspuren gefunden. Der eine Reifen hat eine dreieckige Vertiefung, die eine unverkennbare Spur hinterläßt. Wir fanden sie an beiden Toren, also haben wir zweifellos das richtige Fahrzeug erwischt. Es gibt nicht viele Leute im Dorf, die einen Lastwagen besitzen – höchstens zwei oder drei. Kelvin, der Drei-Anker-Wirt, hat einen.'

‚Was war Kelvin ursprünglich von Beruf?' fragte Newman.

‚Ein merkwürdiger Zufall, daß Sie gerade diese Frage stellen, Mr. Newman. In seiner Jugend war Kelvin Taucher von Beruf.'

Newman und ich warfen uns einen Blick zu. Die einzelnen Stücke schienen sich ja wunderbar in das Mosaik einzufügen.

‚Sie haben wohl nicht erkannt, ob einer der Männer am Strand Kelvin war?' fragte der Inspektor.

Newman schüttelte den Kopf.

‚Leider kann ich darüber nichts sagen', bedauerte er. ‚Ich hatte wirklich nicht viel Zeit, mich umzusehen.'

Der Inspektor gestattete mir freundlicherweise, ihn zu den *‚Drei Ankern‘* zu begleiten. Die Garage lag in einer Seitenstraße. Die großen Türen waren geschlossen, aber wir entdeckten eine kleine Seitentür, die offen war. Eine sehr kurze Untersuchung der Reifen genügte dem Inspektor. ‚Wahrhaftig, wir haben ihn!‘ rief er aus. ‚Hier auf dem linken Hinterrad ist das Dreieck in seiner ganzen Größe. Nun, Mr. Kelvin, trotz all Ihrer Ränke werden Sie sich aus dieser Angelegenheit nicht herausreden können.‘“

Raymond West hielt inne.

„Nun“, meinte Joyce, „ich sehe weiter kein Rätsel darin – es sei denn, man habe das Gold niemals gefunden.“

„Das Gold hat man nie gefunden“, entgegnete Raymond, „und auch Kelvin hat man nicht geschnappt. Er war wohl zu gerissen für sie, aber ich verstehe nicht ganz, wie er es fertiggebracht hat. Auf Grund der Reifenspur wurde er vorschriftsmäßig verhaftet. Aber es trat ein unvorhergesehenes Ereignis ein. Gerade gegenüber der großen Garagentür stand ein Häuschen, das eine Künstlerin für den Sommer gemietet hatte.“

„Oh, diese Künstlerinnen!“ warf Joyce lachend dazwischen.

„Ganz recht. Diese spezielle Künstlerin war seit einigen Wochen krank gewesen und hatte zwei Krankenschwestern, die sie betreuten. Die Nachtschwester hatte an dem bewußten Abend ihren Sessel ans Fenster geschoben und hinausgeblickt. Sie erklärte, daß der Lastwagen die gegenüberliegende Garage nicht hätte verlassen können, ohne von ihr gesehen worden zu sein, und sie sagte unter Eid aus, daß der Wagen in jener Nacht die Garage nicht verlassen habe.“

„Das ist kein Problem“, erklärte Joyce. „Die Krankenschwester ist natürlich eingeschlafen. Das geht ihnen meistens so.“

„Das soll – hm – schon vorgekommen sein“, sagte Mr. Petherick diskret. „Aber es will mir scheinen, daß wir Tatsachen ohne genaue Prüfung hinnehmen. Bevor wir die Zeugenaussage der Krankenschwester akzeptieren, sollten wir ihre Glaubwürdigkeit genauestens prüfen. Dieses mit so verdächtiger Schnelligkeit gelieferte Alibi ist dazu angetan, Zweifel zu wecken.“

„Die Künstlerin hat aber auch eine Aussage gemacht“,

wandte Raymond ein. „Sie erklärte, sie habe Schmerzen gehabt, die sie fast die ganze Nacht wach gehalten hätten, und sie würde bestimmt das Motorengeräusch des Wagens gehört haben, besonders in der Stille, die auf den Sturm folgte."

„Hm", meinte der Pfarrer. „Das ist natürlich ein Beweis mehr. Besaß Kelvin selbst ein Alibi?"

„Er behauptete, daß er von zehn Uhr an zu Hause und im Bett gewesen sei, konnte aber keine Zeugen zur Unterstützung dieser Aussage beibringen."

„Die Sache ist ganz einfach", erklärte Joyce, „die Krankenschwester ist eingeschlafen. Und die Patientin ebenfalls. Kranke Leute bilden sich immer ein, sie hätten die ganze Nacht kein Auge zugetan."

Raymond West warf einen fragenden Blick auf Dr. Pender, der nachdenklich sagte: „Wissen Sie, dieser Kelvin tut mir eigentlich leid. Wer einmal einen schlechten Namen hat, dem wird so allerlei angehängt. Kelvin war im Gefängnis gewesen. Abgesehen von der Reifenspur, die allerdings zu bedeutsam ist, um einen bloßen Zufall darzustellen, spricht außer seiner unglückseligen Vergangenheit nichts gegen ihn."

„Und was meinen Sie dazu, Sir Henry?"

Sir Henry schüttelte den Kopf. „Zufällig ist mir dieser Fall bekannt. Also darf ich mich nicht dazu äußern."

„Und wie steht es mit dir, Tante Jane? Was ist deine Meinung?"

„Die würde dir nicht gefallen, lieber Neffe. Die jungen Leute halten nicht viel von den Ansichten der Älteren, das habe ich schon gemerkt. Es ist besser, man schweigt."

„Unsinn, Tante Jane. Heraus mit der Sprache!"

„Nun, lieber Raymond", begann Miss Marple, während sie ihr Strickzeug hinlegte und zu ihrem Neffen hinüberblickte. „Ich bin vor allen Dingen der Ansicht, daß du in der Wahl deiner Freunde vorsichtiger sein solltest. Du bist so leichtgläubig, mein Lieber, und läßt dich so rasch einwickeln. Das liegt wohl daran, daß du ein Schriftsteller bist und so viel Phantasie hast. Diese Geschichte mit der spanischen Galione! Wenn du älter wärest und mehr Lebenserfahrung hättest, würdest du sofort auf der Hut gewesen sein. Noch dazu bei einem Mann, den du erst wenige Wochen kanntest!"

Sir Henry ließ plötzlich ein homerisches Gelächter erschallen und schlug sich kräftig auf das Knie.

„Da haben Sie aber einen aufs Dach gekriegt, Raymond", rief er. „Miss Marple, Sie sind wundervoll. Ihr Freund Newman, mein Junge, hat noch einen anderen Namen – mehrere sogar. Im Augenblick weilt er nicht in Cornwall, sondern in Devonshire – genauer gesagt, in Dartmoor – als Sträfling im Princetown-Gefängnis. Wir haben ihn nicht bei dem Diebstahl der Goldbarren erwischt, sondern bei der Plünderung der Stahlkammer in einer Londoner Bank. Dann untersuchten wir seine Vergangenheit und fanden eine beträchtliche Portion des gestohlenen Goldes im Garten von Pol House vergraben. Es war eine ganz raffinierte Idee. An der ganzen cornischen Küste schwirrten Geschichten umher von gesunkenen Galionen und Goldschätzen. Daher fiel der Taucher nicht auf, und später wäre aus diesem Grunde auch das Gold nicht aufgefallen. Aber man brauchte einen Sündenbock, und für diesen Zweck war Kelvin geradezu ideal. Newman hat seine kleine Komödie sehr gut gespielt, und unser Freund Raymond mit seinem Ruf als Schriftsteller war sicher ein einwandfreier Zeuge."

„Aber die Reifenspur?" beharrte Joyce.

„Oh, das habe ich gleich gemerkt, meine Liebe, obwohl ich von Autos nichts verstehe", erwiderte Miss Marple. „Ein Rad läßt sich leicht auswechseln – das habe ich schon oft beobachtet –, und sie konnten natürlich ohne weiteres ein Rad von Kelvins Wagen abnehmen, es durch die kleine Tür in die Seitengasse tragen und es an Mr. Newmans Wagen montieren. Dann fuhren sie Mr. Newmans Wagen durch das eine Tor zum Strand, füllten ihn mit Gold und brachten ihn durch das andere Tor zurück. Später haben sie dann das Rad wieder an Mr. Kelvins Wagen eingesetzt, während jemand anders Mr. Newman im Graben fesselte. Sehr unbehaglich für ihn, und wahrscheinlich dauerte es länger, bis man ihn fand, als er erwartet hatte. Vermutlich hat der Mann, der sich als Gärtner bezeichnete, diesen Teil des Komplotts ausgeführt."

„Warum gebrauchst du den Ausdruck ‚der sich als Gärtner bezeichnete', Tante Jane?" fragte Raymond neugierig.

„Nun, er kann doch kein richtiger Gärtner gewesen sein",

entgegnete Miss Marple. „Kein Gärtner arbeitet am Pfingstmontag. Das weiß doch jeder."

Lächelnd faltete sie ihr Strickzeug zusammen.

„Diese geringfügige Tatsache hat mich eigentlich erst auf die richtige Fährte gebracht."

Sie blickte zu Raymond hinüber und fuhr fort: „Wenn du erst einmal ein Haus und einen eigenen Garten hast, lieber Raymond, wirst du über solche Kleinigkeiten auch Bescheid wissen."

Der rote Badeanzug

„Es ist merkwürdig“, sagte Joyce Lemprière, „aber ich mag Ihnen meine Geschichte eigentlich gar nicht erzählen. Obwohl sie schon vor langer Zeit passiert ist – es sind genau fünf Jahre her –, ist sie mir nie aus dem Sinn gekommen. Das freundlich lächelnde Äußere – und die dahinter versteckte Scheußlichkeit. Und seltsamerweise ist das Bild, das ich zu der Zeit malte, von derselben Atmosphäre durchdrungen. Auf den ersten Blick ist es nur die flüchtige Skizze einer kleinen, steilen, sonnenbeschienenen Straße in Cornwall. Sieht man jedoch länger hin, dann kriecht etwas Unheimliches hinein. Ich habe das Bild nie verkauft, aber ich sehe es mir auch nie mehr an. Es steht in einer Ecke meines Ateliers mit dem Gesicht zur Wand.

Der Name des Ortes war Rathole. Es ist ein seltsames kleines Fischerdorf, sehr malerisch – vielleicht zu malerisch. Es hat etwas zu betont Altfränkisches an sich. Es gibt dort Läden, wo bubiköpfige Mädchen in Kitteln Sinnsprüche auf Pergament malen. Das Dorf ist hübsch und altväterlich – ohne Frage –, aber sehr gewollt altväterlich.“

„Das kennen wir“, stöhnte Raymond West. „Es ist der Fluch der Omnibusse. Wie eng auch die Straßen sein mögen, die hinführen, kein malerisches Dorf ist vor ihnen sicher.“

Joyce nickte.

„Die Wege, die nach Rathole hinunterführen, sind auch sehr eng und so steil wie ein Hausdach. Doch zurück zu meiner Geschichte. Ich war für zwei Wochen nach Cornwall gefahren, um zu malen. In Rathole gibt es ein altes Gasthaus, das *‚Polharwith-Wappen‘*. Es soll das einzige Haus sein, das noch stand, nachdem die Spanier den Ort im Jahre fünfzehnhundertsoundso bombardiert hatten.“

„Nicht bombardiert“, verbesserte Raymond West stirnrunzelnd. „Bemühe dich doch, historisch genau zu sein, Joyce.“

„Na, sie hatten jedenfalls Kanonen aufgestellt und geschossen, und die Häuser stürzten zusammen. Das ist aber nebensächlich. Der Gasthof war ein wunderbares altes Haus mit einer auf vier Säulen ruhenden Veranda. Ich fand eine sehr gute Stelle, von der ich das Haus malen konnte, und hatte gerade begonnen, als ein Auto auf gewundenem Pfade den Hügel herabkroch. Natürlich blieb es ausgerechnet vor dem Gasthof stehen – an der Stelle, wo es mich am meisten störte. Die Leute stiegen aus – ein Mann und eine Frau –, ich schenkte ihnen keine besondere Aufmerksamkeit. Sie trug ein malvenfarbenes Leinenkleid und einen dazu passenden Hut.

Bald darauf kam der Mann wieder heraus und fuhr zu meiner großen Erleichterung seinen Wagen zum Kai hinunter, wo er ihn stehenließ. Er schlenderte dann an mir vorbei auf den Gasthof zu. In diesem Augenblick kam schon wieder so ein dummes Auto den Hügel herab. Die Frau am Steuer trug das leuchtendste Kattunkleid, das ich je gesehen habe – mit scharlachroten Blumen – und dazu einen riesengroßen grellroten Strohhut.

Diese Frau hielt nicht vor dem Gasthof, sondern fuhr weiter die Straße hinunter in die Nähe des anderen Autos. Als sie ausstieg, wurde sie der Mann erst gewahr und rief ganz erstaunt: ‚Carol, du hier? Das ist ja wundervoll. Ich habe dich eine Ewigkeit nicht gesehen, und ausgerechnet in diesem abgelegenen Fleckchen müssen wir uns treffen. Da kommt Margery – meine Frau. Ich muß euch miteinander bekannt machen.'

Sie gingen nebeneinander die Straße zum Gasthof hinauf, und ich sah, daß die andere Frau gerade aus der Tür getreten war und sich auf die beiden zubewegte. Von der Frau mit dem Namen Carol erhaschte ich einen flüchtigen Blick, als sie an mir vorbeikam. Ich sah ein sehr weiß gepudertes Kinn und einen flammend rot geschminkten Mund, und es ging mir durch den Sinn, ob Margery von dieser Bekanntschaft wohl sehr begeistert sein würde. Ich hatte Margery allerdings nicht aus der Nähe gesehen, aber von weitem sah sie recht altmodisch und zimperlich aus.

Nun, es war ja natürlich nicht meine Angelegenheit, aber manchmal bekommt man merkwürdige kleine Einblicke ins Leben, und man denkt unwillkürlich darüber nach. Einige Brocken ihrer Unterhaltung drangen an mein Ohr. Sie sprachen vom Baden. Der Ehemann, dessen Name Denis zu sein schien, wollte ein Boot nehmen und sie an der Küste entlangfahren, um ihnen eine sehenswerte Höhle in der Nähe zu zeigen. Carol wollte auch die Höhle sehen, schlug aber einen Spaziergang über die Klippen vor, da sie Boote nicht ausstehen könne. Schließlich einigten sie sich dahin, daß Carol den Klippenweg benutzen und das Ehepaar bei der Höhle treffen sollte, während Denis und Margery bis zu der Stelle rudern wollten.

Da sie vom Baden geredet hatten, überkam auch mich das Verlangen zu schwimmen. Es war ein sehr heißer Morgen, und meine Arbeit ging sowieso nicht gut voran. Auch bildete ich mir ein, daß die Nachmittagssonne eine fesselndere Wirkung auf meinem Bild hervorbringen würde. Also packte ich meine Sachen zusammen und ging zu einem kleinen Strandplatz, den ich entdeckt hatte – er lag gerade in entgegengesetzter Richtung von der Höhle. Nach einem herrlichen Bad aß ich meinen Lunch: Zunge aus einer Dose und zwei Tomaten, und kehrte nachmittags zuversichtlich und begeistert zu meiner Arbeit zurück.

Ganz Rathole schien zu schlafen. Mit der Wirkung der Nachmittagssonne hatte ich recht gehabt, die Schatten waren weit ausdrucksvoller. Ich nahm an, daß die Badegesellschaft wohlbehalten heimgekehrt war; denn zwei Badeanzüge – ein scharlachroter und ein dunkelblauer – hingen über dem Balkon, um in der Sonne zu trocknen.

Ich hatte eine Ecke in meinem Bild ein wenig verpfuscht und war eine ganze Weile eifrig damit beschäftigt, die Sache in Ordnung zu bringen. Als ich wieder aufblickte, lehnte an einer der Säulen des Gasthofes eine männliche Gestalt, die plötzlich aus dem Nichts hervorgezaubert zu sein schien. Der Mann trug Seemannskleidung und war vermutlich ein Fischer. Er hatte einen langen dunklen Bart, und wenn ich nach einem Modell für einen bösen spanischen Piraten gesucht hätte, so wäre es kaum möglich gewesen, ein besseres zu finden. In fieberhafter Eile machte ich mich ans Werk, aus Angst, daß er sich entfernen könnte, wenn auch seine ganze Haltung darauf hindeutete, daß er durchaus bereit sei, die Säule bis in alle Ewigkeit zu stützen.

Zuletzt rührte er sich aber doch, glücklicherweise nicht bevor ich ihn skizziert hatte. Er kam auf mich zu und begann zu sprechen. Meine Güte, wie dieser Mann redete!

Rathole, erklärte er, sei ein interessanter Flecken. Meine Beteuerung, daß ich das bereits wisse, rettete mich jedoch nicht vor seinem Wortschwall. Er tischte mir noch einmal die ganze Geschichte der Zerstörung des Dorfes auf und schilderte mir in glühenden Farben, wie der Wirt des ‚*Polharwith-Wappens*' als letzter daran glauben mußte und auf seiner eigenen Schwelle von dem Schwert eines spanischen Kapitäns durchstochen wurde, wie das Blut auf das Pflaster spritzte und hundert Jahre lang nicht abgewaschen werden konnte.

Es paßte zu der lässigen, schläfrigen Stimmung des Nachmittags. Die Stimme des Mannes war sanft und monoton, gleichzeitig aber hatte sie einen unheimlichen Unterton. Obgleich er ein unterwürfiges Wesen zur Schau trug, machte er auf mich einen grausamen Eindruck. Ich verstand plötzlich die Inquisition und all die anderen Greueltaten der Spanier viel besser als je zuvor.

Während der ganzen Zeit, als er mit mir redete, hatte ich weitergemalt, und plötzlich merkte ich, daß ich in der durch seine Erzählung verursachten Erregung etwas in mein Bild hineingemalt hatte, das gar nicht vorhanden war. Auf das weiße, sonnenbeschienene Pflaster vor der Tür des Gasthofes hatte ich Blutflecke gemalt. Es schien mir merkwürdig, daß die Phantasie einen solchen Schabernack mit meiner Hand spielen konnte. Doch als ich wieder zum Gasthof hinüberblickte, erlitt ich einen zweiten Schock. Meine Hand hatte doch nur gemalt, was meine Augen sahen – Blutstropfen auf dem weißen Pflaster.

Wie gebannt starrte ich eine Weile darauf. Dann schloß ich die Augen und sagte zu mir: Sei nicht so töricht. In Wirklichkeit ist gar nichts da. – Dann schaute ich wieder hin, aber die Blutflecke waren immer noch auf dem Pflaster.

Plötzlich konnte ich es nicht mehr aushalten. Ich unterbrach den Redefluß des Fischers.

‚Sehen Sie mal, ich sehe heute nicht besonders gut. Sind das eigentlich Blutflecke dort auf dem Pflaster?'

Er sah mich nachsichtig und freundlich an.

‚Keine Blutflecke in der heutigen Zeit, meine Dame. Was ich Ihnen erzählt habe, passierte vor ungefähr fünfhundert Jahren.'

‚Ja', sagte ich, ‚aber sehen Sie doch mal hin – da auf dem Pflaster ...' Die Worte erstarben mir auf den Lippen. Ich wußte, daß er nicht das sehen würde, was ich sah. Ich erhob mich und packte mit zitternden Händen meine Siebensachen zusammen. Währenddessen kam der junge Ehemann aus der Tür des Gasthofes und blickte bestürzt die Straße hinauf und hinunter. Oben auf dem Balkon erschien seine Frau und holte die Badesachen herein. Er ging auf seinen Wagen zu, drehte sich aber plötzlich um und überquerte die Straße, um den Fischer anzureden.

‚Sagen Sie mal, mein guter Mann, wissen Sie zufällig, ob die Dame, die in dem zweiten Wagen heute morgen hier ankam, schon wieder zurück ist?'

‚Die Dame in dem großgeblümten Kleid? Nein, Sir, ich habe sie nicht gesehen. Heute morgen ist sie auf dem Klippenweg nach der Höhle gegangen.'

‚Ich weiß, ich weiß, wir alle haben dort zusammen gebadet, und sie hat uns dann verlassen, um ins Dorf zurückzukehren. Aber ich habe sie seitdem noch nicht wiedergesehen. Sie kann unmöglich so lange gebraucht haben. Die Klippen in dieser Gegend sind doch nicht etwa gefährlich, wie?'

‚Das richtet sich ganz danach, welchen Weg Sie gehen. Am besten ist es immer, wenn man einen Orskundigen mitnimmt.'

Offenbar meinte er sich selbst damit und begann, das Thema auszuspinnen, aber der junge Mann schnitt ihm kurzerhand das Wort ab und rannte zum Gasthof zurück, wo er seiner Frau, die noch auf dem Balkon stand, zurief: ‚Hör mal, Margery, Carol ist noch nicht wieder zurück. Ist das nicht merkwürdig?'

Margerys Antwort konnte ich nicht verstehen, aber ihr Mann fuhr fort: ‚Nun, wir können nicht länger warten. Wir müssen sehen, daß wir nach Penrithar kommen. Bist du fertig? Ich will eben den Wagen wenden.'

Das tat er dann auch, und bald darauf fuhren die beiden los. Inzwischen hatte ich genügend Mut gefaßt, um mir selbst zu beweisen, wie lächerlich meine Phantasiegebilde waren. Sobald der Wagen verschwunden war, ging ich zum Gasthof hinüber und untersuchte das Pflaster genau. Es waren natürlich keine Blutflecke vorhanden. Sie waren mir von meiner

verzerrten Phantasie vorgegaukelt worden. Aber irgendwie schien das die Sache nur schrecklicher zu machen. Während ich noch dort stand, hörte ich auf einmal die Stimme des Fischers.

Er warf mir einen merkwürdigen Blick zu. ‚Sie haben also geglaubt, hier Blutflecke zu sehen, meine Dame?‘

Ich nickte.

‚Das ist seltsam, wirklich sehr seltsam. Hier herrscht nämlich ein alter Aberglaube. Wenn jemand diese Blutflecke sieht . . .‘

Er hielt inne.

‚Nun, was ist dann?‘ fragte ich.

Er fuhr in seiner weichen Stimme, die völlig frei von cornischen Dialektausdrücken war, fort: ‚Man sagt hierzulande: Wenn jemand diese Blutflecke sieht, dann wird innerhalb von vierundzwanzig Stunden ein Todesfall eintreten.‘

Schaurig! Es rieselte mir kalt den Rücken hinab.

Mit sanfter Überredung fuhr er fort: ‚Es gibt da eine sehr interessante Tafel in der Kirche, über einen Toten . . .‘

‚Nein, danke‘, wehrte ich energisch ab, drehte mich rasch um und ging die Straße hinauf zu dem Häuschen, in dem ich wohnte. Gerade als ich dort anlangte, sah ich in der Ferne die Frau, die Carol hieß, auf dem Klippenpfad dahineilen. Gegen den Hintergrund der grauen Felsen wirkte sie wie eine giftige Scharlachblume. Ihr Hut sah aus, als sei er in Blut getaucht . . .

Ich schüttelte mich. Wirklich, Blut war bei mir schon zur fixen Idee geworden.

Später hörte ich das Geräusch ihres Wagens, und ich fragte mich, ob sie wohl auch nach Penrithar fuhr. Aber sie schlug genau die entgegengesetzte Richtung ein. Ich beobachtete, wie der Wagen hinaufkroch und verschwand, und dann atmete ich erleichtert auf. Rathole schien wieder zu seiner ursprünglichen Ruhe und Verschlafenheit zurückgekehrt zu sein.“

„Wenn das alles ist“, meinte Raymond West, als Joyce eine Pause machte, „will ich sofort mein Urteil abgeben: Verdauungsstörungen, nach den Mahlzeiten Flecke vor den Augen.“

„Es ist aber nicht alles“, entgegnete Joyce. „Sie müssen sich unbedingt die Fortsetzung anhören. Ich habe es zwei Tage später in der Zeitung gelesen unter der Überschrift *‚Unglücks-*

fall beim Baden im Meer'. Es wurde berichtet, wie Mrs. Dacre, die Frau von Hauptmann Denis Dacre, unglücklicherweise in der Landeer-Bucht ertrank. Sie und ihr Mann wohnten zu der Zeit dort im Hotel und hatten erklärt, sie wollten schwimmen gehen. Aber ein kalter Wind blies, und Hauptmann Dacre verspürte keine Lust mehr, sich in die Fluten zu stürzen. Also ging er mit einigen anderen Hotelgästen zum nahe gelegenen Golfplatz. Mrs. Dacre dagegen behauptete, es sei für sie nicht zu kalt, und ging allein hinunter zur Bucht. Als sie überhaupt nicht wiederkam, wurde ihr Mann unruhig und ging mit seinen Bekannten zusammen an den Strand. Dort fanden sie die Kleider seiner Frau auf einem Felsblock, aber von der unglückseligen Schwimmerin war keine Spur zu sehen. Ihre Leiche wurde erst nach fast einer Woche etwas weiter unten an der Küste angeschwemmt. Man stellte fest, daß sie vor dem Tode einen heftigen Schlag auf den Kopf bekommen hatte, und nahm an, daß sie beim Sprung ins Wasser mit dem Kopf auf einem Felsen aufgeschlagen sei. Nach meiner Berechnung ist ihr Tod genau vierundzwanzig Stunden nachdem ich die Blutflecke gesehen hatte eingetreten."

„Ich protestiere", erklärte Sir Henry. „Dies ist kein Problem, sondern eine Geistergeschichte. Miss Lemprière ist anscheinend ein Medium."

Mr. Petherick räusperte sich wie gewöhnlich.

„Ein Punkt fällt mir besonders auf", meinte er, „und das ist dieser Schlag auf den Kopf. Wir dürfen, glaube ich, nicht die Möglichkeit eines Verbrechens ausschließen. Aber es fehlen die nötigen Anhaltspunkte. Miss Lemprières Halluzination oder Vision ist gewiß sehr interessant, aber mir ist nicht ganz klar, worauf sie hinauswill."

„Verdauungsstörungen und Zufall", entschied Raymond. „Außerdem weiß man nicht genau, ob es sich um dieselben Leute handelt, ganz abgesehen davon, daß der Fluch, oder wie man 's nennen will, sich nur auf die eigentlichen Einwohner von Rathole beziehen würde."

„Ich habe das Gefühl", sagte Sir Henry, „daß dieser Fischer eine gewisse Rolle dabei spielt. Aber ich muß Mr. Petherick zustimmen. Miss Lemprière hat uns tatsächlich wenig Anhaltspunkte gegeben."

Joyce wandte sich an Dr. Pender, der den Kopf schüttelte.

„Es ist eine höchst interessante Geschichte", gab er zu, „aber ich fürchte, ich bin derselben Ansicht wie Sir Henry und Mr. Petherick. Zu wenig Tatsachen."

Joyce sah neugierig zu Miss Marple hinüber, die ihren Blick lächelnd erwiderte.

„Ich bin der Ansicht, daß Sie nicht ganz fair sind, liebe Joyce", sagte sie. „Natürlich ist es für mich nicht so schwierig. Ich meine, wir Frauen verstehen uns auf Kleider. Aber ich glaube, es ist nicht fair, einen Mann vor dieses Problem zu stellen. Das Umziehen muß sehr rasch vor sich gegangen sein. Was für eine böse Frau! Und ein noch schlimmerer Mann!"

Joyce starrte sie an.

„Tante Jane", rief sie. „Ich meine natürlich, Miss Marple. Mir kommt es vor, als hätten Sie die Wahrheit erfaßt."

„Nun, liebes Kind", erwiderte Miss Marple, „es ist viel leichter für mich, die ich hier so ruhig sitze, als für Sie. Als Künstlerin lassen Sie sich doch so leicht von der ganzen Atmosphäre beeinflussen. Wenn man hier so mit seinem Strickzeug sitzt, sieht man nur die nüchternen Tatsachen. Blut, das aus dem Badeanzug auf das Pflaster tropfte, und da es ein roter Badeanzug war, haben die Täter natürlich nicht bemerkt, daß er blutbefleckt war. Armes Ding! Das arme junge Ding!"

„Entschuldigen Sie, Miss Marple", sagte Sir Henry, „aber ich tappe immer noch gänzlich im dunkeln. Sie und Miss Lemprière scheinen orientiert zu sein. Doch uns armseligen Männern ist noch kein Licht aufgegangen."

„Da will ich Ihnen lieber jetzt das Ende der Geschichte erzählen", meinte Joyce. „Ein Jahr später war ich in einem kleinen Seebadeort an der Ostküste. Ich skizzierte wieder und hatte auf einmal das merkwürdige Gefühl – wie es einen manchmal überkommt –, daß ich dasselbe schon früher erlebt hatte. Vor mir auf dem Bürgersteig standen zwei Leute, ein Mann und eine Frau, und begrüßten gerade eine dritte Person, eine Frau in einem scharlachgeblümten Kattunkleid. ‚Carol, du hier? Das ist wundervoll! Ich habe dich eine Ewigkeit nicht gesehen. Darf ich dich mit meiner Frau bekannt machen? Joan, dies ist eine alte Freundin von mir, Miss Harding.'

Ich erkannte den Mann sofort. Es war derselbe Denis, den

ich in Rathole gesehen hatte. Die Frau war anders – das heißt, sie war eine Joan und keine Margery, aber im übrigen derselbe Typ: jung, etwas altmodisch und sehr unauffällig. Einen Augenblick lang dachte ich, ich würde verrückt. Dann begannen sie vom Schwimmen zu reden. Wissen Sie, was ich da tat? Ich marschierte schnurstracks zur Polizeiwache. Ich nahm an, daß sie mich dort wahrscheinlich für plemplem halten würden, aber das war mir ganz gleich. Wie es sich herausstellte, waren meine Befürchtungen in dieser Beziehung grundlos. Es war nämlich ein Mann von Scotland Yard da, der gerade in dieser Angelegenheit hergekommen war. Anscheinend hatte die Polizei – oh, das Ganze ist so schrecklich, wenn man darüber nachdenkt – gegen Denis Dacre Verdacht geschöpft. Das war allerdings nicht sein richtiger Name – er legte sich bei jeder Gelegenheit einen anderen zu. Er machte sich an Mädchen heran, gewöhnlich ruhige, unauffällige Mädchen ohne viel Verwandte oder Freunde. Dann heiratete er sie und kaufte sie hoch in eine Lebensversicherung ein, und dann – oh, es ist furchtbar! Carol war seine richtige Frau, und sie arbeiteten immer nach demselben Plan. Dadurch sind sie ihm eigentlich auf die Spur gekommen. Die Versicherungsgesellschaften schöpften Verdacht. Er pflegte mit seiner neuen Frau jeweils einen ruhigen Seebadeort aufzusuchen. Dann erschien die andere Frau, und sie gingen alle miteinander schwimmen. Bei dieser Gelegenheit wurde die Frau ermordet, und Carol zog die Kleider der Ermordeten an und fuhr im Boot mit ihm zurück. Nachdem sie Nachforschungen nach der sogenannten Carol angestellt hatten, verließen sie den Ort, und sobald sie das Dorf hinter sich hatten, zog sich Carol in aller Hast ihr flammendrotes Kleid wieder an und schminkte sich in grellen Farben. Dann kehrte sie in das Dorf zurück und fuhr in ihrem eigenen Wagen davon. Sie machten ausfindig, in welcher Richtung die Strömung floß und suchten sich einen entsprechenden Badeplatz an der Küste aus, wo dann der vermeintliche Tod stattfand. Carol spielte die Rolle der Frau: sie ging zu einem einsamen Strand, legte die Kleider der Frau auf einen Felsen und ging in ihrem geblümten Kattunkleid von dannen. Dann wartete sie seelenruhig an irgendeinem Ort, bis ihr Mann sich zu ihr gesellen konnte.

Als sie die arme Margery töteten, muß wohl ziemlich viel Blut auf Carols Badeanzug gespritzt sein, und da er rot war, haben sie es nicht gemerkt, wie Miss Marple schon andeutete. Aber als sie ihn über das Balkongeländer hängten, tröpfelte er rot. Hu!“ Sie schauderte. „Ich sehe es noch vor mir.“

„Aber natürlich!“ rief Sir Henry. „Ich erinnere mich jetzt sehr gut an den Fall. Der Mann hieß in Wirklichkeit Davis. Es war mir ganz entfallen, daß Dacre einer seiner vielen angenommenen Namen war. Es war ein unbeschreiblich listiges Paar. Ich war immer so erstaunt darüber, daß niemand hinter diesen Personenwechsel gekommen ist. Aber wie Miss Marple schon sagte, stechen Kleider wohl mehr ins Auge als Gesichter. Es war ein gut ausgeheckter Plan. Obwohl wir Verdacht gegen Davis hegten, war es nicht leicht, ihn zu überführen; denn er schien immer ein unanfechtbares Alibi zu haben.“

„Tante Jane“, sagte Raymond, während er ihr einen seltsamen Blick zuwarf, „wie bringst du es nur fertig? Du hast ein so friedliches Leben geführt, und doch scheint dich nichts zu überraschen.“

„So viele Dinge ähneln sich auf dieser Welt“, erwiderte Miss Marple. „Da war zum Beispiel Mrs. Green. Sie trug fünf Kinder zu Grabe – und alle waren versichert. Da schöpfte man natürlich Verdacht.“

Sie schüttelte den Kopf.

„Auch in einem Dorf kommen viele Schlechtigkeiten vor. Ich hoffe, daß ihr lieben jungen Leute niemals zu spüren bekommt, wie schlecht die Welt in Wirklichkeit ist.“

Die überlistete Spiritistin

Mr. Petherick räusperte sich noch etwas nachdrücklicher als gewöhnlich.

„Ich fürchte", entschuldigte er sich, „mein kleines Problem wird Ihnen allen recht harmlos erscheinen nach den sensationellen Geschichten, die wir gehört haben. In meiner Erzählung findet kein Blutvergießen statt, aber sie enthält meiner Ansicht nach ein interessantes und ziemlich geistreiches Problem, und glücklicherweise bin ich in der Lage, Ihnen die richtige Lösung geben zu können."

„Und keine juristischen Spitzfindigkeiten, wenn ich bitten darf", warnte Miss Marple und drohte mit einer Stricknadel.

„Ganz gewiß nicht", versicherte ihr Mr. Petherick.

„Na, davon bin ich nicht überzeugt, aber fangen Sie nur an."

„Meine Geschichte betrifft einen meiner früheren Klienten, den ich Mr. Clode – Simon Clode – nennen will. Er war ein sehr wohlhabender Mann und wohnte in einem großen Hause nicht weit von hier. Sein einziger Sohn war im Krieg gefallen, und dieser Sohn hinterließ ein Kind, ein kleines Mädchen. Die Mutter war bei der Geburt gestorben, und als der Vater fiel, kam die Kleine zu ihrem Großvater, der ihr vom ersten Augenblick an leidenschaftlich zugetan war. Die kleine Chris konnte ihren Großvater um den Finger wickeln. Niemals bin ich einem Manne begegnet, der so vollständig in einem Kinde aufging wie er, und ich kann Ihnen nicht seinen Kummer und seine Verzweiflung beschreiben, als das Kind im Alter von elf Jahren eine Lungenentzündung bekam und starb.

Der arme Simon Clode war untröstlich. Ein Bruder von ihm war vor kurzem in ärmlichen Verhältnissen gestorben, und Simon Clode hatte den Kindern dieses Bruders großzügig ein Heim geboten – es waren zwei Mädchen, Grace und Mary, und ein Junge, George.

Obwohl der alte Mann seinem Neffen und seinen Nichten gegenüber stets freundlich und großmütig war, schenkte er ihnen niemals die Liebe und die Hingebung, die er seiner kleinen Enkelin zuteil werden ließ. George Clode fand Anstellung in einem nahen Bankhaus, und Grace heiratete einen klugen jungen Forschungschemiker namens Philip Garrod.

Mary, ein stilles, verschlossenes Mädchen, lebte zu Hause und sorgte für ihren Onkel. In ihrer ruhigen, zurückhaltenden Art mochte sie ihn wohl sehr gern, und so lebten sie friedlich zusammen. Ich möchte noch erwähnen, daß Simon Clode nach dem Tode der kleinen Chris zu mir kam und mich beauftragte, ein neues Testament aufzusetzen. In diesem Testament hinterließ er ein sehr beträchtliches Vermögen seinem Neffen und seinen Nichten zu gleichen Teilen.

Die Zeit verging, und als ich eines Tages zufällig George Clode traf, erkundigte ich mich nach seinem Onkel, den ich seit langem nicht gesehen hatte. Zu meiner Überraschung flog ein Schatten über Georges Gesicht. ‚Ich wollte, Sie könnten Onkel Simon etwas Vernunft beibringen', sagte er kläglich. Sein ehrliches, aber nicht sehr geistreiches Gesicht hatte einen verwirrten und bekümmerten Ausdruck. ‚Dieser spiritistische Kram wird immer schlimmer.'

‚Was für ein spiritistischer Kram?' fragte ich, im höchsten Grade überrascht.

Daraufhin erzählte mir George die ganze Geschichte. Wie Mr. Clode allmählich für den Spiritismus Interesse gewann und dann zufällig ein amerikanisches Medium traf, eine gewisse Mrs. Eurydice Spragg. Diese Frau, die George ohne Bedenken als eine abgefeimte Schwindlerin bezeichnete, hatte einen ungeheuren Einfluß auf Simon Clode gewonnen. Sie war praktisch immer im Hause, und es wurden viele Séancen abgehalten, in denen Chris' Geist dem zärtlichen Großvater erschien.

An dieser Stelle möchte ich erwähnen, daß ich nicht zu denen gehöre, die den Spiritismus verhöhnen oder lächerlich machen. Wie ich Ihnen schon sagte, halte ich mich an Tatsachen. Und wenn wir unvoreingenommen an die Sache herantreten, so bleibt meiner Ansicht nach beim Spiritismus eine ganze Menge übrig, das sich nicht einfach beiseite schieben oder auf Betrug zurückführen läßt.

Andererseits eignet sich der Spiritismus vorzüglich für Schwindel und Betrügereien, und nach allem, was mir der junge George Clode über diese Mrs. Eurydice Spragg erzählte, gelangte ich immer mehr zu der Überzeugung, daß Simon Clode sich in schlechten Händen befand und daß Mrs. Spragg wahrscheinlich eine Betrügerin schlimmster Sorte war. So scharfsinnig der alte Mann auch in praktischen Dingen sein mochte, da, wo es sich um sein totes Enkelkind handelte, würde er sich sehr leicht hintergehen lassen.

Je länger ich darüber nachdachte, desto unruhiger wurde ich. Ich mochte die jungen Clodes, Mary und George, sehr gern, und ich war mir klar darüber, daß der Einfluß, den diese Mrs. Spragg auf ihren Onkel ausübte, in Zukunft zu Scherereien führen würde.

Sobald es meine Zeit erlaubte, stattete ich unter irgendeinem Vorwand Simon Clode einen Besuch ab und fand Mrs. Spragg als geehrten Gast im Haus etabliert vor. Kaum daß ich sie sah, schienen meine schlimmsten Befürchtungen bestätigt. Sie war eine korpulente Frau in mittleren Jahren, die sich auffallend kleidete. Sie strotzte von heuchlerischen Phrasen über ‚unsere Lieben, die hinübergegangen sind'.

Ihr Mann, Mr. Absalom Spragg, war ebenfalls Gast im Hause. Er war ein dünner, schmächtiger Mann mit einem melancholischen Gesichtsausdruck und ungewöhnlich verschlagenen Augen. Sobald es sich einrichten ließ, sprach ich mit Simon Clode unter vier Augen und horchte ihn taktvoll aus. Er war voller Begeisterung. Eurydice Spragg war einfach wundervoll! Sie war ihm geradezu durch eine göttliche Fügung gesandt worden! Aus Geld machte sie sich nichts, es war ihr eine Freude, einem bedrängten Herzen zu helfen. Sie besaß ein richtig mütterliches Verständnis für die kleine Chris. Simon Clode betrachtete Mrs. Spragg allmählich fast wie eine Tochter. Dann erzählte er mir Einzelheiten – er habe die Stimme seiner lieben Chris gehört, und sie habe ihm erzählt, daß sie mit Vater und Mutter vereint und glücklich und zufrieden sei. Er erwähnte noch andere Empfindungen, denen das Kind Ausdruck verliehen habe, die mir aber auf Grund meiner Erinnerung an die kleine Christobel höchst unwahrscheinlich vorkamen. Das Kind habe besonders betont, daß Vater und Mutter die liebe Mrs. Spragg sehr ins Herz geschlossen hätten.

‚Sie, Mr. Petherick', unterbrach er sich, ‚gehören natürlich zu den Spöttern.'

‚Nein, ich bin kein Spötter. Weit davon entfernt. Das Zeugnis einiger Männer, die über dieses Thema geschrieben haben, würde ich ohne weiteres respektieren und jedem von ihnen empfohlenen Medium Achtung und Vertrauen schenken. Ich nehme an, daß diese Mrs. Spragg gute Referenzen hat.'

Simon geriet förmlich in Ekstase über Mrs. Spragg. Der Himmel selbst habe sie ihm gesandt. Er hatte sie in einem Kurort getroffen, wo er im Sommer zwei Monate verbracht hatte. Eine zufällige Begegnung, aber was für ein wunderbares Resultat!

Ich ging sehr ungehalten fort. Meine schlimmsten Befürchtungen fanden sich bestätigt, aber es war mir nicht klar, was ich dagegen tun könnte. Nach reiflicher Überlegung schrieb ich an Philip Garrod, der, wie ich schon erwähnte, die ältere Schwester, Grace, geheiratet hatte. Ich legte ihm den Fall dar, wobei ich mich natürlich äußerst vorsichtig ausdrückte, und wies darauf hin, wie gefährlich der Einfluß einer solchen Frau auf den alten Mann werden könne. Ich schlug vor, Mr. Clode nach Möglichkeit mit angesehenen spiritistischen Kreisen in Verbindung zu bringen. Das, dachte ich, würde wohl keine allzu schwierige Aufgabe für Philip Garrod sein.

Garrod handelte prompt. Im Gegensatz zu mir wußte er nämlich, daß es um Simon Clodes Gesundheit nicht besonders gut bestellt war, und hatte als praktischer Mann nicht die geringste Absicht, seine Frau und deren Geschwister um ihr rechtmäßiges Erbe betrügen zu lassen. In der folgenden Woche schon besuchte er Simon Clode und brachte als Gast niemand anders als den berühmten Professor Longman mit. Longman war ein erstklassiger Wissenschaftler, ein Mann, dessen Beziehungen zum Spiritismus die Menschen zwang, diesen Gegenstand mit Respekt zu behandeln. Und er war nicht nur ein glänzender Wissenschaftler, sondern auch ein Mann von äußerster Rechtschaffenheit und Ehrlichkeit.

Doch das Ergebnis dieses Besuches war nicht gerade überwältigend. Es wurden zwei Séancen abgehalten, aber Longman hatte sich nicht dazu geäußert, solange er als Gast im Hause weilte. Erst nach seiner Abreise schrieb er an Philip Garrod. In diesem Brief gab er zu, daß es ihm nicht gelungen sei, Mrs. Spragg bei einem Betrug zu ertappen, daß er persönlich jedoch die Echtheit der Phänomene anzweifle. Es stehe Mr. Garrod frei, seinem Onkel diesen Brief zu zeigen, wenn er es für richtig halte, und er schlage vor, daß er, Longman, Mr. Clode ein völlig einwandfreies Medium beschaffe.

Philip Garrod zeigte diesen Brief unverzüglich seinem Onkel, der jedoch ganz anders darauf reagierte, als er angenommen hatte. Der alte Mann bekam einen fürchterlichen Wutanfall. Es war natürlich nur eine Verschwörung, um Mrs. Spragg, diese verleumdete und gekränkte Heilige, noch mehr in Mißkredit zu bringen! Sie hatte ihm bereits erzählt, wie eifersüchtig man in diesem Lande auf sie sei. Er wies darauf hin, daß Longman habe zugeben müssen, daß er keinen Schwindel entdecken konnte. Eurydice Spragg war in der dunkelsten Stunde seines Lebens zu ihm gekommen, hatte ihm Hilfe und Trost gewährt, und er war bereit, ihre Sache zu verfechten, selbst wenn er damit einen Streit mit jedem einzelnen Mitglied seiner Familie heraufbeschwor. Sie bedeutete ihm mehr als jeder andere Mensch auf der Welt.

Philip Garrod wurde kurz und bündig des Hauses verwiesen. Aber als Folge dieses Wutanfalls verschlimmerte sich Clodes Gesundheitszustand beträchtlich. Im vorhergehenden Monat hatte er fast dauernd das Bett gehütet, und nun hatte es den Anschein, als würde er ans Bett gefesselt bleiben, bis ihn der Tod erlöste. Zwei Tage nach Philips Abreise erhielt ich eine dringende Aufforderung von Clode, ihn zu besuchen, und ich ging eilends hin. Clode lag im Bett, und jeder Laie konnte sehen, daß er ein schwerkranker Mann war. Er rang nach Atem.

‚Es geht mit mir zu Ende', keuchte er. ‚Ich fühle es. Keine Widerrede, Petherick. Aber ehe ich sterbe, will ich meine Pflicht tun dem einzigen Menschen gegenüber, der mehr für mich getan hat als alle anderen. Ich möchte ein neues Testament aufsetzen.'

‚Gewiß', erwiderte ich. ‚Wenn Sie mir jetzt Ihre Instruktionen geben wollen, werde ich das Testament abfassen und Ihnen zusenden.'

‚Das geht auf keinen Fall', erklärte er. ‚Denn es ist durchaus möglich, daß ich diese Nacht nicht überlebe. Ich habe meine Wünsche aufgezeichnet', hier glitt seine Hand tastend unter das Kopfkissen, ‚und Sie können mir sagen, ob es so richtig ist.'

Er zog ein Blatt Papier mit einigen in Bleistift gekritzelten

Worten hervor. Es war alles ganz einfach und klar. Er hinterließ seinem Neffen und seinen Nichten je 5000 Pfund, und den Rest seines ungeheuren Besitzes vermachte er Eurydice Spragg, aus Dankbarkeit und Verehrung.

Es gefiel mir ganz und gar nicht, aber daran ließ sich nichts ändern. Man konnte nicht geltend machen, daß er nicht richtig bei Verstand gewesen sei, als er seine Verfügung traf, denn der alte Mann war durchaus normal.

Er läutete nach zwei Dienstboten, die auch prompt erschienen. Emma Gaunt, das Hausmädchen, war eine Frau mittleren Alters, die seit vielen Jahren im Hause beschäftigt war und Clode treu gepflegt hatte. Die Köchin, die sie mitbrachte, war eine dralle, frische junge Frau von etwa dreißig Jahren. Simon Clode blickte sie unter seinen buschigen Augenbrauen durchdringend an.

‚Ich möchte Sie bitten, mein Testament als Zeugen zu unterschreiben. Emma, holen Sie mir meinen Füllfederhalter.'

Emma trat gehorsam an den Schreibtisch.

‚Nicht in der linken Schublade, Mädchen', sagte der alte Simon gereizt. ‚Wissen Sie denn immer noch nicht, daß er in der rechten Schublade liegt?'

‚Nein, er ist hier, Sir', entgegnete Emma und holte ihn hervor.

‚Dann müssen Sie ihn das letzte Mal falsch weggelegt haben', brummte der alte Herr. ‚Ich kann es nun mal nicht leiden, wenn nicht alles am richtigen Platz liegt.'

Immer noch knurrend, nahm er ihr die Feder aus der Hand und schrieb seinen eigenen, von mir verbesserten Entwurf ab. Dann unterzeichnete er das Testament. Emma Gaunt und Lucy David, die Köchin, setzten ebenfalls ihre Namen darunter. Dann faltete ich das Testament zusammen und steckte es in einen langen blauen Umschlag. Notgedrungen war es ja auf ein ganz gewöhnliches Stück Papier geschrieben.

Gerade als die Dienstboten den Raum verlassen wollten, sank Clode stöhnend und mit verzerrtem Gesicht in die Kissen zurück. Ich beugte mich besorgt über ihn, und Emma Gaunt kam eilig zurück. Der alte Mann erholte sich jedoch wieder und lächelte schwach.

‚Es ist schon gut, Petherick. Kein Grund zur Aufregung.

Jedenfalls kann ich jetzt ruhig sterben, nachdem ich ausgeführt habe, was ich schon lange tun wollte.‘

Emma Gaunt sah mich fragend an, um zu wissen, ob sie das Zimmer verlassen könne. Ich nickte ihr beruhigend zu, und sie ging hinaus – hob aber erst noch den blauen Umschlag auf, der mir aus der Hand geglitten war, als ich mich in Sorge über Clode beugte. Sie reichte ihn mir, und ich steckte ihn in meine Manteltasche. Dann verließ sie das Zimmer.

‚Sie ärgern sich über mein Testament, Petherick‘, sagte Simon Clode. ‚Sie haben ein Vorurteil, wie alle anderen auch.‘

‚Es handelt sich hier nicht um Vorurteile‘, entgegnete ich. ‚Mrs. Spragg mag ja so tüchtig sein, wie sie behauptet hat. Das bestreite ich nicht, und ich hätte nichts dagegen gehabt, wenn Sie ihr als Zeichen der Dankbarkeit ein kleines Vermächtnis hinterlassen hätten. Aber Ihr eigenes Fleisch und Blut zugunsten einer Fremden zu enterben, das ist, offen gestanden, ein großes Unrecht.‘

Nach diesen Worten drehte ich mich um und ging hinaus. Ich hatte Protest erhoben, mehr konnte ich nicht tun.

Mary Clode kam aus dem Salon und fing mich in der Halle ab.

‚Sie werden doch eine Tasse Tee trinken, bevor Sie gehen, nicht wahr? Kommen Sie herein‘, und damit führte sie mich in den Salon.

Im Kamin brannte ein Feuer, und der Raum wirkte heiter und gemütlich. Sie nahm mir meinen Mantel ab, und ihr Bruder George, der gerade ins Zimmer trat, legte ihn über einen Stuhl. Dann kehrte er zum Kamin zurück, wo wir unseren Tee einnahmen. Dabei kam etwas zur Sprache, das den Besitz anging. Simon Clode wollte nicht damit belästigt werden und hatte George die Entscheidung überlassen. George war ein wenig ängstlich und mochte sich nicht auf sein Urteil verlassen. Auf meinen Vorschlag hin zogen wir uns nach dem Tee in das Arbeitszimmer zurück, und ich sah mir die fraglichen Papiere an. Mary Clode begleitete uns.

Eine Viertelstunde später wollte ich aufbrechen; da fiel mir ein, daß ich meinen Mantel im Salon zurückgelassen hatte, und ich ging hin, um ihn zu holen. Die einzige Person im Raum war Mrs. Spragg, die neben dem Stuhl kniete, auf dem mein Mantel lag. Sie schien sich unnötigerweise an dem Kre-

tonnebezug zu schaffen zu machen. Sie erhob sich mit hochrotem Gesicht, als wir eintraten.

‚Der Bezug hat nie richtig gesessen', klagte sie. ‚Ach, ich könnte bestimmt selbst einen besseren machen.'

Ich nahm meinen Mantel vom Stuhl und zog ihn an. Dabei bemerkte ich, daß der Umschlag mit dem Testament aus der Tasche gefallen war und am Boden lag. Ich steckte ihn wieder ein, verabschiedete mich und ging fort.

Ich möchte hier genau beschreiben, was ich nach Ankunft in meinem Büro tat. Zunächst zog ich meinen Mantel aus und nahm das Testament aus der Tasche. Ich stand am Tisch und hatte es in der Hand, als mein Sekretär hereinkam und mir sagte, daß mich jemand am Telefon zu sprechen wünsche. Da die Leitung zu meinem Schreibtisch nicht in Ordnung war, ging ich in das Vorzimmer und blieb etwa fünf Minuten am Apparat. Als ich aus dem Zimmer kam, wartete mein Sekretär auf mich.

‚Mr. Spragg ist hier, Sir. Ich habe ihn in Ihr Büro geführt.'

Bei meinem Eintritt saß Mr. Spragg am Tisch. Er erhob sich und begrüßte mich auf etwas salbungsvolle Weise. Dann erging er sich in einer langen, weitschweifigen Rede, die mir im großen und ganzen wie eine ängstliche Rechtfertigung seiner Frau und seiner eigenen Person vorkam. Er fürchtete sich, was die Leute wohl sagen würden, etc. Seine Frau sei schon seit ihrer Kindheit wegen ihrer Lauterkeit und Herzensreinheit bekannt gewesen . . . und so weiter und so weiter. Ich fürchte, ich war ziemlich kurz angebunden. Schließlich merkte er wohl, daß sein Besuch kein allzu großer Erfolg war, und er brach ein wenig überstürzt auf. Dann fiel mir ein, daß das Testament noch auf dem Tisch lag. Ich klebte den Umschlag zu, schrieb die erforderlichen Angaben darauf und legte ihn in den Safe.

Nun komme ich zu dem verwickelten Teil meiner Geschichte. Zwei Monate später starb Mr. Simon Clode. Ich will mich nicht auf langatmige Erörterungen einlassen, sondern mich mit den nüchternen Tatsachen begnügen. Als der Umschlag mit dem Testament geöffnet wurde, enthielt er nur ein leeres Blatt Papier."

Er hielt inne, blickte der Reihe nach die interessierten Gesichter an und schmunzelte stillvergnügt vor sich hin.

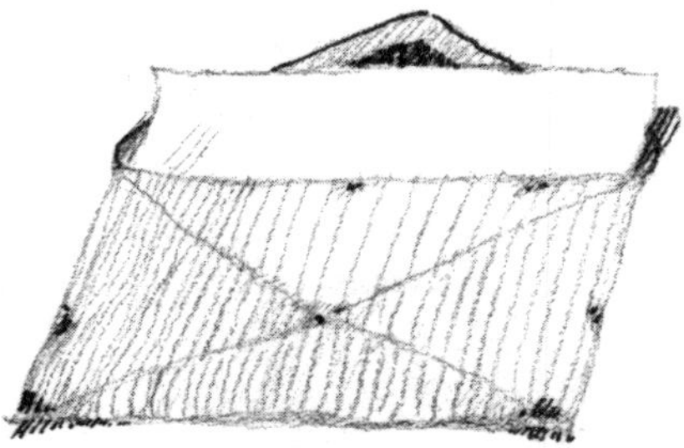

„Sie verstehen doch natürlich, worauf es ankommt, nicht wahr? Zwei Monate lang hatte der verschlossene Umschlag in meinem Safe gelegen. Während dieser Zeit konnte niemand damit Unfug getrieben haben. Nein, die Zeitspanne, in der dies geschehen konnte, war sehr kurz; sie liegt zwischen dem Augenblick, da das Testament unterzeichnet wurde, und dem Zeitpunkt, da ich es im Safe einschloß. Nun, wer hatte Gelegenheit, und in wessen Interesse lag es, mir ein leeres Blatt unterzuschieben?

In einer kurzen Zusammenfassung will ich die Hauptpunkte noch einmal aufzählen: das Testament wurde von Mr. Clode unterzeichnet und von mir in einen Umschlag gesteckt – soweit alles in Ordnung. Dann wurde dieser Umschlag von mir in meine Manteltasche geschoben. Mary nahm mir den Mantel ab und reichte ihn ihrem Bruder George, den ich dauernd im Auge hatte, solange er mit dem Mantel umging. Während der Zeit, die ich im Arbeitszimmer verbrachte, hätte Mrs. Spragg sehr gut den Umschlag aus der Manteltasche ziehen und das Testament lesen können, wofür die Tatsache, daß der Umschlag am Boden lag, ja auch spricht. Aber hier stoßen wir auf einen wichtigen Punkt: Sie hatte zwar die Gelegenheit, mir das leere Blatt unterzuschieben, aber kein Motiv. Das Testament war ja zu ihren Gunsten, und wenn sie es durch ein leeres Stück Papier ersetzte, beraubte sie sich ja einer Erbschaft, auf die sie so versessen gewesen war. Dasselbe gilt für Mr. Spragg. Auch er hatte die Gelegenheit; denn er war ja mehrere Minuten allein mit dem fraglichen Dokument in meinem Büro. Aber es wäre wiederum nicht zu seinem Vorteil gewesen. Wir stehen also einem merkwürdigen Problem gegenüber: die beiden Leute, die Gelegenheit hatten, das leere

Stück Papier in den Umschlag zu schieben, besaßen kein Motiv für eine solche Handlungsweise, und die beiden Leute, die ein Motiv gehabt hätten, besaßen keine Gelegenheit. Nebenbei bemerkt, würde ich das Hausmädchen, Emma Gaunt, nicht vom Verdacht ausschließen. Sie war ihrer jungen Herrin und ihrem jungen Herrn sehr ergeben und verabscheute die Spraggs. Ich bin überzeugt, daß sie durchaus dazu imstande gewesen wäre, den Tausch vorzunehmen, wenn sie daran gedacht hätte. Aber obwohl sie tatsächlich den Umschlag in Händen hatte, als sie ihn vom Boden aufhob und mir reichte, hatte sie in dem Augenblick keine Gelegenheit, an dem Inhalt herumzupfuschen, und sie hätte auch nicht durch irgendeinen Kniff – dessen sie zudem kaum fähig gewesen wäre – den Umschlag vertauschen können, denn der fragliche Umschlag war von mir ins Haus gebracht worden, und es war nicht sehr wahrscheinlich, daß jemand im Haus ein Duplikat besaß."

Er blickte sich strahlend im Kreise um.

„Nun, hier ist mein kleines Problem. Ich habe es hoffentlich klar zum Ausdruck gebracht und würde mit großem Interesse Ihre Ansichten hören."

Zum Erstaunen aller lachte Miss Marple vergnügt vor sich hin. Etwas schien sie köstlich zu amüsieren.

„Was hast du nur, Tante Jane? Willst du uns nicht an dem Spaß teilnehmen lassen?" fragte Raymond.

„Es sollte mich wirklich wundern, wenn Sie tatsächlich dahintergekommen sind", meinte der Rechtsanwalt.

Miss Marple schrieb ein paar Worte auf ein Stück Papier, faltete es zusammen und ließ es ihm hinüberreichen.

Mr. Petherick faltete es auseinander, las die Worte und blickte bewundernd zu ihr hinüber. „Meine liebe Freundin", sagte er, „gibt es eigentlich etwas, das Sie nicht wissen?"

„Das habe ich schon als Kind gekannt", erwiderte Miss Marple, „habe sogar damit gespielt."

„Da komme ich nicht mehr mit", meinte Sir Henry. „Sicherlich hat Mr. Petherick irgendeinen juristischen Trick dabei."

„Keineswegs", antwortete Mr. Petherick. „Keineswegs. Es ist ein völlig faires Problem ohne irgendwelche Schliche. Sie dürfen sich nicht von Miss Marple beeinflussen lassen. Sie hat ihre eigene Anschauungsweise."

„Wir müßten eigentlich die Lösung finden“, meinte Raymond West ein wenig verärgert. „Die Tatsachen erscheinen wirklich einfach genug. Fünf Personen haben den Umschlag angerührt. Die Spraggs hätten ihr Spiel damit treiben können, haben es aber offenbar nicht getan. Da bleiben also nur noch drei übrig. Wenn man an die wunderbaren Tricks denkt, die ein Zauberkünstler direkt vor unseren Augen ausführt, so will es mir scheinen, daß George Clode mit Leichtigkeit dieses Testament gegen ein leeres Stück Papier hätte vertauschen können, während er den Mantel zum anderen Ende des Zimmers trug.“

„Ich glaube eher, es war Mary“, bemerkte Joyce. „Das Hausmädchen ist nach unten gerannt und hat ihr erzählt, was oben vor sich ging. Da hat sie einfach einen anderen blauen Umschlag genommen und ihn später mit dem richtigen vertauscht.“

Sir Henry schüttelte den Kopf. „Ich stimme mit beiden Erklärungen nicht überein“, sagte er langsam. „Diese Taschenspielerkünste wären wohl kaum unter den Augen meines Freundes Petherick auszuführen gewesen. Ich habe eine Idee – es ist allerdings nur eine Idee. Wir wissen, daß Professor Longman kurz vorher zu Besuch war und sehr wenig gesagt hatte. Es ist wohl anzunehmen, daß die Spraggs sehr beunruhigt waren über das Ergebnis dieses Besuches. Wenn Simon Clode sie nicht ins Vertrauen gezogen hat, was durchaus wahrscheinlich ist, mögen sie Mr. Pethericks Erscheinen von einem ganz anderen Gesichtspunkt aus angesehen haben. Vielleicht glaubten sie, daß Mr. Clode bereits ein Testament zugunsten von Eurydice Spragg gemacht habe und daß nun ein neues aufgesetzt worden sei mit der ausdrücklichen Absicht, sie auf Grund von Professor Longmans Enthüllungen wieder zu enterben, oder auch, weil Philip Garrod bei seinem Onkel die Ansprüche seiner eigenen Verwandtschaft geltend gemacht haben könnte. Also schickte sich Mrs. Spragg an, den Wechsel vorzunehmen. Da Mr. Petherick jedoch gerade in einem ungünstigen Moment erschien, hatte sie keine Zeit, das Dokument zu lesen, und warf es eilig ins Feuer, um jeden Beweis zu vernichten, für den Fall, daß der Rechtsanwalt den Verlust entdecken sollte.“

Joyce schüttelte sehr energisch den Kopf.

„Sie würde es nie verbrannt haben, ohne es zu lesen."

„Die Erklärung ist ziemlich schwach", gab Sir Henry zu. „Mr. Petherick hat doch wohl nicht etwa – hm – der Vorsehung selbst ein wenig unter die Arme gegriffen?"

Obwohl diese Äußerung nur im Scherz gemacht worden war, richtete sich der kleine Rechtsanwalt in verletzter Würde auf.

„Eine höchst unziemliche Bemerkung", erklärte er mit einiger Schärfe.

„Und was meint Dr. Pender zu der Sache?" fragte Sir Henry.

„Ich kann nicht behaupten, daß ich sehr klare Vorstellungen darüber habe. Meiner Ansicht nach muß der Tausch von Mrs. Spragg oder ihrem Gatten vorgenommen worden sein, wahrscheinlich aus dem von Sir Henry angedeuteten Grunde. Wenn sie das Testament erst gelesen hat, nachdem Mr. Petherick fort war, befand sie sich natürlich in einer Klemme, da sie ihre Handlung nicht eingestehen konnte. Wahrscheinlich hätte sie dann das Testament zwischen Mr. Clodes andere Papiere gesteckt, in der Annahme, daß es nach seinem Tode gefunden würde. Aber warum es nicht gefunden worden ist, entzieht sich meiner Kenntnis. Es könnte natürlich möglich sein, daß Emma Gaunt es entdeckt und aus Treue zu ihren Dienstgebern vorsätzlich zerstört hat."

„Ich glaube, Herrn Dr. Penders Lösung ist die beste von allen", entschied Joyce. „Ist sie richtig, Mr. Petherick?"

Der Rechtsanwalt schüttelte den Kopf.

„Ich will da fortfahren, wo ich aufgehört habe. Ich war bestürzt und ebenso ratlos wie Sie alle. Ich glaube nicht, daß ich die Wahrheit je erraten hätte – wahrscheinlich nicht –, aber ich wurde aufgeklärt, und zwar auf sehr geschickte Weise.

Etwa einen Monat später wurde ich von Philip Garrod zum Abendessen eingeladen, und im Laufe unserer nach dem Essen stattfindenden Unterhaltung erwähnte er einen interessanten Fall, der ihm kürzlich zu Ohren gekommen sei.

‚Ich möchte Ihnen davon erzählen, Petherick', sagte er, ‚natürlich unter dem Siegel der Verschwiegenheit.'

‚Selbstverständlich', erwiderte ich.

‚Ein Freund von mir, der eine große Erbschaft von einem

Verwandten zu erwarten hatte, war aufs tiefste bekümmert, als er entdeckte, daß dieser Verwandte die Absicht hatte, eine gänzlich unwürdige Person als Erbin einzusetzen. Mein Freund ist leider nicht übermäßig gewissenhaft in seinen Methoden. Im Hause des Verwandten lebte ein Hausmädchen, das die Interessen der sogenannten rechtmäßigen Partei tatkräftig wahrnahm. Mein Freund erteilte ihr sehr einfache Instruktionen. Zunächst gab er ihr einen gefüllten Füllfederhalter, den sie in eine Schublade des Schreibtisches im Zimmer ihres Herrn legen sollte, aber nicht in die übliche Schublade, wo sein Füllhalter gewöhnlich aufbewahrt wurde. Falls ihr Herr sie nun bitten sollte, bei irgendeinem Dokument seine Unterschrift zu beglaubigen und ihm seine Feder zu bringen, sollte sie ihm nicht den eigenen reichen, sondern diesen, der ein genaues Duplikat war. Das war alles, was sie zu tun hatte. Er gab ihr keine andere Information. Sie war eine treue Seele und führte seine Instruktionen sorgfältig aus.'

Er brach ab und bemerkte: ‚Hoffentlich langweile ich Sie nicht, Petherick.'

‚Durchaus nicht', erwiderte ich. ‚Ich bin im höchsten Grade interessiert.'

Unsere Blicke begegneten sich.

‚Mein Freund ist Ihnen natürlich nicht bekannt', meinte er.

‚Selbstverständlich nicht', entgegnete ich.

‚Dann ist es ja gut', sagte Philip Garrod.

Nach einer kleinen Pause fuhr er lächelnd fort: ‚Sie sind sicher im Bilde, nicht wahr? Der Halter war natürlich mit einer sogenannten verschwindenden Tinte gefüllt – einer Lösung von Stärke in Wasser, der ein paar Tropfen Jod beigefügt worden waren. Das ergibt eine tief blauschwarze Flüssigkeit, aber die Schrift verschwindet vollkommen in vier oder fünf Tagen.'"

Miss Marple kicherte wieder. „Ja, Zaubertinte", sagte sie. „Wie oft habe ich als Kind damit gespielt."

Sie blickte sich strahlend im Kreise um und drohte Mr. Petherick noch einmal mit dem Finger.

„Trotzdem war es eine Falle, Mr. Petherick", meinte sie. „Aber was kann man von einem Rechtsanwalt schon anderes erwarten!"

Der Daumenabdruck des heiligen Petrus

„Und nun, Tante Jane, bist du an der Reihe“, sagte Raymond West.

„Ja, Tante Jane, und wir erwarten etwas recht Pikantes“, fiel Joyce Lemprière ein.

„Nun, ihr wollt mich wohl verulken, meine Lieben“, sagte Miss Marple gelassen. „Ihr glaubt sicher alle, daß ich wahrscheinlich nichts Interessantes erlebt habe, weil ich mein ganzes Leben in diesem abgelegenen Fleckchen zubrachte.“

„Gott behüte, daß ich jemals wieder das Leben in einem Dorf als friedlich und ereignislos betrachte“, erklärte Raymond leidenschaftlich. „Nicht nach all den schrecklichen Enthüllungen, die wir von dir gehört haben! Die kosmopolitische Welt erscheint mir milde und harmlos im Vergleich mit St. Mary Mead.“

„Lieber Neffe“, meinte Miss Marple, „die menschliche Natur ist überall ziemlich die gleiche, und natürlich hat man in einem Dorf bessere Gelegenheit, sie aus der Nähe zu studieren.“

„Sie stehen wirklich einzig da, Tante Jane“, rief Joyce. „Hoffentlich haben Sie nichts dagegen, wenn ich Sie Tante Jane nenne“, fügte sie hinzu. „Ich weiß eigentlich nicht, warum ich es tue.“

„Wirklich nicht, meine Liebe?“ fragte Miss Marple.

Sie warf Joyce einen merkwürdigen Blick zu, der dem Mädchen das Blut in die Wangen trieb. Raymond West wurde ganz nervös und räusperte sich verlegen.

Miss Marple sah sie beide an und lächelte wieder.

„Es ist natürlich schon richtig, daß ich ein ereignisloses Leben geführt habe, wie man so zu sagen pflegt, und doch habe ich beträchtliche Erfahrungen gesammelt beim Lösen verschiedener kleiner Probleme, die hin und wieder auftauchten. Manche waren wirklich ganz lehrreich, aber es hat keinen Zweck, Ihnen davon zu erzählen, da es sich um unwesentliche Dinge handelt. Nein, das einzige Erlebnis, das Sie interessieren würde, bezieht sich auf den Mann meiner armen Nichte Mabel.

Es geschah vor zehn oder fünfzehn Jahren, und glücklicherweise ist alles vorbei und vergessen. Die Leute haben ein sehr kurzes Gedächtnis, und das ist meiner Ansicht nach sehr gut. Mabel war meine Nichte. Ein nettes Mädchen, wirklich ein sehr nettes Mädchen, aber ein klein wenig einfältig. Sie war gern melodramatisch, und wenn sie aufgeregt war, sagte sie oft ein Wörtchen zuviel. Sie heiratete einen Mr. Denman, als sie zweiundzwanzig war, und ich fürchte, die Ehe war nicht sehr glücklich. Ich hatte gehofft, daß diese Zuneigung nicht zur Ehe führen würde, denn Mr. Denman war ein recht jähzorniger Mann, der nicht viel Geduld mit Mabels Schwächen haben würde, und ich hatte außerdem erfahren, daß Geistesgestörtheit in der Familie lag. Aber die jungen Mädchen waren damals genauso eigensinnig wie heutzutage, und sie werden es immer bleiben. Mabel heiratete ihn also.

Nach ihrer Heirat sah ich nicht viel von ihr. Sie besuchte mich ein paarmal, und sie luden mich wiederholt zu sich ein. Da ich aber nicht gern bei anderen zu Gast bin, habe ich die Einladungen immer unter irgendeinem Vorwand abgelehnt. Nach zehnjähriger Ehe starb Mr. Denman plötzlich. Es waren keine Kinder da, und er hinterließ Mabel sein ganzes Vermögen. Ich erbot mich natürlich, zu ihr zu kommen, falls sie mich brauchte. Aber sie schrieb mir einen sehr vernünftigen Brief, dem ich entnahm, daß sie nicht gerade vom Kummer überwältigt war. Das erschien mir auch ganz natürlich, denn ich wußte, daß sie sich schon seit einiger Zeit nicht mehr verstanden hatten. Drei Monate später bekam ich auf einmal einen ganz hysterischen Brief von Mabel, in dem sie mich bat, zu ihr zu kommen, da ihre Lage von Tag zu Tag schlimmer würde und sie es bald nicht mehr aushalten könne.

Da habe ich natürlich meinem Mädchen Clara sofort Kostgeld gezahlt und das Silber und den Deckelkrug von König Charles zur Bank geschickt. Dann setzte ich mich in den Zug. Bei meiner Ankunft fand ich Mabel in sehr nervöser Verfassung vor. Ihr Haus war ziemlich groß und behaglich eingerichtet. Es waren eine Köchin und ein Hausmädchen vorhanden, ferner eine Pflegerin für den alten Mr. Denman, Mabels Schwiegervater, der, wie man so sagt, ‚nicht ganz richtig im Oberstübchen' war. Ganz friedlich und gesittet, aber zu Zeiten entschieden merkwürdig. Wie ich schon sagte, war Geisteskrankheit in der Familie.

Ich war wirklich entsetzt, als ich Mabel so verändert fand. Sie war das reinste Nervenbündel, furchtbar zappelig, und doch hatte ich die größten Schwierigkeiten, sie dazu zu bewegen, mir ihr Herz auszuschütten. Schließlich habe ich alles auf indirektem Wege erfahren. Ich erkundigte mich nach ihren Freunden, den Gallaghers, die sie immer in ihren Briefen erwähnte. Zu meiner Überraschung erfuhr ich, daß sie sich kaum noch sahen. Die Nachfrage nach anderen Freunden löste dieselbe Antwort aus. Ich redete dann auf sie ein und betonte, wie töricht es sei, sich abzuschließen und zu grübeln und, vor allen Dingen, sich von seinen Freunden loszusagen. Dann platzte sie endlich mit der Wahrheit heraus.

‚Es liegt nicht an mir, sondern an den anderen. Keine Menschenseele will hier mit mir reden. Wenn ich die High Street hinuntergehe, verschwinden sie alle, nur um mir nicht zu begegnen oder mit mir sprechen zu müssen. Ich komme mir vor wie eine Aussätzige. Es ist grauenhaft, und ich kann es nicht länger ertragen. Ich fühle mich gezwungen, das Haus zu verkaufen und ins Ausland zu gehen. Wiederum sehe ich nicht ein, warum ich mich vertreiben lassen soll. Ich habe doch nichts getan.‘

Ich war über alle Maßen beunruhigt. ‚Meine liebe Mabel‘, erwiderte ich, ‚du setzt mich in Erstaunen. Aber worauf gründet sich dieses Verhalten?‘

Schon als Kind war Mabel ein schwieriges Persönchen gewesen, und ich hatte die größte Mühe, eine klare Antwort auf meine Frage zu bekommen. Sie sprach ganz allgemein von bösem Geschwätz und müßigen Leuten, die nichts anderes im Sinn hätten als Klatsch und Tratsch, und von Leuten, die anderen einen Floh ins Ohr setzten.

‚Das ist mir alles ganz klar‘, erwiderte ich. ‚Offenbar geht ein Gerücht über dich um. Aber was für ein Gerücht das ist, mußt du genauso gut wissen wie die anderen. Und du wirst es mir jetzt sagen.‘

‚Es ist so boshaft‘, stöhnte Mabel.

‚Natürlich ist es boshaft‘, erklärte ich lebhaft. ‚Es gibt nichts in der menschlichen Gesinnung, das mich noch überraschen könnte. Mabel, willst du mir endlich in schlichten Worten erzählen, was die Leute über dich reden?‘

Dann kam alles ans Licht.

Offenbar gab der plötzliche und unerwartete Tod von Geoffrey Denman Anlaß zu allen möglichen Gerüchten, die darauf hinausliefen, daß Mabel ihren Mann vergiftet habe.

Wie Sie alle wohl wissen, gibt es nichts Grausameres als Geschwätz, und nichts läßt sich so schwer bekämpfen. Wenn Leute hinter unserem Rücken reden, können wir nichts abstreiten, und das Gerücht schwillt zu ungeheuren Ausmaßen an. Von einer Sache war ich ganz überzeugt: Mabel war völlig unfähig, jemanden zu vergiften. Und ich sah nicht ein, warum ihr Leben ruiniert und ihr Heim für sie unerträglich gemacht werden sollte, nur weil sie aller Wahrscheinlichkeit nach irgendeine Torheit begangen hatte.

‚Von nichts kommt nichts‘, bemerkte ich. ‚Nun, Mabel, du mußt mir sagen, was die Leute zu diesem Gewäsch veranlaßt hat. Es muß irgend etwas vorgefallen sein.‘

Mabel begann zu faseln und erklärte, es sei nichts gewesen – aber auch gar nichts, nur sei Geoffreys Tod eben sehr plötzlich eingetreten. An dem betreffenden Abend habe er sich beim Abendessen anscheinend noch sehr wohl gefühlt und sei in der Nacht dann heftig erkrankt. Man habe den Doktor kommen lassen, aber der arme Geoffrey sei wenige Minuten nach Ankunft des Arztes verschieden. Der Tod sei dem Genuß giftiger Pilze zugeschrieben worden.

‚Nun‘, meinte ich, ‚ein so plötzlicher Tod kann natürlich die Zungen in Bewegung setzen, aber nicht ohne zusätzliche Tatsachen. Hast du dich mit Geoffrey gezankt oder dergleichen?‘

Sie gab zu, daß sie sich morgens beim Frühstück mit ihm gestritten habe.

‚Und das haben die Dienstboten wohl gehört?‘ fragte ich.

‚Sie waren nicht im Zimmer.‘

‚Nein, liebes Kind, aber wahrscheinlich standen sie draußen ziemlich nahe an der Tür.‘

Ich kannte die Tragweite von Mabels hoher, hysterischer Stimme nur zu gut, und Geoffrey Denman sprach auch nicht gerade leise, wenn er zornig war.

‚Worüber habt ihr euch denn gezankt?‘ fragte ich.

‚Oh, über die üblichen Dinge. Es war immer dasselbe. Eine Kleinigkeit gab den Anlaß. Dann wurde Geoffrey unmöglich, und ich sagte etwas Abscheuliches und gab ihm zu verstehen, was ich von ihm hielt.'

‚Demnach habt ihr euch ja häufig gestritten, nicht wahr?' fragte ich.

‚Es war nicht meine Schuld ...'

‚Mein liebes Kind, wessen Schuld es war, spielt gar keine Rolle. Das steht nicht zur Debatte. An einem solchen Ort sind die Privatangelegenheiten jedes Menschen mehr oder weniger öffentliches Eigentum. Du und dein Mann, ihr habt euch dauernd gezankt. Eines Morgens hattet ihr einen besonders heftigen Krach, und am selben Abend starb dein Mann eines plötzlichen und geheimnisvollen Todes. Ist das alles, oder gibt es noch etwas anderes?'

‚Ich weiß nicht, was du unter etwas anderem verstehst', antwortete sie verstockt.

‚Genau das, was ich sage, liebes Kind. Wenn du irgend etwas Törichtes getan hast, dann halte jetzt um Gottes willen nicht damit hinter dem Berge; denn ich möchte ja nur alles tun, was ich kann, um dir zu helfen!'

‚Nichts, niemand kann mir helfen', rief Mabel verzweifelt, ‚außer dem Tod.'

‚Glaube etwas mehr an die Vorsehung, liebes Kind', riet ich ihr. ‚Also, Mabel, ich weiß genau, daß du mir etwas verheimlichst.'

Ich wußte stets, selbst als sie noch ein Kind war, wenn sie mir nicht die volle Wahrheit sagte. Na, es dauerte ja eine ganze Weile, aber schließlich bekam ich es heraus. Sie war an jenem Morgen zur Apotheke gegangen und hatte Arsenik gekauft. Sie mußte natürlich ihren Namen eintragen, und der Apotheker hatte selbstverständlich nachher geschwatzt.

‚Wer ist euer Arzt?' fragte ich.

‚Dr. Rawlinson.'

Ich kannte ihn vom Sehen. Mabel hatte mich einmal auf ihn aufmerksam gemacht. Er war, wenn ich mich etwas derbe ausdrücken darf, ein alter Trottel. Ich habe zuviel Lebenserfahrung, um an die Unfehlbarkeit der Ärzte zu glauben. Manche unter ihnen sind klug und andere wieder nicht. Und sehr oft wissen die besten nicht, was einem fehlt. Ich persönlich will mit Ärzten und ihren Mixturen nichts zu tun haben.

Ich ließ mir die Sache durch den Kopf gehen. Dann setzte ich meinen Hut auf und stattete Dr. Rawlinson einen Besuch ab. Der Eindruck, den ich von ihm hatte, wurde bestätigt. Er war ein netter alter Mann, freundlich vage, jammervoll kurzsichtig, etwas taub und dazu im höchsten Grade reizbar und empfindlich. Er war sofort in seinem Fahrwasser, als ich Geoffrey Denmans Tod erwähnte, und hielt mir einen langen Vortrag über eßbare und giftige Pilze. Er hatte die Köchin befragt, und sie hatte zugegeben, daß einige der gekochten Pilze ‚ein wenig merkwürdig' ausgesehen hätten, aber da sie aus einem Laden geschickt worden waren, hatte sie angenommen, daß sie in Ordnung seien. Je mehr sie seitdem darüber nachgedacht hatte, desto tiefer war sie davon überzeugt, daß ihr Aussehen ungewöhnlich war.

‚Das kann ich mir lebhaft denken', sagte ich. ‚Zunächst waren es in ihren Augen wohl ganz normale Pilze, und zum Schluß wurden sie orangefarben mit lila Flecken. Es gibt wohl nichts, das diesen Dienstboten nicht einfällt, wenn sie sich lange genug mit einer Sache beschäftigen.'

Aus den Worten des Doktors schloß ich, daß Denman nicht mehr sprechen konnte, als der Arzt eintraf. Auch konnte er nicht schlucken und starb nach wenigen Minuten. Der Doktor schien völlig von der Richtigkeit des Totenscheines, den er ausgestellt hatte, überzeugt zu sein. Doch wieviel davon auf Starrköpfigkeit und wieviel auf echtem Glauben beruhte, vermochte ich nicht zu unterscheiden.

Ich ging sofort wieder nach Hause und fragte Mabel ganz offen, warum sie Arsenik gekauft habe, worauf Mabel in Tränen ausbrach. ‚Ich wollte mir das Leben nehmen', stöhnte sie. ‚Ich war zu unglücklich und dachte, es sei am besten, allem ein Ende zu machen.'

‚Hast du das Arsenik noch?' fragte ich.

‚Nein, ich habe es fortgeworfen.'

Ich saß da und ließ mir die Dinge durch den Kopf gehen.

‚Was geschah, als dein Mann krank wurde? Hat er dich gerufen?'

‚Nein.' Sie schüttelte den Kopf. ‚Er klingelte heftig. Er muß mehrere Male geläutet haben. Schließlich hörte es Dorothy, das Hausmädchen. Sie weckte die Köchin auf, und sie kamen zusammen nach unten. Als Dorothy ihn sah, bekam sie Angst; denn er phantasierte im Fieberwahn. Sie ließ die Köchin bei ihm zurück und kam eilends zu mir. Ich stand auf und ging zu ihm. Natürlich sah ich sofort, daß er schwerkrank war. Zum Unglück war Brewster, die den alten Mr. Denman betreut, in dieser Nacht nicht da, und wir anderen wußten damals nicht, was wir tun sollten. Ich schickte Dorothy zum Arzt, und ich blieb mit der Köchin bei ihm. Doch nach einer kurzen Weile konnte ich es nicht mehr ertragen; es war zu schrecklich. Ich rannte in mein Zimmer zurück und schloß die Tür ab.'

‚Sehr selbstsüchtig und unfreundlich von dir', bemerkte ich, ‚und du kannst dich darauf verlassen, daß dieses Benehmen dir sehr geschadet hat. Die Köchin wird überall davon gesprochen haben. Das ist eine sehr dumme Geschichte.'

Dann sprach ich mit den Dienstboten. Die Köchin fing gleich von den Pilzen an, aber ich schnitt ihr das Wort ab. Von diesen Pilzen hatte ich allmählich genug. Statt dessen erkundigte ich mich genau nach der Verfassung ihres Herrn in jener Nacht. Alle beide stimmten darin überein, daß er große Qualen litt, nicht zu schlucken vermochte und nur mit erstickter Stimme sprechen konnte, und wenn er sprach, war es nur ein sinnloses Phantasieren.

‚Was sagte er denn, wenn er phantasierte?' fragte ich neugierig.

‚Irgend etwas von einem Fisch, nicht wahr?' wandte sich die Köchin an Dorothy.

Dorothy nickte.

‚Ja, Pillen und Fisch oder irgend sonst ein Unsinn. Ich habe sofort erkannt, daß er nicht richtig bei Verstand war, der arme Herr.'

Das ergab natürlich keinen Sinn. Zu guter Letzt ging ich nach oben und stattete Brewster einen Besuch ab. Sie war eine hagere Frau von etwa fünfzig Jahren.

‚Es ist ein Jammer, daß ich in jener Nacht nicht hier war', meinte sie. ‚Niemand scheint sich seiner angenommen zu haben, bis der Arzt kam.'

‚Ich glaube, er befand sich im Fieberwahn', sagte ich zweifelnd. ‚Aber das ist doch kein Symptom von Pilzvergiftung, nicht wahr?'

‚Das kommt darauf an', entgegnete Brewster.

Ich erkundigte mich nach ihrem Patienten. Sie schüttelte den Kopf. ‚Ihm geht es ziemlich schlecht.'

‚Schwach?'

‚O nein, körperlich ist er stark genug – abgesehen von seinen Augen, die sehr schlecht sind. Er mag uns alle überleben, aber mit seinem Verstand geht es rapide bergab. Ich habe Mr. und Mrs. Denman bereits gesagt, daß er eigentlich in eine Anstalt gehört, aber Mrs. Denman wollte gar nichts davon wissen.'

Eines muß ich Mabel zugestehen: Sie hatte ein gutes Herz.

Nun, ich überlegte mir das Ganze noch einmal nach allen Richtungen hin und kam zu dem Schluß, daß uns nur noch ein Ausweg blieb. Angesichts der umherschwirrenden Gerüchte mußten wir die Wiederausgrabung der Leiche beantragen und eine richtige Leichenschau vornehmen lassen, damit die verleumderischen Zungen für immer zum Schweigen gebracht wurden. Mabel machte natürlich ein großes Theater, hauptsächlich aus sentimentalen Gründen: man solle den Toten nicht in seiner Ruhe stören und dergleichen. Aber ich blieb fest.

Ich will mich bei diesem Teil der Geschichte nicht lange aufhalten. Kurz und gut, wir erhielten die Erlaubnis für die Exhumierung, und es wurde eine Leichenschau veranstaltet, aber das Ergebnis war nicht so befriedigend, wie ich mir das gedacht hatte. Es war keine Spur von Arsenik vorhanden – und das war nur gut –, aber der Bericht lautete: *Es läßt sich nicht nachweisen, wodurch der Verstorbene zu Tode gekommen ist.*

Damit war also die mißliche Lage noch nicht geklärt. Die Leute klatschten weiter – sprachen von seltenen Giften, die keine Spuren hinterließen, und ähnlichem Unsinn. Ich redete mit dem Pathologen, der die Leiche untersucht hatte, und stellte ihm mehrere Fragen. Obwohl er sich nach Kräften bemühte, sich vor dem Antworten zu drücken, bekam ich doch aus ihm heraus, daß er die giftigen Pilze für eine höchst unwahrscheinliche Todesursache hielt. Eine gewisse Idee spukte mir im Kopf herum, und ich fragte ihn, was für ein Gift in diesem Fall eventuell in Frage komme. Er hielt mir einen langatmigen Vortrag, von dem ich nur das wenigste verstand, das will ich gern zugeben. Aber der Kernpunkt war dieser: Der Tod hätte durch ein starkes Pflanzenalkaloid hervorgerufen worden sein können.

Ich hatte nämlich folgende Idee: Angenommen, Geoffrey Denman habe auch die Anlage zur Geistesgestörtheit geerbt, wäre es da nicht möglich gewesen, daß er sich das Leben genommen hätte? Er hatte früher einmal Medizin studiert und würde sicher eine gute Kenntnis von Giften und ihren Wirkungen gehabt haben.

Es klang zwar etwas dünn, aber es war die einzige Erklärung, die mir einfiel. Und ich war fast am Ende meines Lateins, das kann ich Ihnen versichern. Jetzt werden die modernen jungen Leute unter Ihnen wahrscheinlich lachen, aber wenn ich tief in der Klemme stecke, dann sage ich immer ein kleines Gebet vor mich hin, ganz gleich, wo ich mich aufhalte, ob auf der Straße oder in einem Laden. Und ich bekomme stets eine Antwort, manchmal in Form einer unwesentlichen Kleinigkeit, die anscheinend gar nichts mit der Sache zu tun hat. An dem Morgen, von dem hier die Rede ist, ging ich nun die High Street hinunter und betete insbrünstig. Ich schloß die Augen, und was meinen Sie, worauf mein erster Blick fiel, als ich sie wieder öffnete?“

Fünf Gesichter mit verschiedenen Graden der Spannung richteten sich auf Miss Marple. Es läßt sich jedoch mit Sicherheit annehmen, daß keiner der Anwesenden die richtige Antwort auf diese Frage gefunden haben würde.

„Ich sah“, versicherte ihnen Miss Marple mit großem Nachdruck, „das Schaufenster des Fischladens. Es lag nur ein Gegenstand darin, und das war ein frischer Schellfisch.“

„Oh, mein Gott!“ stöhnte Raymond West. „Als Antwort auf ein Gebet – ein frischer Schellfisch!“

„Ja, Raymond“, tadelte Miss Marple, „und du brauchst gar nicht so zu lästern. Gottes Hand ist überall. Das erste, was ich sah, waren die schwarzen Flecke – die Daumenabdrücke des heiligen Petrus, wie es in der Legende heißt. Und das gab mir eine klare Einsicht: Ich brauchte Glauben, den felsenfesten Glauben des heiligen Petrus. Ich brachte die beiden Dinge miteinander in Zusammenhang, Glaube – und Fisch."

Sir Henry schnaubte sich eiligst die Nase. Joyce biß sich auf die Lippe.

„Da kam mir ein Gedanke. Die Köchin und das Hausmädchen hatten beide erwähnt, daß der sterbende Mann das Wort ‚Fisch' ausgesprochen habe. Ich war völlig davon überzeugt, daß die Lösung des Geheimnisses in den beiden Worten des sterbenden Mannes zu finden sei. Ich kehrte nach Hause zurück mit dem festen Entschluß, der Sache auf den Grund zu gehen.

Ich nahm mir die Köchin und das Hausmädchen getrennt vor und fragte die Köchin, ob sie ganz sicher sei, daß der Herr die Worte Pille und Fisch gebraucht habe. Sie versicherte es mir noch einmal.

‚Wie lauteten die Worte genau?' fragte ich. ‚Hat er etwa eine besondere Art von Fisch erwähnt?'

‚Ja, richtig', erwiderte die Köchin, ‚es war eine besondere Art von Fisch. Aber was für eine Sorte, kann ich Ihnen im Augenblick nicht sagen. Was war es doch nur? Barsch – oder Hecht? Nein, es fing nicht mit einem H an.'

Dorothy entsann sich ebenfalls, daß ihr Herr eine besondere Fischart erwähnt habe. ‚Ein ungewöhnlicher Fisch war es', meinte sie.

‚Und das Wort Pille hat er auch gebraucht?'

‚Ja, es klang jedenfalls so. Ich bin nicht mehr so ganz sicher – es ist schwer, sich an die eigentlichen Worte zu erinnern, nicht wahr, Miss, besonders, wenn sie keinen Sinn ergeben. Aber wenn ich es mir richtig überlege, bin ich doch ziemlich sicher, daß es das Wort Pille war, und der Fisch begann mit einem K, aber es war nicht Kabeljau oder Klippfisch.'

Bei dem, was nun folgt, bin ich richtig stolz auf mich", erklärte Miss Marple, „weil ich natürlich von Drogen nichts verstehe – ein ekliger, gefährlicher Kram in meinen Augen. Aber ich wußte, daß verschiedene medizinische Bücher im Hause existierten. Ich nahm sie mir vor und fand in einem Band ein alphabetisches Verzeichnis von Drogen.

Erst suchte ich unter K, fand aber nichts, das paßte; dann

begann ich mit P, und sehr bald stieß ich auf – was meinen Sie wohl?“ Sie blickte sich im Kreise um und verlängerte den Augenblick ihres Triumphs.

„Pilokarpin. Man stelle sich vor: Ein Mann, der kaum sprechen konnte, versucht, dieses Wort herauszubringen. Wie würde es in den Ohren einer Köchin klingen, die nie das Wort gehört hatte? Würde sie nicht den Eindruck gehabt haben, er habe ‚Pille‘ und ‚Karpfen‘ gesagt?“

„Wahrhaftig!" rief Sir Henry erstaunt.

„Darauf wäre ich nie gekommen", gab Dr. Pender zu.

„Höchst interessant", meinte Mr. Petherick. „Wirklich höchst interessant."

„Ich schlug rasch die im Verzeichnis angegebene Seite auf", fuhr Miss Marple fort, „und las, was da stand über Pilokarpin und seine Wirkung auf die Augen, und vieles andere, das mit unserem Fall nichts zu tun zu haben schien, aber schließlich stieß ich auf eine höchst bedeutsame Stelle: ... *ist mit Erfolg als Gegengift bei Atropinvergiftung angewandt worden.*

Da fielen mir auf einmal die Schuppen von den Augen, kann ich Ihnen sagen. Ich hatte ja nie richtig daran geglaubt, daß Geoffrey Denman Selbstmord begangen hatte. Diese neue Lösung war nicht nur möglich, sondern ich war fest überzeugt, daß sie die einzig richtige war; denn jede Tatsache ergab sich logisch aus der anderen."

„Ich mache erst gar nicht den Versuch zu raten", erklärte Raymond. „Fahre fort, Tante Jane, und erzähle uns von deiner auffallenden Entdeckung."

„Von Medizin habe ich natürlich keine Ahnung", fuhr Miss Marple fort, „aber eines wußte ich. Als meine Augen schlecht wurden, verordnete mir der Arzt Tropfen, die Atropinsulfat enthielten. Ich marschierte schnurstracks nach oben in das Zimmer des alten Mr. Denman und ging nicht wie die Katze um den heißen Brei.

‚Mr. Denman', sagte ich, ‚ich weiß alles. Warum haben Sie Ihren Sohn vergiftet?'

Er blickte mich eine Weile an – und ich muß sagen, er war ein ziemlich gutaussehender alter Herr – und brach dann in ein schallendes Gelächter aus. Es war das boshafteste Lachen, das ich je gehört hatte. Ich bekam eine richtige Gänsehaut.

‚Ja', antwortete er, ‚nun bin ich quitt mit Geoffrey. Ich war zu klug für ihn. Er wollte mich in ein Irrenhaus stecken, nicht wahr? Ich habe wohl gehört, wie sie darüber gesprochen haben. Mabel ist ein gutes Mädchen – Mabel trat für mich ein, aber ich wußte, daß sie sich auf die Dauer nicht gegen Geoffrey behaupten konnte. Letzten Endes hätte er doch seinen Willen bekommen, wie immer. Aber ich habe mit ihm abgerechnet, habe mit meinem liebevollen Sohn abgerechnet! Ha, ha! In

der Nacht habe ich mich hinuntergeschlichen. Es war ganz leicht. Brewster war ja fort. Mein teurer Sohn schlief bereits. Neben seinem Bett stand ein Glas Wasser, das er immer trank, wenn er mitten in der Nacht aufwachte. Ich goß es aus – ha, ha! – und schüttete die Flasche mit meinen Augentropfen in das Glas. Wenn er aufwachte, würde er sie hinuntertrinken, ohne zu wissen, was es war. Es war nur ein Eßlöffel voll – aber genug, völlig genug. Und er hat sie dann auch getrunken! Am nächsten Morgen kamen sie zu mir und brachten es mir ganz schonend bei. Sie hatten Angst, es würde mich zu sehr aufregen. Ha! Ha! Ha! Ha! Ha!'

„Nun", schloß Miss Marple, „damit ist die Geschichte zu Ende. Der arme alte Mann wurde natürlich in eine Anstalt gebracht. Er war für seine Tat nicht verantwortlich. Sobald die Wahrheit bekannt wurde, tat Mabel allen leid, und sie konnten nicht genug für sie tun, um den Schaden wiedergutzumachen, den sie ihr durch ihren ungerechtfertigten Verdacht zugefügt hatten. Aber wenn Geoffrey nicht gemerkt hätte, was für einen Kram er geschluckt hatte, und nicht versucht hätte, das Gegengift zu nennen, das man ihm unverzüglich holen sollte, wäre die Wahrheit wahrscheinlich nie an den Tag gekommen. Ich glaube, bei einer Atropinvergiftung sind ausgesprochene Symptome vorhanden – erweiterte Pupillen und dergleichen mehr; aber der arme alte Dr. Rawlinson war, wie ich schon erwähnte, sehr kurzsichtig. Und in demselben medizinischen Werk, in dem ich weiterlas – manches war höchst interessant –, wurden die Symptome von Pilzvergiftung und Atropinvergiftung beschrieben, und sie waren sich nicht unähnlich. Aber ich kann Ihnen versichern, daß ich niemals frischen Schellfisch gesehen habe, ohne an die Daumenabdrücke des heiligen Petrus zu denken."

Es entstand eine lange Pause.

„Meine liebe Freundin", unterbrach Mr. Petherick das Schweigen, „meine sehr liebe Freundin, Sie sind geradezu erstaunlich."

„Ich werde Scotland Yard empfehlen, sich bei Ihnen Rat zu holen", erklärte Sir Henry.

„Aber eins, liebe Tante Jane", sagte Raymond, „weißt du jedenfalls nicht."

„Doch, mein lieber Neffe", erwiderte Miss Marple. „Es geschah gerade vor dem Essen, nicht wahr? Als du Joyce mit in den Garten nahmst, um den Sonnenuntergang zu bewundern. Die Stelle an der Jasminhecke ist sehr beliebt. Dort hat auch der Milchmann unsere Annie gefragt, ob er das Aufgebot bestellen dürfe."

„Zum Kuckuck, Tante Jane", rief Raymond. „Verdirb nicht alle Romantik. Joyce und ich sind nicht wie der Milchmann und Annie."

„Da bist du aber auf dem Holzweg, lieber Neffe", meinte Miss Marple. „Die Menschen sind sich alle sehr ähnlich. Aber es ist vielleicht ein Glück, daß sie es nicht merken."

Die blaue Geranie

„Als ich letztes Jahr in dieser Gegend war..." Sir Henry Clithering brach ab, und seine Gastgeberin, Mrs. Bantry, blickte ihn neugierig an.

Der ehemalige Kommissar von Scotland Yard war bei seinen alten Freunden, Oberst Bantry und seiner Frau, zu Besuch, die in der Nähe von St. Mary Mead lebten.

Mrs. Bantry hatte ihn gerade um Rat gefragt, wen sie wohl für den Abend als sechsten Gast zum Essen einladen solle.

„Ja?" ermunterte sie ihn. „Als Sie letztes Jahr hier waren?"

„Sagen Sie", fragte Sir Henry, „kennen Sie Miss Marple?"

Mrs. Bantry war überrascht. Das hatte sie am allerwenigsten erwartet.

„Miss Marple? Wer kennt sie wohl nicht! Die typische alte Jungfer des Romans. Ein sehr netter Mensch, aber hoffnungslos hinter dem Monde zu Hause. Wünschen Sie etwa, daß ich sie zum Essen einlade?"

„Überrascht Sie das?"

„Ein wenig, muß ich gestehen. Ich hätte von Ihnen gar nicht erwartet – aber vielleicht haben Sie einen besonderen Grund?"

„Der besondere Grund ist ganz einfach. Als ich im vergangenen Jahr hier war, pflegten wir unaufgeklärte geheimnisvolle Begebenheiten zu erörtern. Wir waren fünf oder sechs Personen – Raymond West, der Schriftsteller, begann diesen Zeitvertreib. Jeder von uns erzählte eine Geschichte, deren Ausgang nur dem Erzähler bekannt war. Das sollte unser Denkvermögen auf die Probe stellen, um zu sehen, wer der Wahrheit am nächsten kam."

„Na, und?"

„Wir hatten kaum angenommen, daß Miss Marple mitmachen würde. Aber wir waren sehr höflich zu ihr, wollten ihre Gefühle nicht verletzen. Und nun kommt das Schönste vom Ganzen. Die alte Dame übertrumpfte uns jedesmal!"

„Das ist doch wohl nicht möglich!"

„Ich gebe Ihnen mein Wort, jedesmal traf sie den Nagel auf den Kopf."

„Wie merkwürdig! Dabei hat die gute alte Miss Marple St. Mary Mead kaum je verlassen."

„Ah! Aber das hat ihr, wie sie selbst sagt, unbegrenzte Gelegenheit gegeben, die menschliche Natur zu beobachten – unter dem Mikroskop sozusagen."

„Daran mag schon etwas Wahres sein", räumte Mrs. Bantry ein. „Man würde zumindest die kleinlichen Seiten der Leute kennenlernen. Aber ich glaube nicht, daß wir wirklich interessante Verbrecher in unserer Mitte haben. Wir werden ihr Arthurs Geistergeschichte nach dem Essen vorsetzen müssen. Ich wäre dankbar, wenn sie dafür eine Lösung fände."

„Ich wußte gar nicht, daß Arthur an Geister glaubt."

„Das tut er auch nicht. Das beunruhigt ihn ja gerade so. Und es ist seinem Freund, George Pritchard – einem ganz prosaischen Menschen – passiert. Für den armen George ist es eigentlich ziemlich tragisch. Entweder ist diese ungewöhnliche Geschichte wahr oder . . ."

„Oder was?"

Mrs. Bantry antwortete nicht gleich. Nach einer Weile sagte sie, ohne auf seine Frage einzugehen: „Wissen Sie, ich mag George gern – jeder mag ihn gern. Man kann einfach nicht glauben, daß er – aber die Menschen bringen ja die seltsamsten Dinge fertig."

Sir Henry nickte. Davon konnte er ein Lied singen. Das wußte er besser als Mrs. Bantry.

So kam es, daß Mrs. Bantry abends, als ihre Augen um den Eßtisch wanderten (sie zitterte dabei ein wenig, denn das Eßzimmer war, wie die meisten englischen Eßzimmer, außerordentlich kalt), ihren Blick auf der sehr aufrechten Figur der alten Dame ruhen ließ, die zur Rechten ihres Mannes saß. Miss Marple trug schwarze fingerlose Spitzenhandschuhe; ein altes Spitzenfichu war um ihre Schultern drapiert, und ein anderes Stück Spitze thronte auf ihrem weißen Haar. Sie unterhielt sich lebhaft mit dem ältlichen Arzt, Dr. Lloyd, über das Armenhaus und die mutmaßlichen Fehler der Gemeindeschwester.

Mrs. Bantry wunderte sich von neuem. Sie fragte sich sogar, ob Sir Henry sich nicht einen vollendeten Scherz mit ihr erlaubt habe – aber das schien unwahrscheinlich. Unglaublich, daß seine Behauptungen wahr sein sollten.

Ihr Blick wanderte weiter und ruhte liebevoll auf dem geröteten Gesicht ihres breitschultrigen Mannes, der mit Jane Helier, der schönen und allgemein beliebten Schauspielerin, über Pferde redete. Jane, die in Wirklichkeit noch schöner war als auf der Bühne, schlug ihre ungeheuren blauen Augen auf und sagte von Zeit zu Zeit taktvoll: „Wirklich?“ „Was Sie nicht sagen!“ „Wie seltsam!“ Sie verstand nichts von Pferden, und es war ihr auch völlig gleich.

„Arthur“, rief Mrs. Bantry, „du treibst die arme Jane bis an den Rand der Verzweiflung. Laß die Pferde ruhen und erzähle ihr lieber deine Geistergeschichte. Du weißt doch ... George Pritchard.“

„Wie bitte, Dolly? Oh, aber ich weiß nicht recht ...“

„Sir Henry möchte sie auch hören. Ich habe heute morgen mit ihm darüber gesprochen. Es wäre interessant zu erfahren, was die anderen dazu meinen.“

„O ja, bitte!“ rief Jane. „Ich liebe Geistergeschichten.“

„Nun ...“ Oberst Bantry zögerte ein wenig, „ich habe nie an das Übernatürliche geglaubt. Aber dies ...

Ich denke nicht, daß jemand von Ihnen George Pritchard kennt. Er ist ein ganz famoser Kerl. Seine Frau – na, sie ist jetzt tot, die Ärmste. Ich möchte nur das eine sagen: Sie hat George das Leben recht schwergemacht. Sie war eine dieser ewig kränkelnden Personen; ich glaube allerdings, daß sie wirklich ein Leiden hatte, aber was es auch sein mochte, sie verstand, es nach Strich und Faden auszunutzen. Sie war launenhaft, anspruchsvoll, unvernünftig und klagte von morgens bis abends. George mußte sie vorn und hinten bedienen, und was er auch tat, es war immer verkehrt, und er wurde obendrein noch ausgescholten. Die meisten Männer – davon bin ich überzeugt – hätten ihr längst mit der Axt eins auf den Kopf getickt. Stimmt's nicht, Dolly?“

„Ja, sie war eine abscheuliche Frau“, erklärte Mrs. Bantry mit dem Brustton tiefster Überzeugung. „Wenn George Pritchard ihr mit der Axt den Schädel eingeschlagen hätte und eine Frau unter den Geschworenen gewesen wäre, hätte man ihn glatt freigesprochen.“

„Ich weiß nicht, wie die Geschichte eigentlich anfing. George hat sich nie klar darüber ausgesprochen. Soviel ich weiß, hatte Mrs. Pritchard immer eine Schwäche für Wahrsagerinnen, Handdeuterinnen, Hellseherinnen und dergleichen gehabt. George hatte nichts dagegen. Wenn es ihr Spaß machte, schön und gut. Aber er selbst lehnte es ab, darüber in Verzükkung zu geraten, und das war für sie ein neues Ärgernis.

Eine Krankenschwester nach der anderen kam ins Haus, denn Mrs. Pritchard war schon immer nach wenigen Wochen mit ihnen unzufrieden. Eine junge Schwester hatte sich sehr für diesen Wahrsageunfug interessiert, und Mrs. Pritchard mochte sie eine ganze Weile sehr gern. Dann zankte sie sich plötzlich mit ihr und bestand darauf, daß sie ging. Daraufhin nahm sie eine Schwester, die sie früher schon einmal gehabt hatte – eine ältere Frau, erfahren und taktvoll im Umgang mit einer neurotischen Patientin. Nach Georges Ansicht war Schwester Copling ein prächtiger Mensch – eine Frau, mit der man vernünftig reden konnte. Sie ließ Mrs. Pritchards Launen und Wutanfälle mit völliger Gleichgültigkeit über sich ergehen.

Mrs. Pritchard nahm ihren Lunch gewöhnlich oben ein, und während dieser Zeit trafen George und die Schwester ihre Anordnungen für den Nachmittag. Strenggenommen hatte die Schwester von zwei bis vier Uhr frei. Aber wenn George gern einen freien Nachmittag haben wollte, tat sie ihm wohl mal den Gefallen und nahm ihre Freizeit erst nach dem Tee. Eines Tages erwähnte Schwester Copling, daß sie vielleicht etwas später zurückkehren würde, da sie ihre Schwester in Golders Green besuchen wolle. George machte ein sehr betrübtes Gesicht, denn er hatte sich für ein Golfspiel verabredet. Schwester Copling beruhigte ihn jedoch.

‚Man wird uns beide nicht vermissen, Mr. Pritchard.‘ Sie zwinkerte lustig mit den Augen. ‚Mrs. Pritchard hat anregendere Gesellschaft als uns.‘

‚Wer kommt denn?‘

‚Einen Augenblick‘, Schwester Coplings Augen zwinkerten belustigter denn je. ‚Ich möchte den Namen richtig hinkriegen. Zarida, spiritistische Deuterin der Zukunft.‘

‚O Herr!‘ stöhnte George. ‚Das ist eine ganz neue Nummer!‘

‚Ganz neu. Ich glaube, meine Vorgängerin, Schwester Carstairs, hat sie geschickt. Mrs. Pritchard hat sie noch nicht gesehen. Sie bat mich, ihr zu schreiben und sie für heute nachmittag herzubitten.‘

‚Na, auf jeden Fall komme ich zu meinem Golf', meinte George und ging mit den freundlichsten Gefühlen für Zarida, die Deuterin der Zukunft, von dannen.

Bei seiner Rückkehr fand er Mrs. Pritchard in größter Aufregung vor. Sie lag, wie üblich, auf ihrer Krankencouch und hielt ein Riechfläschchen in der Hand, an dem sie häufig roch.

‚George', rief sie ihm entgegen, ‚was habe ich immer von diesem Hause gesagt? In derselben Sekunde, als ich es betrat, spürte ich, daß etwas nicht in Ordnung war. Habe ich es dir nicht sofort gesagt?'

George unterdrückte sein heftiges Verlangen zu erwidern: ‚Du läßt nichts ungesagt', und er antwortete statt dessen: ‚Nein, ich kann mich nicht daran erinnern.'

‚Du kannst dich nie an etwas erinnern, das mit mir zu tun hat. Die Männer sind ja im allgemeinen außerordentlich dickfellig. Aber ich glaube wirklich, daß du noch gefühlloser bist als alle anderen zusammen.'

‚Nanu, liebe Mary, das ist wohl nicht ganz fair.'

‚Also, wie ich dir bereits sagte, wußte diese Frau sofort Bescheid! Sie – sie schreckte tatsächlich zurück, als sie zur Tür hereintrat, und sprach: „Böses steckt unter diesem Dache – Böses und Gefahr. Ich spüre es."'

George lachte, was nicht besonders klug von ihm war.

‚Da bist du ja heute nachmittag auf deine Kosten gekommen.'

Seine Frau schloß die Augen und schnupperte lange an ihrer Riechflasche.

‚Wie sehr du mich doch hassen mußt. Du würdest lachen und spotten, wenn ich im Sterben läge.'

George protestierte, doch sie fuhr unbeirrt fort: ‚Du kannst ruhig lachen, aber ich werde dir die ganze Geschichte erzählen. Dieses Haus ist für mich entschieden gefährlich – das hat die Frau ganz deutlich gesagt.'

Die freundlichen Gefühle, die George vorher noch für Zarida gehegt hatte, erfuhren eine merkliche Veränderung. Er wußte genau, daß seine Frau ohne weiteres darauf bestehen würde, daß sie in ein neues Haus zögen, wenn sie diese Laune packte.

‚Was hat sie denn sonst noch gesagt?' fragte er.

‚Sehr viel konnte sie mir nicht sagen. Sie war noch so aufgeregt. Aber auf eines hat sie mich aufmerksam gemacht. Ich hatte ein paar Veilchen im Glase stehen. Sie zeigte mit dem Finger darauf und rief: „Stellen Sie die fort. Keine blauen Blumen – niemals blaue Blumen. Blaue Blumen sind für Sie verhängnisvoll – denken Sie daran!'

‚Und du weißt ja', fügte Mrs. Pritchard hinzu, ‚ich habe dir ja schon immer gesagt, daß mir Blau widerlich ist. Mein natürlicher Instinkt warnt mich davor.'"

Diesen Ausspruch hatte er zwar noch nie von ihren Lippen vernommen, aber er war zu weise, um das zu erwähnen. Statt dessen erkundigte er sich nach dem Aussehen der mysteriösen Zarida, und Mrs. Pritchard ging mit Begeisterung darauf ein.

‚Schwarzes Haar in Schnecken über den Ohren, ihre Augen waren halb geschlossen, große schwarze Ränder darum, über Mund und Kinn trug sie einen schwarzen Schleier; sie sprach in einer singsangartigen Stimme und mit einem ausgesprochen ausländischen Akzent – spanisch, glaube ich.'

‚Mit anderen Worten also: der übliche Klimbim', meinte George heiter.

Seine Frau schloß sofort die Augen.

‚Ich fühle mich außerordentlich schlecht', hauchte sie. ‚Bitte klingle nach der Schwester. Du weißt sehr gut, daß Unfreundlichkeit mich immer furchtbar aufregt.'

Zwei Tage später trat Schwester Copling mit ernster Miene zu George ins Zimmer.

‚Wollen Sie, bitte, zu Mrs. Pritchard kommen. Sie hat einen Brief bekommen, der sie sehr erregt hat.‘

Als er bei seiner Frau im Zimmer erschien, hielt sie ihm den Brief schon entgegen.

‚Lies ihn mal‘, rief sie.

George las ihn. Er war auf stark parfümiertem Papier geschrieben in großen schwarzen Buchstaben: ‚Ich habe in die Zukunft geblickt. Lassen Sie sich warnen, ehe es zu spät ist. Hüten Sie sich vor dem Vollmond. Die blaue Primel bedeutet Warnung; die blaue Stockrose bedeutet Gefahr; die blaue Geranie bedeutet Tod . . .‘

George wollte gerade in schallendes Gelächter ausbrechen, als er die warnende Geste von Schwester Copling sah. Er sagte ein wenig ungeschickt: ‚Die Frau versucht wahrscheinlich, dir Angst einzujagen, Mary. Jedenfalls gibt es keine blauen Primeln und keine blauen Geranien.‘

Doch Mrs. Pritchard begann zu weinen und klagte, daß ihre Tage gezählt seien. Schwester Copling begleitete George bis zur Treppe.

‚So ein hirnverbrannter Unsinn!‘ platzte er heraus.

‚Vielleicht.‘

Etwas in der Art, wie sie dies sagte, machte ihn stutzig, und er blickte sie höchst erstaunt an.

‚Aber Schwester, Sie glauben doch nicht allen Ernstes . . .‘

‚Nein, nein, Mr. Pritchard. Ich glaube nicht an Zukunftsdeuterei – das ist Unsinn. Ich frage mich nur: was bedeutet dies alles? Wahrsagerinnen sind meistens hinter dem Geld her. Aber diese Frau scheint Mrs. Pritchard verängstigen zu wollen, ohne dabei etwas für sich herauszuschlagen. Das will mir nicht in den Kopf. Und dann noch eins . . .‘

‚Ja?‘

‚Mrs. Pritchard behauptet, Zarida komme ihr ein wenig bekannt vor.‘

‚Na und?‘

‚Kurz und gut, mir gefällt das Ganze nicht, Mr. Pritchard.‘

‚Ich habe nicht gewußt, daß Sie so abergläubisch sind, Schwester.‘

‚Ich bin nicht abergläubisch, aber ich weiß, wenn etwas faul ist.‘

Ungefähr vier Tage danach ereignete sich der erste Zwischenfall. Um den zu erklären, muß ich Ihnen zunächst Mrs. Pritchards Zimmer beschreiben ..."

„Das kann ich wohl am besten", unterbrach ihn Mrs. Bantry. „Es war mit einer jener Tapeten ausgestattet, auf denen Gruppen von Blumen eine Art Rabatte bilden, so daß man sich fast einbilden könnte, man sieht sie in einem Garten – aber natürlich sind die Blumen alle verkehrt. Ich meine, sie können unmöglich alle zur selben Zeit blühen ..."

„Laß dich nicht von deiner Leidenschaft für gärtnerische Genauigkeit hinreißen, Dolly", mahnte ihr Gatte. „Wir wissen alle, daß du eine begeisterte Gärtnerin bist."

„Na, es ist schon lächerlich", protestierte Mrs. Bantry, „wenn man wilde Hyazinthen, Narzissen, Lupinen, Stockrosen und Herbstastern alle zur selben Zeit blühen läßt."

„Höchst unwissenschaftlich", stimmte ihr Sir Henry zu. „Aber nun bitte weiter mit der Geschichte, wir sind alle gespannt."

„Nun, unter diesen Blumengruppen befanden sich auch Primeln, Büschel von gelben und roten Primeln und – aber erzähle weiter, Arthur, es ist deine Geschichte ..."

Oberst Bantry fuhr mit der Erzählung fort.

„Eines Morgens nun läutete Mrs. Pritchard heftig an der Glocke. Der ganze Haushalt stürzte herbei – im Glauben, daß sie in den letzten Zügen liege. Aber nichts dergleichen. Sie zeigte nur ganz aufgebracht mit dem Finger auf die Tapete, wo tatsächlich eine blaue Primel unter den anderen zu sehen war ..."

„Oh", rief Miss Helier, „wie unheimlich!"

„Man warf die Frage auf: war die blaue Primel nicht schon immer vorhanden gewesen? Diese Möglichkeit wurde von George und der Schwester ins Auge gefaßt. Aber Mrs. Pritchard wollte nichts davon wissen. Sie hatte die Primel erst an diesem Morgen bemerkt, und in der vergangenen Nacht war Vollmond gewesen. Sie war darüber ganz aufgeregt."

„Ich begegnete George Pritchard am selben Tag", warf Mrs. Bantry ein, „und er erzählte mir davon. Daraufhin besuchte ich Mrs. Pritchard und tat mein Bestes, die ganze Sache ins Lächerliche zu ziehen. Aber vergebens. Ich war ganz besorgt, als ich fortging. Unterwegs traf ich Jean Instow und erzählte ihr von dieser Episode. Jean ist ein merkwürdiges Mädchen. Sie fragte: ‚Sie regt sich also wirklich darüber auf?' Ich erwiderte, daß nach meinem Empfinden die Frau wohl vor Angst sterben könne; sie war wirklich übertrieben abergläubisch.

Ich erinnere mich noch, daß ihre Antwort mich geradezu erschreckte. Sie sagte nämlich: ‚Das wäre vielleicht am allerbesten, nicht wahr?' Die Worte waren so kühl, so sachlich gesprochen, daß ich tatsächlich – einfach schockiert war. Ich weiß, es gehört heutzutage mit zum guten Ton, derb und brutal zu reden, aber ich kann mich nie daran gewöhnen. Jean lächelte mich ein wenig seltsam an und meinte: ‚Sie hören das nicht gern – aber es ist wahr. Was hat denn Mrs. Pritchard schon von ihrem Leben? Gar nichts. Und George Pritchard hat die Hölle auf Erden. Wenn seine Frau vor Schreck das Zeitliche segnete – das wäre das Beste, was ihm passieren könnte.'

Ich sagte: ‚George ist stets äußerst gut zu ihr.' Und sie erwiderte: ‚Ja, er verdient eine Belohnung, der arme Kerl. Er ist eine anziehende Persönlichkeit, dieser George Pritchard. Dieser Meinung war auch die letzte Krankenschwester – die hübsche – wie hieß sie doch noch? Carstairs. Das war auch die Ursache des Streits zwischen ihr und Mrs. P.'

Das hörte ich natürlich nicht gern von Jeans Lippen. Man hatte sich allerdings im stillen gewundert . . ."

Mrs. Bantry machte eine bedeutungsvolle Pause.

„Ja, meine Liebe", ertönte Miss Marples ruhige Stimme. „Das tut man immer. Ist Miss Instow ein hübsches Mädchen? Spielt sie etwa Golf?"

„Ja. Sie ist eine vorzügliche Sportlerin. Außerdem hübsch und attraktiv, sehr blond, mit gesundem Teint und schönen, ruhigen blauen Augen. Wir hatten natürlich immer das Gefühl, daß sie und George Pritchard – ich meine, wenn die Verhältnisse anders gewesen wären . . . Sie passen so gut zueinander."

„Und waren sie miteinander befreundet?" fragte Miss Marple.

„O ja. Sie waren gute Freunde."

„Wie wär's, Dolly", fragte Oberst Bantry etwas ungeduldig, „wenn ich endlich mit meiner Geschichte fortführe?"

„Arthur", sagte Mrs. Bantry resigniert, „möchte zu seinen Geistern zurückkehren."

„Den Rest der Geschichte erzählte mir George selbst", fuhr der Oberst fort. „Es besteht kein Zweifel darüber, daß Mrs. Pritchard gegen Ende des folgenden Monats in großen Ängsten schwebte. Sie strich sich auf einem Kalender den Tag an, an dem der Mond voll sein würde, und ließ am Abend vorher die Schwester wie auch George in ihr Zimmer kommen. Beide mußten die Tapete sorgfältig prüfen. Es waren rosa und rote Stockrosen vorhanden, aber keine blauen. Sobald George das Zimmer verlassen hatte, schloß sie die Tür ab . . ."

„Und am nächsten Morgen war eine große blaue Stockrose zu sehen", sagte Miss Helier fidel.

„Ganz recht", pflichtete ihr Oberst Bantry bei. „Oder jedenfalls beinahe recht. Die Blüte einer Stockrose gerade über ihrem Kopf war blau geworden. Dies machte George stutzig. Und natürlich, je mehr er stutzte, desto stärker weigerte er sich, die Sache ernst zu nehmen. Er hielt daran fest, daß das Ganze ein dummer Streich sei, und ignorierte die Tatsache, daß die Tür verschlossen war und Mrs. Pritchard die Veränderung wahrnahm, bevor jemand anders – sogar Schwester Copling – ins Zimmer gelassen wurde.

Es machte George stutzig und zugleich unvernünftig. Seine Frau wollte das Haus verlassen, doch er gestattete das nicht. Zum erstenmal in seinem langen Leben neigte er dazu, an das Übernatürliche zu glauben, aber er wollte es nicht zugeben. Gewöhnlich gab er den Wünschen seiner Frau nach. Diesmal weigerte er sich. Mary solle sich nicht lächerlich machen, erklärte er, das Ganze sei nur grober Unfug.

Und so eilte der nächste Monat dahin. Mrs. Pritchard erhob weniger Protest, als man gedacht hatte.

Ich glaube, sie war abergläubisch genug, um anzunehmen, daß sie ihrem Schicksal nicht entrinnen könne. Sie wiederholte immer wieder: ‚Die blaue Primel – Warnung. Die blaue Stockrose – Gefahr. Die blaue Geranie – Tod.' Und sie pflegte auf das Büschel rosaroter Geranien zu starren, die ihrem Bett am nächsten waren.

Das Ganze war ziemlich nervenaufreibend. Selbst die Schwester wurde davon angesteckt. Zwei Tage vor Vollmond

kam sie zu George und bat ihn, Mrs. Pritchard aus dem Hause zu bringen. George wurde zornig.

‚Und wenn sich alle Blumen auf der verflixten Wand in blaue Teufel verwandeln würden, könnte das niemanden töten!' schrie er.

‚Doch, das wäre schon möglich. An einem Schock sind schon mehr Leute gestorben.'

‚Unsinn', meinte George.

George ist stets ein wenig dickköpfig gewesen und ließ sich nicht umstimmen. Ich glaube, er nahm im stillen an, daß seine Frau selbst diese Änderungen verursache und daß alles auf einen krankhaften hysterischen Plan bei ihr zurückzuführen sei. Nun, die verhängnisvolle Nacht brach herein. Wie üblich, verschloß Mrs. Pritchard ihre Tür. Sie war sehr ruhig – in einer fast erhabenen Gemütsverfassung. Dieser Zustand beunruhigte die Schwester, die ihr zur Anregung eine Strychninspritze geben wollte. Doch Mrs. Pritchard lehnte das ab. Ich glaube, in gewissem Sinne bereitete ihr das alles ein Vergnügen. Das behauptete George jedenfalls."

„Das ist möglich", bemerkte Mrs. Bantry. „Das Ganze muß von einem gewissen Zauber umsponnen gewesen sein."

„Am nächsten Morgen ertönte kein heftiges Geklingel. Mrs. Pritchard wachte gewöhnlich um acht Uhr auf. Als man um halb neun noch nichts von ihr hörte, klopfte die Schwester laut an die Tür. Es blieb alles still. Daraufhin holte sie George und bestand darauf, daß man die Tür aufbreche. Dies geschah mit Hilfe eines Meißels.

Ein Blick auf die stille Gestalt auf dem Bett genügte Schwester Copling. Sie schickte George ans Telefon, um den Arzt herbeizurufen, aber es war zu spät. Mrs. Pritchard, erklärte der Doktor, sei seit mindestens acht Stunden tot. Ihr Riechfläschchen lag neben ihrer Hand auf dem Bett, und an der Wand neben ihr hatte sich das Rosarot einer Geranie in ein leuchtendes Dunkelblau verwandelt."

„Gräßlich!" stieß Miss Helier schaudernd hervor.

Sir Henry runzelte die Stirn.

„Keine weiteren Einzelheiten?"

Oberst Bantry schüttelte den Kopf. Doch Mrs. Bantry sagte rasch: „Das Gas."

„Was hat es mit dem Gas auf sich?“ fragte Sir Henry.

„Als der Doktor kam, merkte er einen leichten Gasgeruch und entdeckte dann auch, daß der Gasring am Kamin etwas aufgedreht war, aber so wenig, daß es keine Rolle spielte.“

„Haben Mr. Pritchard und die Schwester nichts wahrgenommen, als sie das Zimmer zuerst betraten?“

„Die Schwester behauptete, sie habe etwas gerochen. George erklärte, er habe zwar keinen Gasgeruch gespürt, aber so etwas wie eine Ohnmachtsanwandlung bekommen. Er führte das auf den Schock zurück – und hatte wahrscheinlich recht. Auf jeden Fall hatte keine Gasvergiftung stattgefunden. Der Geruch war kaum zu merken.“

„Und ist die Geschichte damit zu Ende?“

„Nein, es wurde viel geredet. Die Diener hatten nämlich gelauscht und hatten zum Beispiel gehört, wie Mrs. Pritchard zu ihrem Manne sagte, daß er sie hasse und sich über sie lustig machen werde, wenn sie sterbe. Und dann noch spätere Bemerkungen. So hatte sie eines Tages, als er sich weigerte, das Haus aufzugeben, zu ihm gesagt: ‚Na schön, wenn ich tot bin, wird sich hoffentlich jeder klarmachen, daß du mich umgebracht hast.‘

Und wie es das Unglück so wollte, hatte er gerade am Tage vor ihrem Tode etwas Unkrautgift angerührt für die Gartenwege. Eine der jüngeren Dienstboten hatte ihn dabei beobachtet und gesehen, wie er später seiner Frau ein Glas heiße Milch brachte.

Der Klatsch wurde immer größer. Der Arzt hatte einen Totenschein ausgestellt, aber ich weiß nicht, was er als Todesursache angegeben hatte – wahrscheinlich hatte er einen medizinischen Ausdruck gewählt, der nicht viel besagte. Die arme Frau ruhte jedenfalls noch nicht einen Monat in ihrem Grab, als die Exhumierung der Leiche angeordnet wurde.“

„Und die Autopsie ergab nichts, wie ich mich entsinne“, sagte Sir Henry ernst.

„Das Ganze ist wirklich sehr merkwürdig“, meinte Mrs. Bantry. „Diese Wahrsagerin Zarida, zum Beispiel. An der Adresse, die sie angegeben hatte, war eine solche Person gänzlich unbekannt!“

„Sie tauchte einmal auf – aus dem blauen Dunst heraus“,

bemerkte ihr Mann, „und verschwand dann wieder vollständig, im blauen Dunst – das ist gut!“

„Und außerdem“, fuhr Mrs. Bantry fort, „hatte die kleine Schwester Carstairs, die sie ja empfohlen haben sollte, niemals etwas von dieser Zarida gehört.“

Sie blickten sich gegenseitig an.

„Eine geheimnisvolle Geschichte“, meinte Dr. Lloyd. „Man könnte natürlich allerlei Vermutungen anstellen, aber ...“

Er schüttelte den Kopf.

„Hat Mr. Pritchard dann Miss Instow geheiratet?“ fragte Miss Marple mit ihrer sanften Stimme.

„Nun, warum wollen Sie gerade das wissen?“ erkundigte sich Sir Henry.

Miss Marple schlug ihre sanften blauen Augen weit auf.

„Es erscheint mir so wichtig“, entgegnete sie. „Haben die beiden geheiratet?“ Oberst Bantry schüttelte den Kopf.

„Wir – nun, wir haben das eigentlich erwartet, aber jetzt sind schon achtzehn Monate vergangen, und ich glaube, sie sehen sich kaum noch.“

„Das ist wichtig“, sagte Miss Marple, „sehr wichtig.“

„Dann denken Sie sicher dasselbe wie ich“, bemerkte Mrs. Bantry. „Sie nehmen an ...“

„Nun, Dolly“, unterbrach sie ihr Mann, „was du sagen willst, ist unberechtigt. Du kannst nicht einfach jemanden anklagen, ohne den geringsten Beweis dafür zu haben.“

„Sei nicht so – so männerhaft, Arthur. Männer haben eine furchtbare Angst, auch nur das geringste zu sagen. Dies bleibt ja ganz unter uns. Es ist nur eine wilde, phantastische Idee von mir, daß Jean Instow sich eventuell – ich möchte betonen – *eventuell* – als Wahrsagerin verkleidet hat. Wohlverstanden, nur im Scherz. Ich glaube ja nicht für eine Sekunde, daß sie böse Absichten dabei gehabt hat. Wenn sie es aber getan hat und Mrs. Pritchard dumm genug war, vor Angst zu sterben – nun, das ist doch der Gedanke, den Miss Marple ebenfalls hatte, nicht wahr?“

„Nein, meine Liebe, nicht ganz“, entgegnete Miss Marple. „Sehen Sie mal, wenn ich jemanden töten wollte, was mir natürlich nicht einmal im Traum einfallen würde, da es etwas sehr Böses ist – und außerdem töte ich nicht gern, nicht einmal

Wespen, obwohl das ja notwendig ist, und ich bin überzeugt, der Gärtner verfährt dabei so human wie eben möglich. Aber was wollte ich doch noch sagen?"

„Wenn Sie jemanden töten wollten", drängte Sir Henry.

„O ja. Dann würde ich mich nicht darauf verlassen, daß jemand vor Angst sterben könnte. Ich weiß, man liest ja von solchen Fällen, aber es scheint mir doch eine ungewisse Angelegenheit zu sein. Selbst die nervösesten Leute sind in Wirklichkeit weitaus tapferer, als man im allgemeinen annimmt. Nein, ich würde etwas Sicheres vorziehen und einen gründlichen Plan zu diesem Zwecke machen."

„Miss Marple", ließ sich Sir Henry hören, „Sie flößen mir geradezu Angst ein. Ich hoffe, Sie haben nie das Verlangen, mich von dieser Erde verschwinden zu lassen. Ihre Pläne könnten allzugut sein."

Miss Marple warf ihm einen vorwurfsvollen Blick zu.

„Ich dachte, ich hätte es deutlich genug zur Sprache gebracht, daß ich ein solches Verbrechen nie ins Auge fassen würde. Nein, ich habe nur versucht, mich in die Lage einer gewissen Person hineinzuversetzen."

„Denken Sie etwa an George Pritchard?" fragte der Oberst. „Das traue ich George niemals zu, obwohl die Schwester es annimmt. Ich suchte sie etwa einen Monat später auf, gerade zur Zeit der Exhumierung. Sie wußte nicht, wie es geschehen war, und wollte eigentlich gar nicht darüber reden. Aber ich hatte den deutlichen Eindruck, daß sie George für den Tod seiner Frau verantwortlich machte. Sie schien völlig überzeugt zu sein."

„Nun", meinte Dr. Lloyd, „vielleicht war sie nicht so weit von der Wahrheit entfernt. Und bedenken Sie eines: Eine Krankenschwester weiß oft Bescheid. Sie kann es nicht sagen, da sie keinen Beweis hat, aber sie weiß."

Sir Henry beugte sich vor.

„Miss Marple, Sie sind ganz in Gedanken versunken. Wollen Sie uns nicht etwas davon verraten?"

Miss Marple fuhr zusammen und wurde ganz rot.

„Ich bitte Sie um Verzeihung", entgegnete sie. „Ich dachte gerade an unsere Gemeindeschwester. Ein höchst schwieriges Problem."

„Schwieriger als das Problem der blauen Geranie?“

„Eigentlich hängt es mit den Primeln zusammen“, lautete die überraschende Antwort. „Mrs. Bantry erwähnte gelbe und rötliche. Wenn es eine rötliche Primel war, die blau wurde, dann paßt es natürlich sehr gut. Aber wenn es eine gelbe gewesen ist . . .“

„Es war eine rötliche Primel“, bestätigte Mrs. Bantry, während sie Miss Marple anstarrte. Alle starrten Miss Marple an.

„Das scheint die Sache zu erklären“, sagte Miss Marple und schüttelte bedauernd den Kopf. „Und dann noch die Wespenzeit und alles. Und das Gas natürlich.“

„Es erinnert Sie wohl an zahllose Dorftragödien, nicht wahr?“ fragte Sir Henry.

„Nicht gerade Tragödien“, erwiderte Miss Marple. „Und gewiß nicht an verbrecherische Handlungen. Aber es erinnert mich tatsächlich an die Scherereien, die wir mit der Gemeindeschwester haben. Schließlich sind Krankenschwestern auch menschliche Wesen, und wenn man bedenkt, daß sie stets ein korrektes Benehmen an den Tag legen und diese unbequemen Kragen tragen und so eng mit der Familie zusammenleben müssen – nun, kann man sich da wundern, daß manchmal etwas passiert?“ Sir Henry ging ein schwaches Licht auf.

„Aha, Sie denken an Schwester Carstairs?“

„O nein. Nicht an Schwester Carstairs. An Schwester Copling. Sie war nämlich vorher schon einmal im Haus gewesen und sehr viel mit Mr. Pritchard zusammengekommen, der, wie Sie sagen, eine große Anziehungskraft besitzt. Sie hat wohl geglaubt, das arme Ding – na, darauf brauchen wir nicht weiter einzugehen. Vermutlich hat sie von Miss Instow nichts gewußt, und hinterher, als sie es erfuhr, wurde sie zu seiner Feindin und versuchte, ihm soviel Schaden zuzufügen wie nur möglich. Natürlich hat der Brief sie in erster Linie verraten, nicht wahr?“

„Was für ein Brief?“

„Nun, auf Mrs. Pritchards Bitte hin schrieb sie doch an die Wahrsagerin, und die Wahrsagerin kam doch anscheinend auf diesen Brief hin. Aber später stellte es sich heraus, daß eine solche Person niemals an dieser Adresse existiert hat. Das zeigt, daß Schwester Copling ihre Hand dabei im Spiel hatte.

Sie tat nur so, als ob sie schrieb. Was ist also wahrscheinlicher, als anzunehmen, daß sie selbst die Wahrsagerin spielte?"

„Die Sache mit dem Brief ist mir entgangen", gab Sir Henry zu, „und das ist natürlich ein höchst wichtiger Punkt."

„Ein ziemlich kühnes Unterfangen", meinte Miss Marple, „denn Mrs. Pritchard hätte sie trotz ihrer Verkleidung ja erkennen können. Aber in dem Falle konnte die Schwester ja so tun, als handle es sich um einen Scherz."

„Sie erwähnten vorhin, daß Sie sich an der Stelle einer gewissen Person nicht auf das Angstmotiv verlassen hätten. Was wollten Sie damit sagen?" fragte Sir Henry.

„Man konnte nicht damit rechnen", erwiderte Miss Marple. „Nein, ich glaube, die Warnungen und die blauen Blumen waren – wenn ich mal einen militärischen Ausdruck verwenden darf", und sie lachte etwas verlegen, „– nur Camouflage."

„Und was steckte dahinter?"

„Ich weiß", entschuldigte sich Miss Marple, „daß mir Wespen im Kopf herumspuken. Die armen Dinger, zu Tausenden vernichtet – und gewöhnlich an so schönen Sommertagen. Aber als ich einmal sah, wie der Gärtner das Zyankalium in einer Flasche mit Wasser auflöste, habe ich mir gedacht, wie sehr es doch dem Riechsalz ähnelt. Und wenn man es in ein Riechfläschchen täte – nun, die arme Kranke gebrauchte ja immer so ein Fläschchen. Man fand es sogar neben ihrer Hand, als sie gestorben war. Als Mr. Pritchard den Arzt anrief, konnte die Schwester es gegen das richtige Fläschchen umtauschen, und sie konnte ein ganz klein wenig das Gas aufdrehen, um den Mandelgeruch zu verdecken, und für den Fall, daß sich jemand merkwürdig fühlte. Ich habe immer gehört, daß Zyankalium keine Spuren hinterläßt, wenn man lange genug wartet. Aber ich kann mich natürlich getäuscht haben, und es mag etwas ganz anderes in der Flasche gewesen sein; doch das spielt eigentlich keine Rolle, nicht wahr?"

Miss Marple hielt etwas erschöpft inne.

Jane Helier beugte sich vor und sagte: „Aber wie steht's mit der blauen Geranie und den anderen Blumen?"

„Schwestern haben immer Lackmuspapier, nicht wahr?" entgegnete Miss Marple. „Für – nun, für Untersuchungen. Kein sehr angenehmes Thema. Wir wollen nicht dabei verweilen.

Ich habe auch etwas Krankenpflege ausgeübt." Sie lief zartrosa an. „Blaues Lackmuspapier wird durch Säuren rot, und rotes Lackmuspapier wird durch Basen blau. Es ist so leicht, etwas rotes Lackmuspapier über eine rote Blume zu kleben – nahe am Bett natürlich. Und wenn dann die arme Dame ihr Riechsalz benutzte, färbten die starken Ammoniakdünste das Papier blau. Wirklich sehr spitzfindig. Die Geranie war natürlich noch nicht blau, als sie zuerst ins Zimmer drangen – das sah man erst später. Als die Schwester die Flaschen vertauschte, hat sie das Riechfläschchen einen Moment gegen die Tapete gehalten."

„Man könnte meinen, Sie seien dabeigewesen, Miss Marple", sagte Sir Henry bewundernd.

„Worüber ich mir Sorgen mache", erwiderte Miss Marple, „das ist das Verhältnis zwischen dem armen Mr. Pritchard und dem netten jungen Mädchen, Miss Instow. Wahrscheinlich haben sie sich gegenseitig in Verdacht und gehen sich aus dem Wege. Dabei ist das Leben so kurz."

Sie schüttelte betrübt den Kopf.

„Darüber brauchen Sie sich keine Sorgen zu machen", beruhigte sie Sir Henry. „Ich habe nämlich eine kleine Überraschung für Sie. Eine Krankenschwester ist gerade verhaftet worden, weil sie eine ältere Patientin ermordet hat, die ihr eine Summe vermacht hatte. Es geschah mit Zyankalium, das anstelle von Riechsalz in ein Riechfläschchen getan wurde. Es handelt sich um Schwester Copling, die denselben Trick noch einmal versuchte. Miss Instow und Mr. Pritchard brauchen keine Zweifel an der Wahrheit zu hegen."

Die Gesellschafterin

„Nun, Herr Dr. Lloyd“, wandte sich Miss Helier an den Arzt, „wissen Sie keine Gruselgeschichten?“

Sie lächelte ihm zu. Es war das Lächeln, das allabendlich das Theaterpublikum bezauberte. Jane Helier wurde manchmal die schönste Frau in England genannt, und eifersüchtige Kolleginnen pflegten einander zuzuraunen: „Jane ist natürlich keine Künstlerin. Sie kann nicht spielen, wenn Sie mich richtig verstehen. Es sind einfach diese Augen!“

Und diese Augen waren in diesem Moment schmachtend auf den grauhaarigen älteren Junggesellendoktor gerichtet, der während der letzten fünf Jahre die Kranken im Dorfe St. Mary Mead betreut hatte.

„Wissen Sie, Miss Helier“, meinte Dr. Lloyd, „es passiert nicht viel Gruseliges – und noch weniger Verbrecherisches – in St. Mary Mead.“

„Aber, Herr Doktor“, beharrte Jane Hellier, „Sie haben doch nicht immer hier gelebt. Sie sind gewiß in der ganzen Welt herumgekommen und an merkwürdigen Orten gewesen, wo etwas passiert!“

„Das stimmt natürlich“, erwiderte Dr. Lloyd, der verzweifelt nachdachte. „Ja, sicher ... Ja ... Ah! Ich hab's!“

Mit einem Seufzer der Erleichterung sank er zurück.

„Es ist schon einige Jahre her – fast hatte ich es vergessen. Aber die Begebenheiten waren seltsam, wirklich sehr seltsam. Und die letzte Koinzidenz, die mir des Rätsels Lösung verschaffte, war ebenfalls sehr merkwürdig.“

Miss Helier zog eilig ihren Stuhl etwas näher zu ihm heran. Die anderen kehrten ihm ebenfalls interessiert ihre Gesichter zu.

„Ich weiß nicht, ob jemand von Ihnen die Kanarischen Inseln kennt“, begann der Doktor.

„Die müssen wundervoll sein“, warf Jane dazwischen. „Sie liegen in der Südsee, nicht wahr? Oder im Mittelmeer?“

„Ich habe sie auf meinem Weg nach Südafrika besucht“, bemerkte der Oberst. „Die Landspitze von Teneriffa bietet einen wunderschönen Anblick bei Sonnenuntergang.“

„Der Zwischenfall, den ich beschreibe, ereignete sich auf

der Insel Gran Canaria, nicht auf Teneriffa. Vor einer Reihe von Jahren war ich gesundheitlich nicht auf der Höhe. Infolgedessen mußte ich meine Praxis in England aufgeben und ins Ausland gehen. Ich praktizierte damals in Las Palmas, der Hauptstadt von Gran Canaria, und genoß das Leben da draußen sehr.

Schiffe aus allen Teilen der Welt kommen nach Las Palmas. Manchmal bleiben sie nur ein paar Stunden, manchmal ein paar Tage. Im ersten Hotel dort, im *Metropole,* sieht man Leute aller Rassen und Nationalitäten – Zugvögel. Selbst die Leute, die nach Teneriffa gehen, bleiben erst ein paar Tage hier, bevor sie zu der anderen Insel hinüberfahren.

Meine Geschichte beginnt im *Metropole*-Hotel an einem Donnerstagabend im Januar. Es wurde getanzt, und ein Freund und ich saßen an einem kleinen Tisch und sahen zu. Es waren allerlei Engländer und Angehörige anderer Nationen da, aber die meisten der Tänzer waren spanischer Herkunft. Als das Orchester einen Tango spielte, waren nur sechs Paare spanischer Nationalität auf dem Parkett. Sie tanzten alle sehr gut, und wir sahen bewundernd zu. Eine Frau erregte besonders unsere lebhafte Bewunderung. Groß, schön und geschmeidig, bewegte sie sich mit der Grazie einer halbgezähmten Leopardin. Sie hatte etwas Gefährliches an sich. Ich sprach mit meinem Freund darüber, und er pflichtete mir bei.

‚Solche Frauen', meinte er, ‚haben unbedingt eine Vergangenheit. Das Leben geht nicht an ihnen vorüber.'

‚Schönheit ist vielleicht ein gefährlicher Besitz', sagte ich.

‚Es ist nicht nur ihre Schönheit', beharrte er. ‚Es ist noch etwas anderes. Sieh sie dir noch einmal an. Sicherlich passiert ihr vieles, oder es passiert ihretwegen. Wie ich schon sagte, das Leben wird nicht spurlos an ihr vorübergehen. Sie wird im Mittelpunkt seltsamer und aufregender Ereignisse stehen. Man braucht nur einen Blick auf sie zu werfen, und man weiß Bescheid.'

Er machte eine Pause und fügte dann lächelnd hinzu: ‚Ebenso wie du nur einen Blick auf die zwei Frauen da drüben zu werfen brauchst, um zu wissen, daß nichts Ungewöhnliches sich je in ihrem Leben ereignen wird. Sie sind wie geschaffen für eine sichere, eintönige Existenz.'

Ich folgte seinen Blicken. Die beiden Frauen, auf die er anspielte, waren Reisende, die eben erst angekommen waren – ein Dampfer vom Holländischen Lloyd hatte Las Palmas gerade angelaufen, und die ersten Passagiere waren bereits von Bord gegangen.

Auf den ersten Blick sah ich, was mein Freund meinte. Es handelte sich um zwei Engländerinnen – die richtig nette Sorte, die man so oft im Ausland antrifft. Sie waren wohl um die Vierzig herum. Die eine war blond und vollschlank und die andere dunkel und ein wenig überschlank. Sie waren noch gut erhalten, wie man so zu sagen pflegt, trugen schlichte, unauffällige Tweedkostüme und gebrauchten keinerlei Make-up. Und wie mein Freund schon bemerkte, würden sie nie etwas Aufregendes oder Besonderes erleben, wenn sie auch die halbe Welt durchreisten. Mein Blick wanderte zurück zu unserer geschmeidigen Spanierin mit ihren halbgeschlossenen glutvollen Augen, und ich mußte lächeln."

„Die Ärmsten“, seufzte Jane Helier. „Aber ich halte es wirklich für töricht, wenn jemand nichts aus sich macht.“

„Fahren Sie fort, Herr Doktor“, bat Mrs. Bantry. „Ich höre gern Geschichten von geschmeidigen spanischen Tänzerinnen. Darüber vergesse ich ein wenig, wie alt und fett ich bin.“

„Leider muß ich Sie enttäuschen“, entschuldigte sich Dr. Lloyd. „Die Geschichte dreht sich nämlich gar nicht um die Spanierin.“

„Nein?“

„Nein. Mein Freund und ich hatten uns sehr geirrt. Im Dasein der spanischen Schönheit ereignete sich nicht das geringste, das man als interessant oder aufregend bezeichnen könnte. Sie heiratete einen Angestellten in einem Schiffahrtsbüro, und zur Zeit, als ich die Insel verließ, hatte sie bereits fünf Kinder und war sehr korpulent. Nein, meine Geschichte dreht sich um die beiden Engländerinnen.“

„Ist ihnen etwas zugestoßen?“ hauchte Miss Helier.

„Ihnen ist etwas zugestoßen, und zwar gleich am nächsten Tage.“

„Wirklich?“

„Als ich an dem Abend ausging, warf ich aus Neugierde einen Blick in das Gästebuch und entdeckte die Namen sehr schnell. Miss Mary Barton und Miss Amy Durrant aus Little Paddocks, Caughton Weir, Bucks. In dem Augenblick hatte ich nicht die leiseste Ahnung, wie bald ich den Trägern dieser Namen wiederbegegnen sollte – und unter was für tragischen Umständen.

Am folgenden Tag hatte ich mich mit einigen Freunden für ein Picknick verabredet. Wir wollten mit dem Auto quer über die Insel zu einem Ort fahren, der, soweit ich mich nach so langer Zeit noch erinnern kann, Las Nieves hieß und in einer wohlgeschützten Bucht lag, wo wir unseren Lunch essen und später baden wollten, wenn wir Lust hatten. Dieses Programm führten wir auch durch, nur brachen wir reichlich spät auf, so daß wir schon unterwegs picknickten und später nach Las Nieves weiterfuhren, um vor dem Tee noch etwas zu schwimmen.

Sobald wir uns dem Strande näherten, nahmen wir einen ungeheuren Tumult wahr. Die ganze Bevölkerung des kleinen

Dorfes schien dort versammelt zu sein. Als sie uns sahen, stürzten sie sofort auf unseren Wagen zu und begannen, uns sehr erregt die Situation zu erklären. Da mein Spanisch nicht sehr gut war, dauerte es eine Weile, bis ich alles verstand, aber schließlich hatte ich es begriffen.

Zwei verrückte Engländerinnen waren ins Wasser gegangen, und eine davon war zu weit hinausgeschwommen und in Schwierigkeiten geraten. Die andere war ihr nachgeschwommen und hatte versucht, sie an Land zu bringen. Doch ihre Kraft hatte auch versagt, und sie wäre ebenfalls ertrunken, wenn nicht ein Mann in einem Boot hinausgerudert wäre und beide zurückgebracht hätte – eine davon rettungslos verloren.

Sobald ich die Sache erfaßt hatte, drängte ich mich durch die Menschenmenge und eilte ans Ufer. Zuerst erkannte ich die beiden Frauen nicht. Die rundliche Figur in dem schwarzen Badekostüm und der grünen Bademütze rief keine Erinnerung in mir wach, als sie ängstlich zu mir aufblickte. Sie kniete neben ihrer Freundin und machte etwas ungeschickte Wiederbelebungsversuche. Als ich ihr sagte, daß ich Arzt sei, stieß sie einen Seufzer der Erleichterung aus, und ich schickte sie sofort in eine nahe Hütte, damit sie sich trocknen und anziehen konnte. Eine der Damen aus meiner Gesellschaft begleitete sie. Ich selbst bemühte mich vergeblich um die ertrunkene Frau. Es steckte kein Funke Leben mehr in ihr, und schließlich sah ich mich gezwungen, meine Versuche einzustellen.

Ich gesellte mich dann zu den andern in der kleinen Fischerhütte und mußte der zweiten Dame die traurige Nachricht schonend beibringen. Die Überlebende hatte jetzt Straßenkleider an, und ich erkannte in ihr sofort eine der beiden Engländerinnen, die am Abend vorher angekommen waren. Sie nahm die Trauerbotschaft ziemlich gelassen entgegen. Offenbar spielte die Aufregung über das ganze Geschehen eine größere Rolle als irgendwelche persönlichen Gefühle.

‚Arme Amy', sagte sie. ‚Arme, arme Amy. Sie hatte sich so sehr auf das Schwimmen hier gefreut, und sie war auch eine gute Schwimmerin. Ich kann es einfach nicht verstehen. Was kann es nur gewesen sein, Herr Doktor?'

‚Vielleicht ein Krampf. Wollen Sie mir, bitte, den Vorgang genau beschreiben?'

‚Wir waren beide eine Zeitlang geschwommen – zwanzig Minuten möchte ich sagen. Dann wollte ich das Wasser verlassen, aber Amy erklärte, sie würde noch einmal hinausschwimmen, was sie auch in die Tat umsetzte. Plötzlich hörte ich sie rufen, und ich merkte sehr bald, daß es ein Hilferuf war. Ich schwamm ihr nach, so schnell ich konnte. Sie war noch über Wasser, als ich sie erreichte, aber sie klammerte sich aufgeregt an mich, und wir gingen beide unter. Wenn der Mann nicht mit seinem Boot gekommen wäre, hätte auch ich wohl mein Leben eingebüßt.‘

‚Das ist schon oft genug vorgekommen‘, bestätigte ich. ‚Jemanden vor dem Ertrinken zu retten ist nicht so einfach.‘

‚Es ist entsetzlich‘, fuhr Miss Barton fort. ‚Wir sind nämlich erst gestern hier angekommen und waren so begeistert von dem Sonnenschein und unseren Ferien. Und nun muß diese schreckliche Tragödie passieren.‘

Ich bat sie dann um Einzelheiten über die Tote und erklärte ihr, daß ich ihr in jeder Weise zur Seite stehen würde, daß aber die spanischen Behörden genaue Auskunft verlangten. Diese erteilte sie mir dann auch bereitwilligst.

Die Tote, Miss Amy Durrant, war ihre Gesellschafterin und hatte vor etwa fünf Monaten ihren Posten angetreten. Sie waren gut miteinander ausgekommen, aber Miss Durant hatte sehr wenig über ihre Angehörigen gesprochen. Sie war sehr früh verwaist und wuchs dann bei einem Onkel auf. Mit einundzwanzig Jahren verdiente sie sich schon ihren eigenen Lebensunterhalt.

Und nun war sie tot“, fügte der Doktor hinzu. Nach einer kleinen Pause wiederholte er noch einmal. „Und nun war sie tot.“

„Ich verstehe nicht ganz“, meldete sich Jane Helier. „Ist das alles? Ich meine, es ist ja wohl sehr tragisch, aber nicht gerade sehr gruselig.“

„Ich glaube, die Geschichte ist noch nicht zu Ende“, meinte Sir Henry.

„Nein“, antwortete Dr. Lloyd, „die Geschichte ist noch nicht zu Ende. Schon damals kam etwas Merkwürdiges zutage. Ich hatte natürlich auch bei den Fischern und den übrigen Augenzeugen Erkundigungen über den Vorgang eingezogen, und eine Frau hatte etwas Seltsames zu berichten. Damals gab ich nicht viel darauf, aber später erinnerte ich mich wieder daran. Sie behauptete nämlich steif und fest, Miss Durrant sei nicht am Ertrinken gewesen, als sie Miss Barton etwas zurief. Miss Barton sei hinausgeschwommen und habe Miss Durrants Kopf vorsätzlich unter Wasser gehalten. Wie ich schon sagte, hielt ich nicht viel davon. Die Geschichte klang so phantastisch, und oft bekommt man am Ufer einen ganz anderen Eindruck von diesen Dingen. Vielleicht wollte Miss Barton bewirken, daß ihre Freundin das Bewußtsein verlor, weil sie erkannte, daß durch die wilden Anklammerungsversuche sie alle beide ertrinken würden. Die Spanierin dagegen stellte es so hin, als habe Miss Barton absichtlich versucht, ihre Gesellschafterin zu ertränken.

Ich wiederhole nochmals: Ich schenkte dieser Geschichte damals wenig Beachtung. Unsere große Schwierigkeit bestand darin, etwas über diese Amy Durrant ausfindig zu machen. Es schienen gar keine Verwandten zu existieren. Miss Barton und ich durchsuchten ihre Sachen. Wir fanden eine Adresse, an die wir sofort schrieben. Aber es stellte sich heraus, daß es sich nur um ein Zimmer handelte, das Miss Durrant gemietet hatte, um ihre Sachen unterzustellen. Die Wirtin wußte nichts und hatte sie nur beim Vermieten des Zimmers gesehen. Miss Durrant hatte damals die Bemerkung gemacht, daß sie gern einen Platz habe, den sie ihr eigen nennen und zu dem sie jederzeit zurückkehren könne. Es waren, schrieb die Wirtin, ein paar schöne alte Möbelstücke in dem Zimmer, ferner einige Bände mit Zeichnungen und ein Koffer mit im Ausland erstandenen Stoffresten, aber keine persönlichen Dinge. Der Wirtin gegenüber hatte sie erwähnt, daß ihre Eltern in Indien gestorben seien, als sie noch ein Kind war, und daß sie bei einem Onkel, einem Geistlichen, aufgewachsen sei. Sie hatte jedoch nicht erwähnt, ob es ein Bruder ihres Vaters oder ihrer Mutter gewesen sei. Also konnte man mit dem Namen nicht viel anfangen.

Es war eigentlich nicht mysteriös, eher unbefriedigend. Es muß viele einsame, stolze und zurückhaltende Frauen geben, die sich in derselben Lage befinden. Unter ihren Habseligkeiten in Las Palmas entdeckten wir ein paar Fotografien, ziemlich alt und verblichen, und da sie außerdem für die Rahmen zurechtgeschnitten waren, stand der Name des Fotografen nicht mehr darauf.

Sie hatte Miss Barton zwei Referenzen gebracht. Eine hatte Miss Barton vergessen, und auf die andere besann sie sich nach langem Nachdenken. Aber es stellte sich heraus, daß es sich um eine Dame handelte, die gerade nach Australien gefahren war. Man schrieb an sie, und es dauerte natürlich eine ganze Weile, bis die Antwort kam. Und als sie schließlich eintraf, konnte man nicht viel damit anfangen. Die Dame schrieb, daß Miss Durrant ihre Gesellschafterin und sehr tüchtig und charmant gewesen sei, daß sie aber nichts Näheres über ihre Privatangelegenheiten oder Verwandten wisse.

Es lag nichts Ungewöhnliches darin. Aber beides zusammen – einmal, daß niemand etwas über Amy Durrant wußte, und zum anderen der merkwürdige Bericht der Spanierin – erweckte eine gewisse Unruhe in mir. Ja, und ich möchte noch ein Drittes hinzufügen: als ich mich zuerst über Miss Durrant beugte und Miss Barton auf die Hütte zuging, blickte sie sich um, und zwar mit einem Ausdruck auf dem Gesicht, den ich als äußerst beunruhigt bezeichnen möchte – eine angstvolle Ungewißheit, die sich mir deutlich eingeprägt hat.

Damals sah ich nichts Ungewöhnliches darin. Ich schrieb es ihrer großen Sorge um ihre Freundin zu. Später aber wurde es mir klar, daß sie gar nicht auf freundschaftlichem Fuße standen. Sie waren einander nicht sehr zugetan. Miss Barton mochte Amy Durrant ganz gern und war betroffen über ihren Tod, aber sie empfand keinen tiefen Kummer.

Warum dann aber diese auffallende Besorgnis? Diese Frage tauchte immer wieder in mir auf. In dem Blick hatte ich mich nämlich nicht geirrt. Und fast gegen meinen Willen begann sich allmählich eine Antwort in meinem Gehirn zu formen. Wenn nun die Geschichte der Spanierin richtig wäre; wenn Mary Barton versucht hätte, Amy Durrant vorsätzlich und kaltblütig zu ertränken?

Es gelingt ihr, sie unter Wasser zu halten, während sie vorgibt, sie zu retten. Sie werden von dem Boot ans Land geholt. Sie befinden sich an einer einsamen, weltabgelegenen Küste. Und dann erscheine ich – etwas, womit sie ganz und gar nicht gerechnet hatte. Ein Arzt! Und noch dazu ein englischer Arzt! Sie weiß ganz genau, daß Menschen, die bedeutend länger unter Wasser gewesen sind als Amy Durrant, durch künstliche Beatmung wiederbelebt worden sind. Aber sie muß ihre Rolle spielen, muß fortgehen und mich mit ihrem Opfer allein lassen. Und als sie einen letzten Blick zurückwirft, zeigt sich eine schreckliche Angst in ihren Zügen. Wird Amy Durrant ins Leben zurückkehren und erzählen, was sie weiß?"

„Oh!" rief Jane Helier. „Jetzt bin ich aber gespannt!"

„Aus dieser Perspektive heraus nahm die ganze Geschichte einen unheimlichen Charakter an, und die Persönlichkeit der Amy Durrant wurde immer geheimnisvoller. Wer war Amy Durrant? Warum sollte sie, eine unbedeutende bezahlte Gesellschafterin, von ihrer Arbeitgeberin ermordet werden? Was für eine Geschichte lag der verhängnisvollen Badeexkursion zugrunde? Sie hatte erst vor wenigen Monaten ihren Posten angetreten. Mary Barton hatte sie mit ins Ausland genommen, und gleich am nächsten Tag nach ihrer Landung war die Tragödie passiert. Und sie waren beide nette, durchschnittliche, gebildete Engländerinnen! Es war zu phantastisch, und das habe ich mir dann auch gesagt. Ich hatte meiner Phantasie die Zügel schießen lassen."

„Sie haben also nichts weiter unternommen?" fragte Miss Helier.

„Meine liebe junge Dame, was konnte ich denn tun? Man hatte keinen Beweis. Die meisten Augenzeugen gaben denselben Bericht wie Miss Barton. Ich hatte meinen eigenen Verdacht auf einem flüchtigen Gesichtsausdruck aufgebaut, den ich mir auch sehr gut eingebildet haben mochte. Nur eins blieb mir übrig, und das tat ich auch. Ich stellte die ausgedehntesten Nachforschungen nach Amy Durrants Verwandten an. Als ich das nächste Mal in England war, suchte ich sogar ihre Wirtin auf, ohne jedoch mehr zu erfahren, als ich schon berichtet habe."

„Aber Sie spürten, daß da etwas nicht stimmte", sagte Miss Marple.

Dr. Lloyd nickte.

„Meistens schämte ich mich dieses Gedankens. Wie konnte ich mir erlauben, diese nette, wohlerzogene Engländerin eines gemeinen, kaltblütigen Verbrechens zu verdächtigen? Ich gab mir die erdenklichste Mühe, ihr gegenüber so herzlich wie möglich zu sein während ihres kurzen Aufenthaltes auf der Insel. Ich half ihr bei den spanischen Behörden und tat alles, was ein Engländer in einem fremden Lande für eine Landsmännin tun konnte. Und doch bin ich überzeugt, daß sie wußte, daß ich sie verdächtigte und verabscheute."

„Wie lange blieb sie denn noch auf der Insel?" erkundigte sich Miss Marple.

„Ich glaube, etwa vierzehn Tage. Miss Durrant wurde dort begraben, und es muß ungefähr zehn Tage später gewesen sein, als Miss Barton mit einem Schiff nach England zurückfuhr. Der Schock hatte sie so aufgeregt, daß sie den Winter nicht dort verbringen konnte, wie sie es geplant hatte. Das sagte sie jedenfalls."

„War es ihr anzumerken, daß sie aufgeregt war?" fragte Miss Marple.

Der Doktor zauderte.

„Nun, äußerlich konnte man ihr nichts ansehen", sagte er vorsichtig.

„Sie wurde zum Beispiel nicht dicker?" fragte Miss Marple.

„Wissen Sie, es ist sehr merkwürdig, daß Sie das sagen. Und ich glaube sogar, Sie haben recht. Jetzt, wo ich daran zurückdenke, scheint es mir tatsächlich so, als habe sie an Gewicht zugenommen."

„Wie gräßlich", meinte Jane Helier schaudernd. „Es – es klingt ja beinahe so, als ob sie sich vom Blute ihres Opfers mästete."

„Und doch mag ich ihr auf andere Weise Unrecht zufügen", fuhr Dr. Lloyd fort. „Bevor sie abreiste, sagte sie tatsächlich etwas, das auf etwas ganz anderes schließen ließ. Bei manchen Menschen arbeitet das Gewissen, glaube ich, sehr langsam; sie brauchen eine gewisse Zeit, bis sie sich der Ungeheuerlichkeit einer begangenen Tat bewußt werden.

Es war am Abend vor ihrer Abreise von den Kanarischen Inseln. Sie hatte um meinen Besuch gebeten und sich warm bei mir für alle Hilfe bedankt. Ich wehrte natürlich ab und stellte alles als ganz selbstverständlich hin. Dann trat eine Pause ein, und plötzlich stellte sie mir eine Frage: ‚Glauben

Sie, daß man je dazu berechtigt ist, selbst Gerechtigkeit zu üben?‘

Ich erwiderte, daß es eine ziemlich schwierige Frage sei, die ich aber im großen und ganzen verneinen müsse. Dazu sei das Gesetz da, und diesem Gesetz müßten wir uns fügen.

‚Selbst, wenn das Gesetz machtlos ist?‘

‚Das verstehe ich nicht ganz.‘

‚Es ist sehr schwierig zu erklären. Aber man könnte einen sehr guten und triftigen Grund haben für eine Tat, die unbedingt als verkehrt, ja sogar als ein Verbrechen angesehen wird.‘

Ich erwiderte ganz trocken, daß wahrscheinlich eine ganze Reihe von Verbrechern dieser Ansicht gewesen seien, und sie wich vor mir zurück.

‚Das ist aber schrecklich‘, murmelte sie. ‚Schrecklich.‘

Dann bat sie mich plötzlich in verändertem Ton um ein Schlafmittel. Sie habe seit – sie zauderte –, seit dem furchtbaren Schock nicht mehr richtig schlafen können.

‚Sind Sie sicher, daß das der Grund ist?‘ fragte ich. ‚Sonst beunruhigt Sie nichts? Es lastet nichts auf Ihrer Seele?‘

‚Auf meiner Seele? Was sollte auf meiner Seele lasten?‘

Sie stieß diese Worte heftig und mißtrauisch hervor.

‚Angst ist manchmal die Ursache von Schlaflosigkeit‘, sagte ich leichthin.

Sie schien einen Augenblick zu grübeln.

‚Meinen Sie Angst vor der Zukunft oder Angst wegen der Vergangenheit, die nicht mehr zu ändern ist?‘

‚Beides!‘

‚Nur hätte es keinen Zweck, sich über die Vergangenheit zu beunruhigen. Sie ist unwiederbringlich – Oh! Was für einen Sinn hat es schon! Man darf nicht denken. Man darf nicht nachdenken.‘

Ich verordnete ihr einen milden Schlaftrunk und verabschiedete mich. Beim Fortgehen dachte ich ziemlich lange über die Worte nach, die sie gesprochen hatte. ‚Sie ist unwiederbringlich . . .‘ Was? Oder wer?

Ich glaube, diese letzte Unterredung bereitete mich gewissermaßen auf die folgenden Ereignisse vor, die ich natürlich nicht erwartet hatte. Aber als sie eintraten, war ich nicht überrascht. Ich hatte nämlich von Anfang an den Eindruck, daß Mary Barton eine gewissenhafte Frau – und keine leichtsinnige Sünderin sei. Eine Frau mit Überzeugungen, die nach diesen Überzeugungen handeln und nicht nachgeben würde, solange sie daran glaubte. Ich hatte das Empfinden, daß sie während unserer letzten Unterhaltung begann, ihre eigenen Überzeugungen anzuzweifeln. Ihre Worte deuteten darauf hin, daß sie die ersten schwachen Regungen jenes schrecklichen Seelenforschers spürte, den man das Gewissen nennt.

Es passierte dann in Cornwall, in einem kleinen, um diese Jahreszeit ziemlich verlassenen Badeort. Es muß Ende März gewesen sein. Ich las darüber in der Zeitung. Eine Dame hatte dort in einem kleinen Hotel gewohnt, eine Miss Barton. Sie hatte ein äußerst merkwürdiges Wesen zur Schau getragen. Das war allen aufgefallen. Nachts war sie in ihrem Zimmer auf und ab gegangen und hatte vor sich hingemurmelt, so daß in den benachbarten Zimmern niemand schlafen konnte. Eines Tages hatte sie den Vikar aufgesucht und ihm versichert, sie habe ihm eine Mitteilung von äußerster Wichtigkeit zu machen. Sie habe, so sagte sie, ein Verbrechen begangen. Anstatt fortzufahren, hatte sie sich unvermittelt erhoben und erklärt, sie wolle an einem anderen Tage wiederkommen. Der Vikar vermutete, daß sie nicht ganz richtig im Oberstübchen sei, und nahm ihre Selbstanklage gar nicht ernst.

Gleich am nächsten Morgen entdeckte man, daß sie nicht in ihrem Zimmer war. Statt dessen fand man einen an den Leichenbeschauer gerichteten Brief folgenden Wortlauts:

Ich versuchte gestern, mit dem Vikar zu reden, ihm alles zu beichten, aber ich durfte es nicht. Sie *ließ es nicht zu. Ich kann nur auf eine Weise sühnen – ein Leben für ein Leben; und mein Leben muß genauso enden wie das ihrige. Auch ich muß im tiefen Meer ertrinken. Ich glaubte, ich sei gerechtfertigt gewesen. Nun sehe ich ein, daß es nicht richtig war. Um Amys Verzeihung zu erlangen, muß ich zu ihr gehen. Niemand ist an meinem Tod schuld. – Mary Barton.*

Ihre Kleider fand man am Strand in einer abgeschiedenen Bucht. Offenbar hatte sie sich dort ausgezogen und war dann mutig in die See hinausgeschwommen, wo, wie allgemein

bekannt, eine gefährliche Strömung war, die einen Schwimmer die Küste hinabtrieb.

Die Leiche wurde nicht angetrieben, und nach einer Weile wurde Miss Barton für tot erklärt. Sie war eine reiche Frau; ihr Vermögen belief sich auf hunderttausend Pfund. Da sie ohne Testament starb, fiel das Geld an ihre nächsten Verwandten – eine Familie von Vettern in Australien. Die Zeitungen machten diskrete Anspielungen auf die Tragödie auf den Kanarischen Inseln und vertraten den Standpunkt, daß Miss Durrants Tod den Verstand ihrer Freundin zerrüttet habe. Bei der gerichtlichen Untersuchung der Angelegenheit wurde das übliche Urteil gesprochen: Selbstmord in vorübergehendem Wahnzustand.

Und so fällt der Vorhang nach der Tragödie von Amy Durrant und Miss Barton."

Es entstand eine lange Pause, die von der schwer atmenden Jane Helier unterbrochen wurde: „Oh, Sie dürfen hier aber nicht aufhören – gerade an der interessantesten Stelle. Bitte weiter."

„Aber sehen Sie einmal, Miss Helier, dies ist kein Fortsetzungsroman. Dies ist das wirkliche Leben, und das wirkliche Leben hört da auf, wo es ihm gefällt."

„Aber das will ich nicht", jammerte Jane. „Ich möchte wissen, wie es weitergeht."

„Hier müssen wir eben unseren Verstand gebrauchen, Miss Helier", erklärte ihr Sir Henry. „Warum hat Mary Barton ihre Gesellschafterin getötet? Das ist das Problem, das Herr Dr. Lloyd uns gestellt hat."

„Nun", meinte Miss Helier, „da gibt es eine Reihe von Gründen. Ich meine – oh, ich weiß nicht recht. Sie mochte ihr auf die Nerven gefallen sein, oder Eifersucht mag eine Rolle gespielt haben. Herr Dr. Lloyd erwähnte zwar keine Männer, aber immerhin mag auf dem Schiff etwas vorgefallen sein – Sie wissen ja, was man im allgemeinen von Schiffen und Seereisen sagt."

Miss Helier hielt leicht erschöpft inne, und es dämmerte ihrer Zuhörerschaft, daß Janes reizender Kopf von außen besser ausgestattet war als von innen.

„Ich möchte eine ganze Reihe von Mutmaßungen zur Sprache bringen", erklärte Mrs. Bantry. „Aber ich muß mich wohl auf eine beschränken. Ich nehme an, daß Miss Bartons Vater all sein Geld auf Kosten von Amy Durrants Vater gemacht hat, den er dabei zugrunde richtete. Also beschloß Amy, sich zu rächen. O nein, das ist ja falsch. Die Verhältnisse liegen ja gerade umgekehrt. Wie ärgerlich! Warum tötet eine reiche Brotherrin die bescheidene Gesellschafterin? Ich hab's. Miss Barton hatte einen jungen Bruder, der sich aus Liebe zu Amy Durrant erschossen hat. Miss Barton wartet auf eine günstige

Gelegenheit. Amy verarmt und wird von Miss Barton als Gesellschafterin engagiert. Diese nimmt sie mit auf die Kanarischen Inseln und führt ihren Racheakt aus. Wie hört sich das an?“

„Ausgezeichnet“, lobte Sir Henry. „Nur wissen wir nicht, ob Miss Barton jemals einen jungen Bruder hatte.“

„Das nehmen wir einfach an“, entgegnete Mrs. Bantry. „Ohne jungen Bruder hatte sie kein Motiv. Also mußte sie einen jungen Bruder gehabt haben. Sehen Sie das ein, Watson?“

„Das ist ja alles sehr schön, Dolly“, bemerkte ihr Mann. „Aber es ist eben nur eine Mutmaßung.“

„Natürlich“, entgegnete Mrs. Bantry. „Es bleibt uns ja nichts anderes übrig als zu raten. Wir haben keine Indizien. Nur zu, lieber Arthur, rate auch einmal.“

„Wirklich und wahrhaftig, ich weiß nicht, was ich sagen soll. Aber ich glaube, Miss Heliers Vorschlag, daß sie sich eines Mannes wegen gezankt hätten, hat etwas für sich. Hör mal, Dolly, es war sicher ein Pfarrer der Hochkirche, und sie haben ihm beide vielleicht einen Chormantel oder dergleichen gestickt, und er hat den von der Durrant zuerst getragen. Verlaß dich drauf, so etwas wird's schon gewesen sein. Denke daran, wie sie zum Schluß wieder zu einem Pfarrer rannte. Diese Frauen verlieren alle den Kopf wegen eines gutaussehenden Geistlichen. Das hört man immer wieder.“

„Ich glaube, ich muß versuchen, meine Erklärung ein wenig scharfsinniger zu machen“, meinte Sir Henry, „obgleich ich zugebe, daß es sich auch nur um eine Vermutung handelt. Meine Idee ist, daß Miss Barton immer ein wenig geistesgestört war. Es gibt mehr solcher Fälle, als man denkt. Ihre Wahnvorstellungen wurden mit der Zeit stärker, und sie begann es für ihre Pflicht zu halten, die Welt von gewissen Personen zu befreien – vielleicht von den sogenannten ‚Frauen mit Vergangenheit‘.

Über Miss Durrants Vergangenheit ist nicht gerade viel bekannt, also hatte sie vielleicht eine. Miss Barton erfährt davon und beschließt, sie zu beseitigen. Später steigen Zweifel an der Richtigkeit ihrer Handlungsweise in ihr auf, und sie wird von Gewissensbissen geplagt. Ihr Ende zeigt, daß ihr Verstand völlig zerrüttet ist. Sind Sie auch dieser Ansicht, Miss Marple?“

„Leider nicht, Sir Henry“, bedauerte Miss Marple lächelnd. „Meiner Meinung nach zeigt ihr Ende, daß sie eine kluge Frau war, die sich geschickt aus der Affäre zu ziehen verstand.“

Jane Helier unterbrach sie mit einem kleinen Aufschrei.

„Oh! Ich bin ja so dumm gewesen. Darf ich noch einmal raten? Erpressung! Das war’s natürlich. Diese Gesellschafterin hat sie erpreßt. Allerdings kann ich nicht verstehen, warum Miss Marple sagt, es sei klug von ihr, sich das Leben zu nehmen. Das kann ich ganz und gar nicht einsehen.“

„Das glaube ich wohl“, meinte Sir Henry. „Aber Miss Marple kannte wohl genauso einen Fall in St. Mary Mead.“

„Sie machen sich über mich lustig, Sir Henry“, sagte Miss Marple vorwurfsvoll. „Aber ich muß bekennen, daß es mich ein ganz klein wenig an die alte Mrs. Trout erinnert. Sie ließ sich nämlich in verschiedenen Gemeinden die Altersrente für drei alte Frauen auszahlen, die schon tot waren.“

„Ein höchst kompliziertes und geistreiches Verbrechen“, meinte Sir Henry. „Aber es scheint mir kein Licht auf unser gegenwärtiges Problem zu werfen.“

„Ich weiß“, erwiderte Miss Marple, „für einen Außenstehenden ist es schwer zu verstehen. Aber die Familien waren sehr arm, und die Altersrente war ein großer Segen für die Kinder. Aber was ich eigentlich damit sagen wollte, war, daß sich das Ganze um die Ähnlichkeit dreht, die eine alte Frau mit anderen alten Frauen hat.“

„Wie war das doch gleich?“ fragte Sir Henry verwirrt.

„Ich erkläre alles immer so schlecht“, entschuldigte sich Miss Marple. „Ich wollte damit sagen: als Dr. Lloyd die beiden Damen zuerst beschrieb, wußte er sie nicht zu unterscheiden, und ich vermute, daß es den anderen Gästen im Hotel genauso erging. Nach ein paar Tagen wäre das natürlich anders geworden, aber gleich am nächsten Tag ertrank die eine der beiden, und wenn die Überlebende erklärte, sie sei Miss Barton, so kam wahrscheinlich niemandem der Gedanke, daß sie es nicht sein könnte.“

„Dann glauben Sie also ... Oh! Ich verstehe“, sagte Sir Henry langsam.

„Es ist die einzige natürliche Erklärung. Unsere liebe Mrs. Bantry begann soeben damit. Warum sollte auch eine reiche Brotgeberin die bescheidene Gesellschafterin ermorden. Umgekehrt ist die Sache viel wahrscheinlicher. Ich meine – so ist das in den meisten Fällen."

„Wirklich?" fragte Sir Henry. „Sie schockieren mich."

„Miss Durrant", fuhr Miss Marple fort, „mußte natürlich Miss Bartons Kleider tragen, und die waren selbstverständlich etwas zu eng für sie, so daß es aussah, als sei sie ein wenig dicker geworden. Deshalb stellte ich vorhin die Frage. Ein Mann würde natürlich nicht vermuten, daß es an den Kleidern liege, sondern denken, die Dame sei dicker geworden."

„Aber wenn Miss Durrant tatsächlich Miss Barton ermordete, was erreichte sie dadurch?" fragte Mrs. Bantry. „Sie konnte diese Täuschung doch nicht für immer aufrechterhalten."

„Sie hat sie nur für etwa einen Monat aufrechterhalten", gab Miss Marple zu bedenken. „Und während dieser Zeit ist sie wohl viel gereist und hat sich von allen ferngehalten, die sie kannten. Da, wie ich schon sagte, Damen in einem gewissen Alter sich sehr ähnlich sehen, ist niemandem das falsche Paßbild aufgefallen, ganz abgesehen davon, daß Paßbilder sowieso nicht viel taugen. Und im März fuhr sie dann in dieses cornische Dorf und zog durch ihr merkwürdiges Verhalten die Aufmerksamkeit auf sich, damit die Leute, wenn sie ihre Kleider am Strand sahen und ihren letzten Brief lasen, nicht mißtrauisch werden sollten, wenn . . ."

„Wenn was?" drängte Sir Henry.

„Wenn keine Leiche da war", sagte Miss Marple mit fester Stimme. „Diese Tatsache hätte wohl jedem ins Gesicht gestarrt, wenn nicht diese vielen Ablenkungsmanöver mit Gewissensbissen und dergleichen alle von der richtigen Spur entfernt hätten. Keine Leiche. Das war die wirklich bedeutsame Tatsache."

„Wollen Sie etwa sagen . . .", fragte Mrs. Bantry, „wollen Sie etwa sagen, daß sie keine Gewissensbisse hatte? Daß sie überhaupt nicht ins Wasser gegangen ist?"

„Genau das", bestätigte Miss Marple. „Mit Mrs. Trout war es dasselbe. Auch sie verstand sich gut auf Ablenkungsmanöver, aber ich kam hinter ihre Schliche. Und ich habe auch die von Gewissensbissen gequälte ‚Miss Barton' durchschaut. Die sich ertränken? Wahrscheinlich nach Australien gefahren, wenn ich einigermaßen gut raten kann."

„Das können Sie wirklich, Miss Marple", beteuerte Dr. Lloyd. „Ohne jeden Zweifel. Ich war ganz überrascht an jenem Tage in Melbourne."

„War das die letzte Koinzidenz, von der Sie am Anfang sprachen?"

Dr. Lloyd nickte.

„Ja, das war eine Pechsträhne für Miss Barton oder Miss Amy Durrant, je nachdem, wie man sie bezeichnen will. Ich betätigte mich eine Zeitlang als Schiffsarzt, und als ich in Melbourne landete, fiel mein erster Blick auf die Dame, von der ich angenommen hatte, daß sie in Cornwall ertrunken sei. Sie erkannte, daß sie bei mir ausgespielt hatte, und handelte sehr kühn: sie zog mich ins Vertrauen. Eine merkwürdige Frau, der ein moralisches Bewußtsein völlig abging, wie ich vermute. Sie war die älteste von neun Kindern und ihre Familie jämmerlich arm. Sie hatten einmal ihre reiche Kusine in England, Miss Barton, um Hilfe angefleht; aber umsonst, da Miss Barton sich mit ihrem Vetter überworfen hatte. Sie brauchten unbedingt Geld, da die drei jüngsten Kinder zart waren und eine kostspielige ärztliche Behandlung nötig hatten. In jenem Augenblick schien Amy Barton den Plan gefaßt zu haben, ihre Cousine kaltblütig zu ermorden. Sie machte sich auf nach England und verdiente sich ihre Überfahrt damit, daß sie einen Posten als Kindermädchen annahm. In England nannte sie sich Amy Durrant, und es gelang ihr, von Miss Barton als Gesellschafterin engagiert zu werden. Sie mietete sich ein Zimmer und stellte ein paar Möbel hinein, um sich einen gewissen Hintergrund zu schaffen. Der Plan mit dem Ertränken beruhte auf einer plötzlichen Inspiration. Sie hatte schon die ganze Zeit auf eine Gelegenheit gewartet. Dann inszenierte sie den Schlußakt ihres Dramas und kehrte nach Australien zurück. Nach einer gewissen Zeit erbten sie und ihre Geschwister Miss Bartons Geld als nächste Verwandte."

„Ein sehr kühnes und vollkommenes Verbrechen", bemerkte Sir Henry. „Beinahe das vollkommene Verbrechen.

Wenn Miss Mary Barton auf den Kanarischen Inseln umgekommen wäre, hätte sich der Verdacht wahrscheinlich auf Amy Durrant gerichtet, und dann wäre ihre Verbindung mit der Familie Barton ans Licht gekommen. Doch der Wechsel der Persönlichkeit und das doppelte Verbrechen, wenn man es so nennen will, haben diese Gefahr gründlich beseitigt. Ja, fast das vollkommene Verbrechen."

„Was geschah mit ihr?" fragte Mrs. Bantry. „Was haben Sie in der Angelegenheit unternommen, Herr Dr. Lloyd?"

„Ich befand mich in einer merkwürdigen Situation, Mrs. Bantry. Im Sinne des Gesetzes hatte ich immer noch keine Beweise. Auch erkannte ich als Arzt an gewissen Zeichen, daß die Dame, obwohl sie einen starken, kräftigen Eindruck machte, nicht mehr lange auf dieser Erde weilen würde. Ich begleitete sie nach Hause und lernte ihre Geschwister kennen – reizende Menschen, die ihre älteste Schwester verehrten und nicht die leiseste Ahnung hatten, daß sie eine Verbrecherin war. Warum sollte ich Kummer und Sorgen über diese Familie bringen, wenn ich nichts beweisen konnte. Das Bekenntnis der Dame mir gegenüber hatte niemand anders gehört. Ich ließ dem Schicksal seinen Lauf. Miss Amy Barton starb sechs Monate nach unserer Begegnung. Ich habe mich oft gefragt, ob sie wohl bis zum letzten Augenblick heiter und ohne Reue war."

„Sicherlich nicht", meinte Mrs. Bantry.

„Ich glaube doch", war Miss Marples Ansicht. „Mrs. Trout war es jedenfalls."

Jane Helier schüttelte sich ein wenig.

„Nun", sagte sie. „Es ist alles sehr, sehr spannend. Aber eines verstehe ich jetzt nicht so ganz: wer ertränkte wen? Und was hat Mrs. Trout auf einmal damit zu tun?"

„Nichts, meine Liebe", erwiderte Miss Marple. „Sie war nur eine Person – eine nicht sehr nette Person – in unserem Dorf."

„Oh!" meinte Jane. „Im Dorf. Aber in einem Dorf passiert doch nie etwas, nicht wahr?" Sie seufzte. „Wenn ich in einem Dorfe lebte, würde ich sicher vollständig verdummen."

Die vier Verdächtigen

Die Unterhaltung drehte sich um unentdeckte und unbestrafte Verbrechen. Jeder der Anwesenden äußerte der Reihe nach seine Meinung: Oberst Bantry, seine rundliche, liebenswürdige Frau, Jane Helier, Dr. Lloyd und sogar die alte Miss Marple. Nur eine Person äußerte sich nicht dazu, und das war die Person, die sich nach Ansicht der meisten Leute am besten dazu eignete. Sir Henry Clithering, Ex-Kommissar von Scotland Yard, saß schweigend da und drehte an seinem Schnurrbart oder streichelte ihn vielmehr. Dabei schmunzelte er, als ob ein heimlicher Gedanke ihn köstlich amüsiere.

„Sir Henry", wandte sich Mrs. Bantry zu guter Letzt an ihn, „wenn Sie nicht bald Ihren Mund auftun, fange ich an zu schreien. Gibt es nicht eine ganze Menge Verbrechen, bei denen der Täter ungestraft entkommt?"

„Sie denken an die Schlagzeilen in den Zeitungen, Mrs. Bantry. *Scotland Yard wieder auf falscher Fährte,* und dann folgt eine Aufzählung von ungesühnten Verbrechen."

„Die vermutlich in Wirklichkeit nur einen kleinen Prozentsatz ausmachen, nicht wahr?" meinte Dr. Lloyd.

„Ja, das stimmt. Die Hunderte von Verbrechen, die aufgeklärt und deren Täter bestraft worden sind, werden selten besungen. Aber das ist nicht der strittige Punkt, nicht wahr? Unentdeckte Verbrechen und ungesühnte Verbrechen sind zwei verschiedene Dinge. Unter die erste Kategorie fallen alle Verbrechen, von denen Scotland Yard niemals etwas erfährt, Verbrechen, die begangen werden, ohne daß jemand etwas davon weiß."

„Aber die Zahl solcher Verbrechen ist wohl nicht sehr groß", meinte Mrs. Bantry.

„Haben Sie 'ne Ahnung!"

„Sir Henry! Das ist doch nicht Ihr Ernst?!"

„Ich möchte sagen", bemerkte Miss Marple nachdenklich, „daß die Zahl sehr beträchtlich sein muß."

Die charmante alte Dame mit ihrer ruhigen, altväterlichen Art machte diese Feststellung in einem äußerst gelassenen Ton.

„Aber meine liebe Miss Marple", rief der Oberst erstaunt.

„Natürlich", erklärte Miss Marple, „gibt es eine Reihe von

dummen Leuten, und dumme Leute fallen meistens herein. Auf der anderen Seite gibt es sehr viele kluge Leute, und es überläuft einen ganz kalt, wenn man daran denkt, was sie alles fertigbringen können, falls sie nicht tiefeingewurzelte Prinzipien haben."

„Ja", stimmte Sir Henry zu, „es gibt sehr viele Leute, die nicht dumm sind. Wie oft kommt ein Verbrechen nur zutage, weil jemand unglaublich gestümpert hat, und jedesmal fragt man sich: hätte man je etwas davon erfahren, wenn die Sache nicht verpfuscht worden wäre?"

„Das ist aber eine sehr ernste Angelegenheit, Clithering", bemerkte Oberst Bantry. „In der Tat, eine sehr ernste Angelegenheit."

„Meinen Sie?"

„Was soll das heißen: meinen Sie? Natürlich ist die Sache ernst."

„Sie sagen: der Verbrecher kommt ungestraft davon; ist das aber so? Vielleicht wird er nicht von dem Gesetz bestraft; aber der Zusammenhang von Ursache und Wirkung gilt auch außerhalb des Gesetzes. Jedes Verbrechen birgt seine eigene Strafe in sich – das ist vielleicht ein Klischee, aber meiner Ansicht nach trifft es zu."

„Möglich, möglich", erwiderte Oberst Bantry. „Aber das beeinträchtigt nicht den Ernst – den – hm – Ernst der Frage . . ." Er brach in einiger Verlegenheit ab.

Sir Henry Clithering lächelte.

„Neunundneunzig Prozent der Menschen sind zweifellos Ihrer Meinung", sagte er. „Aber wissen Sie, in diesen Fällen ist die Schuld nicht so wichtig wie die – Unschuld. Das macht sich niemand so richtig klar."

„Das verstehe ich nicht", erklärte Jane Helier.

„Aber ich", sagte Miss Marple. „Als Mrs. Trent entdeckte, daß eine halbe Krone aus ihrer Handtasche verschwunden war, hatte Mrs. Arthur, die Putzfrau, am meisten darunter zu leiden. Die Trents hatten sie natürlich im Verdacht, aber da sie freundliche Menschen waren und wußten, daß sie eine große Familie und einen Trinker zum Mann hatte, wollten sie die Sache nicht auf die Spitze treiben. Aber ihre Einstellung zu ihr änderte sich, und sie ließen das Haus nicht mehr in ihrer Obhut, wenn sie verreisten, wodurch sie natürlich einen ziemlichen Ausfall hatte. Und andere Leute wurden dadurch ebenfalls in ihrem Verhalten zu ihr beeinflußt. Und dann stellte sich plötzlich heraus, daß es die Gouvernante war. Mrs. Trent sah durch eine Tür ihr Spiegelbild. Der reinste Zufall – obgleich ich es lieber Vorsehung nenne. Und das ist es, glaube ich, was Sir Henry im Sinne hat. Die meisten Menschen würden sich nur dafür interessieren, wer das Geld nahm, und es war gerade die unwahrscheinlichste Person – genau wie in Detektivgeschichten! Aber die Person, für die es die Hölle auf Erden bedeutete, war die arme Mrs. Arthur, die ganz unschuldig war. Das hatten Sie doch gemeint, nicht wahr, Sir Henry?“

„Ja, Miss Marple, Sie haben wieder einmal den Nagel auf den Kopf getroffen. Die Putzfrau in dem von Ihnen erwähnten Beispiel konnte von Glück reden. Ihre Unschuld wurde erwiesen. Aber andere müssen ihr ganzes Leben lang unter der Last eines Verdachtes leiden, der wirklich ungerechtfertigt ist.“

„Haben Sie etwa einen besonderen Fall dabei im Sinn, Sir Henry?“ fragte Mrs. Bantry verschmitzt.

„Allerdings, Mrs. Bantry. Ein merkwürdiger Fall. Einen Fall, wo wir glauben, daß ein Mord begangen worden ist, aber keinerlei Chancen haben, es je beweisen zu können.“

„Gift wahrscheinlich“, hauchte Jane. „Etwas, das keine Spuren hinterläßt.“

Sir Henry schüttelte den Kopf.

„Nein, gnädiges Fräulein. Nicht das geheimnisvolle Pfeilgift der südamerikanischen Indianer! Ich wollte, es wäre etwas dergleichen. Wir haben es mit etwas zu tun, das weit prosaischer ist – in der Tat so prosaisch, daß keine Hoffnung besteht, den Täter zu überführen. Es handelt sich um einen alten Herrn, der die Treppe hinunterfiel und sich das Genick brach. Einer jener bedauerlichen Unfälle, die jeden Tag vorkommen.“

„Aber was ist in Wirklichkeit geschehen?“

„Wer kann das sagen?“ Sir Henry zuckte die Achseln. „Ein Stoß von hinten? Ein über die Treppe gespannter und nachher sorgfältig entfernter Bindfaden? Das werden wir niemals erfahren.“

„Aber Sie sind der Ansicht, daß es – hm – kein Unfall war? Warum?“ fragte der Doktor.

„Das ist eine reichlich lange Geschichte, aber – nun ja, wir sind unserer Sache ziemlich sicher. Wie gesagt, besteht leider keine Chance, den Täter zu überführen, das Beweismaterial ist zu fadenscheinig. Aber da ist die andere Seite des Falles zu berücksichtigen, die Seite, von der wir vorhin sprachen. Es sind nämlich vier Personen vorhanden, die diese Tat begangen haben könnten. Eine davon ist schuldig; aber die anderen drei sind unschuldig! Und wenn die Wahrheit nicht an den Tag kommt, ruht auf den anderen drei der schreckliche Schatten des Verdachts."

„Ich glaube", schlug Mrs. Bantry vor, „es ist besser, wenn Sie uns Ihre lange Geschichte erzählen."

„Ich brauche sie ja nicht so ausführlich zu schildern", meinte Sir Henry. „Auf jeden Fall kann ich den Anfang abkürzen. Der handelt von einer deutschen Geheimgesellschaft – der Schwarzen Hand –, etwas Ähnliches wie die Camorra oder was die meisten sich unter der Camorra vorstellen. Sie arbeitet mit Erpressung und Terror. Die Geschichte fing ganz plötzlich nach dem Kriege an und verbreitete sich in erstaunlicher Weise. Zahllose Menschen fielen ihr zum Opfer. Den Behörden gelang es nicht, sie auszurotten, denn ihre Geheimnisse wurden ängstlich gehütet, und es war fast unmöglich, jemanden zu finden, der sich dazu bewegen ließ, sie zu verraten.

In England wußte man nicht viel darüber, aber in Deutschland übte die Gesellschaft eine höchst lähmende Wirkung aus. Letzten Endes wurde sie durch die Anstrengungen eines Mannes aufgelöst und zerstreut. Dieser Mann hieß Dr. Rosen, und er hatte einst eine prominente Rolle im Geheimdienst gespielt. Er wurde Mitglied der Gesellschaft, drang auf diese Weise bis in ihre innersten Kreise vor und führte ihren Untergang herbei.

Infolgedessen war er ein gezeichneter Mann, und man hielt es für ratsam, daß er Deutschland verließ – wenigstens eine Zeitlang. Er kam nach England, und wir erhielten von der Berliner Polizei Bericht über ihn. Mit mir hatte er eine persönliche Unterredung. Er war sehr gelassen und gefaßt und hegte nicht die geringsten Zweifel darüber, was die Zukunft für ihn barg.

‚Sie werden mich schon kriegen, Sir Henry', sagte er. ‚Darüber bin ich nicht im Zweifel.' Er war ein kräftiger Mann mit einem schönen Kopf und einer tiefen Stimme. Ein leichter Akzent verriet seine eigentliche Nationalität. ‚Das steht fest. Aber es macht nichts, ich bin darauf gefaßt. Dieses Risiko bin ich eingegangen, als ich die Aufgabe übernahm. Ich habe mein Vorhaben ausgeführt. Die Organisation kann niemals wieder zusammengeschweißt werden. Aber viele ihrer Mitglieder sind auf freiem Fuß, und sie werden sich auf die einzig mögliche Weise rächen, die ihnen zu Gebote steht – sie werden mir das Leben nehmen. Es ist nur eine Frage der Zeit. Aber ich möchte gern, daß die Spanne Zeit, die mir bleibt, recht lang sei. Ich sammle nämlich zwecks späterer Veröffentlichung sehr interessantes Material, das meine Lebensarbeit darstellt. Ich möchte gern, wenn irgend möglich, diese Aufgabe zu Ende führen.‘

Er sprach sehr einfach, aber mit einer gewissen Würde, die ich nur bewundern konnte. Ich sagte ihm, daß wir alle nötigen Vorsichtsmaßnahmen treffen würden. Doch er winkte ab.

‚Früher oder später werden sie mich töten‘, wiederholte er. ‚Wenn der Tag kommt, machen Sie sich bitte keine Vorwürfe, denn Sie werden sicherlich alles getan haben, was in Ihrer Macht steht.‘

Dann schilderte er mir seine Pläne, die einfach genug waren. Er hatte vor, ein kleines Haus auf dem Lande zu kaufen, wo er in Ruhe seiner Arbeit nachgehen konnte. Schließlich wählte er ein Dorf in Somerset – King's Gnaton –, das zehn Kilometer von der nächsten Eisenbahnstation entfernt lag und von der Zivilisation kaum berührt war. Er kaufte ein reizendes Häuschen, in dem er allerlei Verbesserungen und Veränderungen vornehmen ließ, und richtete sich dort gemütlich ein. Sein Haushalt bestand aus seiner Nichte Greta, einem Sekretär, einer alten deutschen Dienerin namens Gertrud, die ihm beinahe vierzig Jahre treu gedient hatte, und einem nicht im Haus wohnenden Gärtner, der aus King's Gnaton stammte."

„Die vier Verdachtspersonen", murmelte Dr. Lloyd.

„Ganz richtig. Die vier Verdachtspersonen. Fünf Monate lang führten sie ein friedliches Leben in King's Gnaton, und dann brach das Unglück herein. Dr. Rosen fiel eines Morgens die Treppe hinunter und wurde eine halbe Stunde später tot aufgefunden. Zu der Zeit, als der Unfall passiert sein mußte,

war Gertrud in der Küche, und da die Tür geschlossen war, hörte sie nichts – so lautet ihre Aussage. Fräulein Greta war im Garten und pflanzte einige Blumenzwiebeln – wiederum ihre Aussage. Dobbs, der Gärtner, war in dem kleinen Schuppen, in dem die Blumen umgepflanzt werden, und nahm gerade einen kleinen Happen zu sich – seine Aussage. Und der Sekretär machte einen Spaziergang; auch hier müssen wir seinen eigenen Worten Glauben schenken. Keiner hat ein Alibi, keiner vermag die Aussage des anderen zu bestätigen. Aber eines steht fest: niemand von außerhalb hätte es tun können, denn ein Fremder wäre in dem kleinen Dorf King's Gnaton mit tödlicher Sicherheit bemerkt worden. Die Vordertür und die Hintertür des Hauses waren beide abgeschlossen; jeder im Haus hatte einen eigenen Schlüssel. Wie Sie sehen, kommt also nur einer von den vieren in Betracht, und doch scheint jeder einen einwandfreien Charakter zu haben. Greta, die Tochter seines eigenen Bruders. Gertrud, die ihm vierzig Jahre lang treu gedient hatte. Dobbs, der niemals aus King's Gnaton herausgekommen war. Und Charles Templeton, der Sekretär ..."

„Ja", griff Oberst Bantry in die Erzählung ein, „wie steht es mit ihm? Er scheint mir die verdächtige Person zu sein. Was wissen Sie über ihn?"

„Gerade das, was ich über ihn wußte, stellte ihn außerhalb jeglichen Verdachts – wenigstens damals", erwiderte Sir Henry ernst. „Charles Templeton war nämlich einer meiner eigenen Leute."

„Oha!" Oberst Bantry war sichtlich betroffen.

„Ja. Ich wollte jemanden an Ort und Stelle haben. Ohne Aufsehen im Dorf zu erregen. Also übertrug ich Templeton die Aufgabe. Er ist ein Gentleman, spricht fließend Deutsch und ist überhaupt ein fähiger Mann."

„Welchen von ihnen verdächtigen Sie dann aber?" fragte Mrs. Bantry verwirrt. „Alle scheinen über jeden Verdacht erhaben."

„Ja, es hat den Anschein. Aber man kann die Sache auch von einem anderen Gesichtspunkt aus betrachten. Fräulein Greta war zwar seine Nichte und außerdem ein reizendes Mädchen, aber der Krieg hat uns immer wieder gezeigt, daß Bruder sich gegen Schwester oder Vater sich gegen Sohn wenden kann, und die reizendsten und sanftesten jungen Mädchen haben sich oft erstaunliche Dinge geleistet. Dasselbe läßt sich auf Gertrud anwenden, und wer weiß, was in ihrem Falle alles mitspielt. Vielleicht ein Zank mit ihrem Herrn, ein wachsender Groll, der um so tiefer saß, als sie ihm so viele Jahre treu gedient hatte. Ältere Frauen dieser Klasse können manchmal recht verbittert sein. Und Dobbs? Ist er unbedingt aus der Sache heraus, nur weil er mit der Familie nichts zu tun hatte? Mit Geld kann man viel erreichen. Es besteht durchaus die Möglichkeit, daß man sich an Dobbs herangemacht und ihn bestochen hat.

Denn eines scheint sicher: irgendeine Botschaft oder ein Befehl muß von außen hereingekommen sein. Warum hatte man Dr. Rosen sonst fünf Monate lang ungeschoren gelassen? Nein, die Agenten der Gesellschaft mußten am Werk gewesen sein. Vielleicht waren sie vorher noch nicht ganz sicher, daß es Rosen war, der sie verraten hatte, und haben gewartet, bis es einwandfrei erwiesen war. Und dann, als alle Zweifel erstickt waren, mußten sie ihre Botschaft an ihren Verbündeten innerhalb der Tore geschickt haben – die Botschaft, die lautete: ‚Töte'."

„Wie ekelhaft!" rief Jane Helier schaudernd aus.

„Aber wie war die Botschaft hineingelangt? Das war der Punkt, den ich zu klären suchte. Darin lag meine einzige Hoffnung, das Problem zu lösen. Mit einer dieser vier Personen mußte man sich in Verbindung gesetzt haben. Darauf konnte kein Aufschub mehr eintreten – das wußte ich. Sobald der Befehl gekommen war, wurde er unverzüglich ausgeführt. Das war eine Eigentümlichkeit der Schwarzen Hand.

Ich beschäftigte mich mit dieser Frage, und zwar in einer Weise, die Sie wahrscheinlich für lächerlich pedantisch halten werden. Ich fragte mich: Wer war an jenem Morgen zu seinem Hause gekommen? Ich ließ niemanden aus. Hier ist die Liste."

Er zog einen Umschlag aus der Tasche und entnahm ihm einen Bogen Papier.

„Der Metzger, der ein Stück Hammelbraten brachte. Geprüft und als korrekt befunden.

Der Krämergehilfe, der ein Paket Maizena, zwei Pfund Zucker, ein Pfund Butter und ein Pfund Kaffee ablieferte. Ebenfalls nachgeprüft und für richtig befunden.

Der Postbote, der folgende Post abgab: zwei Drucksachen für Fräulein Rosen, einen Brief aus dem Dorf für Gertrud, drei Briefe für Dr. Rosen, einer davon mit einer ausländischen Briefmarke, und zwei Briefe für Mr. Templeton, einer davon ebenfalls mit einer ausländischen Marke."

Sir Henry hielt inne und nahm ein ganzes Bündel von Papieren aus dem Umschlag.

„Vielleicht haben Sie Interesse daran, sich diese Dokumente selbst anzusehen. Sie wurden mir von den verschiedenen Beteiligten gegeben oder aus dem Papierkorb herausgeholt. Ich brauche wohl nicht zu erwähnen, daß sie von Fachleuten auf unsichtbare Tinte hin untersucht worden sind. Derartige Tricks sind ausgeschlossen."

Alle drängten sich um ihn herum, um einen Blick in die Papiere zu tun. Die Drucksachen kamen von einer Gärtnerei und von einem bekannten Londoner Pelzgeschäft. Zwei von den an Dr. Rosen gerichteten Briefen waren Rechnungen, eine aus dem Geschäft für Sämereien und die andere von einer Londoner Schreibwarenfirma. Der an ihn gerichtete Brief lautete wie folgt:

Mein lieber Herr Rosen – Komme gerade zurück von Dr. Helmut Spath. Neulich habe ich Edgar Jackson gesehen. Er und Amos Perry sind soeben aus Tringtau zurückgekehrt, wo sie Honesty getroffen haben. Wie ich Ihnen schon vorher sagte: Hüten Sie sich vor einer gewissen Person. Sie wissen ja, wen ich meine, obgleich Sie anderer Ansicht sind.

Ihre Georgina

„Mr. Templetons Post", fuhr Sir Henry fort, „bestand aus dieser Rechnung, die, wie Sie sehen, von seinem Schneider stammt, und einem Brief von einem Freund in Deutschland, den er leider auf seinem Spaziergang zerrissen hat. Und zuletzt haben wir hier den an Gertrud adressierten Brief:

Liebe Frau Swartz – Wir hoffen, das Sie Freitagabend zu unserem geselligen Abend von der Kirche kommen können, der Pastor sagt, er hofft es auch – jeder herzlich willkommen. Das Rezept für den Schinken war sehr gut. Besten Dank. Hoffe, das dies Sie bei besten Wohlbefinden antrifft, hoffe, wir sehen Sie Freitag.

Mit bestem Gruß
Emma Greene.

Dr. Lloyd und Mrs. Bantry schmunzelten ein wenig über diese Epistel.

„Ich glaube, dieser Brief ist völlig harmlos", meinte Dr. Lloyd.

„Ganz meine Meinung", bestätigte Sir Henry. „Dennoch war ich vorsichtig und habe nachgeprüft, ob es eine Mrs. Greene und einen geselligen Kirchenabend gab. Man kann nie vorsichtig genug sein."

„Das behauptet unsere Freundin, Miss Marple, ja auch immer", bemerkte Dr. Lloyd lächelnd. „Sie sind wieder einmal in Gedanken versunken, Miss Marple. Worüber grübeln Sie nun nach?"

Miss Marple fuhr zusammen.

„Oh, ich mußte nur an die etwas merkwürdigen Namen in Dr. Rosens Brief denken."

Mrs. Bantry blickte sie aufmerksam an, und plötzlich huschte so etwas wie eine Erleuchtung über ihre Züge.

„Oh, ja!" stieß sie hervor.

„Ja, meine Liebe", sagte Miss Marple, „ich dachte mir schon, daß es Ihnen auffallen würde."

„Der Brief enthält eine ausgesprochene Warnung", bemerkte Oberst Bantry. „Das ist das erste, was meine Aufmerksamkeit erregte. Ich merke mehr, als man denkt. Ja, eine ausgesprochene Warnung – vor wem?"

„Mit diesem Brief hat es eine etwas merkwürdige Bewandtnis", erklärte Sir Henry. „Nach Templetons Aussage öffnete Dr. Rosen den Brief am Frühstückstisch und warf ihn zu ihm hinüber mit der Begründung, er habe keine Ahnung, wer der Bursche sei."

„Aber es war kein Bursche", sagte Jane Helier. „Die Unterschrift lautet doch ‚Georgina'."

„Es ist schwer zu entziffern", meinte Dr. Lloyd. „Man könnte auch ‚Georgey' daraus lesen. Aber es sieht doch wohl mehr wie ‚Georgina' aus. Allerdings habe ich den Eindruck, daß es eine Männerhandschrift ist."

„Das ist ja interessant", ließ sich Oberst Bantry hören, „daß er den Brief über den Tisch geworfen und so getan hat, als wisse er von nichts. Wollte wohl jemanden beobachten. Wen – das Mädchen oder den Mann?"

„Oder gar die Köchin", warf Mrs. Bantry ein. „Sie war vielleicht auch im Zimmer und brachte gerade das Frühstück herein. Aber was ich nicht ganz verstehe ... hm ... höchst eigenartig."

Sie blickte stirnrunzelnd auf den Brief. Miss Marple rückte näher an sie heran und deutete mit dem Finger auf manche Stellen des Briefes. Dann steckten beide die Köpfe zusammen.

„Aber warum hat der Sekretär den anderen Brief zerrissen?" fragte Jane Helier plötzlich. „Das kommt – oh, ich weiß nicht – das kommt mir merkwürdig vor. Und warum erhält er überhaupt Briefe aus Deutschland? Aber wenn er, wie Sie sagen, über jeden Verdacht erhaben ist ..."

„Das hat Sir Henry nicht gesagt", warf Miss Marple rasch dazwischen und unterbrach für eine Weile ihre gemurmelte Konferenz mit Mrs. Bantry. „Er hat von vier Verdachtspersonen geredet. Das deutet darauf hin, daß er Mr. Templeton einbezogen hat. Habe ich recht, Sir Henry?"

„Ja, Miss Marple. Aus bitterer Erfahrung habe ich eines gelernt: niemanden in solchen Fällen vom Verdacht auszuschließen. Ich habe Ihnen vorhin einige Gründe angeführt, warum drei von diesen Leuten doch schuldig sein könnten, so unwahrscheinlich es auch aussieht. Charles Templeton hatte ich zuerst vom Verdacht ausgenommen. Doch eingedenk meines soeben erwähnten Grundsatzes nahm ich auch ihn unter die Lupe. Ich hielt mir vor Augen, daß jede Armee, jede Marine, jede Polizeitruppe eine gewisse Zahl von Verrätern in ihren Reihen hat, wenn wir es auch höchst ungern zugeben. Also prüfte ich unbefangen alle gegen Charles Templeton gerichteten Verdachtsmomente.

Ich stellte mir dieselbe Frage wie Miss Helier. Warum war er als einziger im ganzen Haus nicht in der Lage, den von ihm erhaltenen Brief vorzuzeigen – einen Brief, der überdies eine deutsche Briefmarke trug? Warum bekam er überhaupt Briefe aus Deutschland?

Da die letzte Frage harmlos war, stellte ich sie ihm tatsächlich. Er hatte eine ganz einfache Erklärung. Die Schwester seiner Mutter sei mit einem Deutschen verheiratet, und der Brief stamme von einer deutschen Kusine. Auf diese Weise erfuhr ich etwas, das ich bis dahin noch nicht gewußt hatte –

nämlich, daß Charles Templeton Beziehungen zu Leuten in Deutschland hatte. Und das brachte ihn entschieden auf die Liste der Verdächtigen. Er ist zwar einer von meinen Leuten – ein junger Mann, den ich immer gern mochte und dem ich volles Vertrauen schenkte, aber ich muß zugeben, daß er an der Spitze meiner Liste steht.

Aber wer der Schuldige ist, das weiß ich nicht; ich weiß es einfach nicht . . . und mit aller Wahrscheinlichkeit werde ich es niemals herausbekommen. Es handelt sich hier nicht in erster Linie darum, einen Mörder zu bestrafen. Es geht um etwas anderes, das mir hundertmal wichtiger erscheint: die Vernichtung der ganzen Karriere eines vielleicht ehrenwerten Mannes . . . durch einen Verdacht – einen Verdacht, den ich nicht ignorieren darf."

Miss Marple räusperte sich und sagte sanft: „Wenn ich Sie richtig verstehe, Sir Henry, ist es nur dieser junge Mr. Templeton, um den Sie sich so viel Sorgen machen?"

„In gewissem Sinne, ja. Theoretisch sollte es für alle dasselbe sein, aber in der Praxis verhält es sich anders. Denken wir zum Beispiel einmal an Dobbs. Ich mag gegen ihn Verdacht hegen, aber das hat in Wirklichkeit keinen Einfluß auf seinen Beruf. Niemand im Dorf hat je vermutet, daß der Tod des alten Mr. Rosen etwas anderes war als ein Unfall. Gertrud ist ein wenig mehr in Mitleidenschaft gezogen. Fräulein Rosen wird wahrscheinlich eine andere Einstellung zu ihr haben, aber vielleicht ist das nicht von so großer Wichtigkeit für sie.

Und Greta Rosen selbst – na, hier kommen wir zu der eigentlichen Komplikation. Greta ist ein sehr hübsches junges Mädchen und Charles Templeton ein gutaussehender junger Mann. Fünf Monate lang waren sie ohne äußere Ablenkung aufeinander angewiesen. Das Unvermeidliche geschah. Sie verliebten sich ineinander, wenn sie es sich auch noch nicht in Worten eingestanden haben.

Dann kam die Katastrophe. Es ist nun drei Monate her, und ein paar Tage nach meinem Rücktritt suchte mich Greta Rosen auf. Sie hatte das Häuschen verkauft, die Angelegenheiten ihres Onkeln in Ordnung gebracht und war im Begriff, nach Deutschland zurückzukehren. Sie kam zu mir, obwohl sie wußte, daß ich in den Ruhestand getreten war; denn sie wollte eine ganz persönliche Sache mit mir besprechen. Sie ging zunächst wie die Katze um den heißen Brei, aber schließlich packte sie aus. Was ich eigentlich von dem Brief halte – sie habe sich schon die schlimmsten Gedanken darüber gemacht –, sie meine diesen Brief mit der deutschen Marke, den Charles zerrissen habe. Ob das wohl in Ordnung sei? Natürlich mußte es ja in Ordnung sein. Selbstverständlich glaube sie seinen Worten, aber – oh! – wenn sie doch bloß wüßte! Wenn sie es doch mit Bestimmtheit wüßte!

Sehen Sie? Dasselbe Gefühl: der Wunsch, ihm Vertrauen zu schenken, aber gleichzeitig der schreckliche, lauernde Verdacht, der, obwohl resolut zurückgedrängt, doch immer wieder zum Vorschein kommt. Ich sprach mit ihr ganz offen über die Angelegenheit und bat sie, dasselbe zu tun. Ich fragte sie, ob sie sich zueinander hingezogen gefühlt hätten.

‚Ich glaube wohl', erwiderte sie. ‚O ja, ich weiß es ganz genau. Wir waren so glücklich. Jeder Tag verlief in Zufriedenheit. Wir wußten es – beide wußten wir es. Wir hatten keine Eile – die ganze Zeit lag ja vor uns. Eines Tages würde er es mir schon sagen, daß er mich liebte, und ich würde ihm auch meine Liebe gestehen. Und nun ist alles so anders. Eine schwarze Wolke hat sich zwischen uns gedrängt – wir sind befangen; wenn wir uns begegnen, wissen wir nicht, was wir sagen sollen. Vielleicht ergeht es ihm genauso wie mir – vielleicht sagt jeder von uns: Wenn ich nur sicher wäre! Deshalb möchte ich Sie, Sir Henry, bitten, mir zu sagen: Wer Ihren Onkel auch getötet haben mag, es war nicht Charles Templeton! Sagen Sie es mir! Oh, sagen Sie es mir doch! Bitte! Bitte!'

Und verflixt noch mal!" rief Sir Henry und schlug heftig mit der Faust auf den Tisch, „ich konnte es ihr nicht sagen. Sie werden sich immer mehr gegenseitig entfremden, diese beiden, während der Verdacht wie ein Geist zwischen ihnen schwebt – ein Geist, der nicht gebannt werden kann."

Mit müdem, grauem Gesicht lehnte er sich in seinen Sessel zurück und schüttelte ein paarmal verzagt den Kopf.

„Und man kann nichts weiter tun, es sei denn ...", er richtete sich wieder auf, und ein Schmunzeln huschte über sein Gesicht, „es sei denn, Miss Marple kann uns helfen. Wie ist's,

Miss Marple? Ich habe nämlich das Gefühl, als ob der Brief gerade das Gegebene für Sie sei. Der mit der kirchlichen Geselligkeit. Erinnert er Sie nicht an jemanden oder an etwas, das die ganze Angelegenheit mit einem Schlage aufklärt? Können Sie nicht zwei hilflosen jungen Menschen zu ihrem Glück verhelfen?"

Hinter seiner scherzenden Art verbarg sich ein gewisser Ernst. Er hatte nämlich eine bedeutende Hochachtung vor dem scharfen Geist dieser zarten, ein wenig altmodischen Jungfer gewonnen. Mit einem ziemlich hoffnungsvollen Ausdruck blickte er zu ihr hinüber.

Miss Marple räusperte sich und strich ihr Spitzenfichu glatt.

„Er erinnert mich tatsächlich ein wenig an Annie Poultney", gab sie zu. „Natürlich ist der Brief völlig klar – wenigstens für mich und Mrs. Bantry. Ich meine nicht den Brief von dem geselligen Abend, sondern den anderen. Sie, Sir Henry, der Sie so viel in London leben und kein Gärtner sind, haben es wahrscheinlich nicht bemerkt."

„Wie?" fragte Sir Henry. „Was habe ich nicht bemerkt?"

Mrs. Bantry streckte ihre Hand nach einer der beiden Drucksachen aus, schlug den Katalog auf und las voller Eifer daraus vor: „Dr. Helmuth Spath. Reines Lila, eine wunderbar schöne Blüte auf einem ungewöhnlich langen und steifen Stiel. Herrliche Schnittblume und sehr dekorativ im Garten. Eine neue Art von auffallender Schönheit.

Edgar Jackson. Schön geformte, chrysanthemenartige Blüte von ausgesprochen ziegelroter Farbe.

Amos Perry. Leuchtendrot, sehr dekorativ.

Tringtau. Ein leuchtendes Orangerot, auffallende Gartenpflanze und eine sich lange haltende Schnittblume.

Honesty. Rosa und weiße Schattierungen, seltene und vollendet geformte Blüte."

Mrs. Bantry warf den Katalog hin und stieß mit gewaltigem Nachdruck hervor: „Dahlien!"

„Und die Anfangsbuchstaben bilden das Wort DEATH – TOD", erklärte Miss Marple.

„Aber der Brief war doch an Dr. Rosen selbst gerichtet", wandte Sir Henry ein.

„Das war ja gerade das Schlaue daran", erwiderte Miss

Marple. „Das und die Warnung darin. Was würde Dr. Rosen tun, wenn er einen Brief von einem Unbekannten bekam, der voller Namen steckte, die ihm ebenfalls fremd waren? Ihn natürlich an seinen Sekretär weiterreichen."

„Dann war es also doch der ..."

„O nein!" sagte Miss Marple. „Nicht der Sekretär. Wenn er es gewesen wäre, hätte er den Brief niemals in Ihre Hände geraten lassen. Ebensowenig hätte er einen an sich gerichteten Brief mit einer deutschen Marke zerstört. Nein, seine Unschuld – wenn ich mich einmal so ausdrücken darf – strahlt geradezu."

„Wer ist es denn aber?"

„Nun, es ist ziemlich sicher – so sicher, wie überhaupt etwas in dieser Welt sicher sein kann. Es saß noch eine andere Person am Frühstückstisch, die ihre Hand nach dem Brief ausstrecken und ihn lesen würde. Und damit war die Sache erledigt. Wie Sie sich vielleicht noch erinnern, bekam sie einen Gartenkatalog mit derselben Post ..."

„Greta Rosen", sagte Sir Henry langsam vor sich hin. „Dann war ihr Besuch bei mir also ..."

„Männer durchschauen so etwas nicht", erklärte Miss Marple. „Und ich fürchte, sie halten uns alte Frauen oft für gehässig und boshaft, weil wir einen Blick für diese Dinge haben. Aber so ist es nun einmal. Man weiß leider sehr viel über sein eigenes Geschlecht. Zweifellos hatte sich eine Schranke zwischen ihnen aufgerichtet. Der junge Mann empfand plötzlich eine unerklärliche Abneigung. Er schöpfte rein instinktmäßig Verdacht und konnte diesen Verdacht nicht verbergen. Und ich nehme wirklich an, daß das Mädchen ihren Besuch bei Ihnen aus reiner Bosheit machte. Sie war ja eigentlich frei von Verdacht, aber sie tat ein übriges, um Ihren Verdacht mit Bestimmtheit auf den armen Mr. Templeton zu lenken. Vor ihrem Besuch war Ihr Verdacht auf den jungen Mann noch gar nicht so ausgeprägt."

„Sie hat aber gar nichts gesagt ...", begann Sir Henry.

„Männer", unterbrach ihn Miss Marple seelenruhig, „durchschauen diese Dinge nicht."

„Und dieses Mädchen ..." Er hielt inne. „Sie begeht einen kaltblütigen Mord und kommt ungestraft davon!"

„O nein, Sir Henry", widersprach Miss Marple, „nicht ungestraft. Weder Sie noch ich glauben das. Denken Sie doch daran, was Sie vorhin gesagt haben. Nein. Greta Rosen wird ihrer Strafe nicht entgehen. Zunächst einmal muß sie sich mit einer sehr merkwürdigen Menschenklasse eingelassen haben – Erpresser und Terroristen. Gefährten, die nicht gut für sie sind und durch die sie wahrscheinlich zu einem schlechten Ende kommen wird. Aber, wie Sie schon sagten, man darf seine Gedanken nicht an den Schuldigen verschwenden – die Unschuldigen sind wichtiger. Mr. Templeton wird wohl die deutsche Kusine heiraten; das Zerreißen des Briefes sieht mir ein wenig – nun ja, verdächtig aus, aber in einem anderen Sinne, als wir das Wort den ganzen Abend gebraucht haben. Es ist, als fürchtete er, daß das andere Mädchen ihn zu sehen bekommen würde. Ja, ich glaube, es muß ein romantisches Verhältnis zwischen ihnen bestanden haben. Und dann ist Dobbs noch da. Wie Sie schon sagten, wird es für ihn nicht so viel ausmachen. Eine Wurst und ein Glas Wein spielen für ihn wohl eine größere Rolle. Aber Gertrud – das ist schon etwas anderes. Die arme alte Gertrud, die mich an Annie Poultney erinnerte. Arme Annie Poultney. Fünfzig Jahre treu gedient und dann verdächtigt, Miss Lambs Testament beiseite geschafft zu haben, obgleich nichts bewiesen werden konnte. Es brach dem treuen Geschöpf beinahe das Herz, und nach ihrem Tode kam dann das Testament zum Vorschein, und zwar in der Geheimschublade der Teebüchse, wohin die alte Miss Lamb es selbst der Sicherheit wegen gelegt hatte. Aber für die arme Annie kam die Entdeckung zu spät.

Das beunruhigt mich so sehr bei der armen alten deutschen Frau. Im Alter wird man sehr leicht verbittert. Sie tut mir weitaus mehr leid als Mr. Templeton, der noch jung ist, gut aussieht und bei den Damen einen Stein im Brett zu haben scheint. Sie werden ihr doch schreiben, Sir Henry, nicht wahr, und ihr sagen, daß ihre Unschuld sich einwandfrei erwiesen hat? Ihr lieber alter Herr tot und sie wahrscheinlich am Grübeln und dazu noch unter der Last des Verdachtes, ihn ... Oh, der Gedanke ist unerträglich!"

„Ich werde ihr schreiben, Miss Marple", versprach Sir Henry und sah sie seltsam an. „Wissen Sie, ich werde Sie niemals ganz verstehen. Ihre Ansichten entsprechen nie meinen Erwartungen."

„Meine Ansichten sind leider sehr beschränkt", sagte Miss Marple. „Ich komme so selten aus St. Mary Mead heraus."

„Und doch haben Sie ein – man möchte fast sagen – internationales Geheimnis aufgeklärt", entgegnete Sir Henry. „Denn Ihre Lösung ist richtig. Davon bin ich überzeugt."

Miss Marple errötete. Dann warf sie den Kopf ein wenig in den Nacken.

„Für die Verhältnisse der damaligen Zeit bin ich, nach meinem Dafürhalten, sehr gut erzogen worden. Meine Schwester und ich hatten eine deutsche Erzieherin – ein Fräulein. Ein sehr sentimentales Geschöpf. Sie brachte uns die Blumensprache bei, eine höchst charmante Wissenschaft, die aber heutzutage in Vergessenheit geraten ist. Eine gelbe Tulpe zum Beispiel bedeutet hoffnungslose Liebe, während eine chinesische Aster besagt: Ich sterbe zu deinen Füßen aus Eifersucht. Dieser Brief ist mit ‚Georgina' unterzeichnet, und das bedeutet im Deutschen so viel wie Dahlie. Dadurch wurde das Ganze völlig klar. Ich wollte, ich könnte mich an die Bedeutung von Dahlie erinnern, aber leider kann ich nicht darauf kommen. Mein Gedächtnis läßt nach."

„Auf jeden Fall bedeutet das Wort nicht Tod."

„Allerdings nicht. Gräßlich, nicht wahr? Es gibt doch sehr viel Trauriges in der Welt."

„Das stimmt", pflichtete ihr Mrs. Bantry seufzend bei. „Man kann von Glück reden, daß man Blumen und Freunde hat."

„Uns nennt sie an zweiter Stelle, wie Sie bemerken", sagte Dr. Lloyd.

„Ein Mann schickte mir jeden Abend purpurfarbene Orchideen ins Theater", erwähnte Jane träumerisch.

„‚Ich erwarte Ihre Gunst' – bedeutet das", erklärte Miss Marple lebhaft.

Sir Henry bekam einen merkwürdigen Hustenreiz und wandte den Kopf ab.

Plötzlich rief Miss Marple: „Oh, es ist mir wieder eingefallen. Dahlie bedeutet ‚Verrat' und ‚falsche Angaben'."

„Wunderbar", sagte Sir Henry. „Einfach wunderbar."

Und er seufzte.

Eine Weihnachtstragödie

„Ich möchte eine Beschwerde vorbringen", erklärte Sir Henry Clithering.

Mit zwinkernden Augen blickte er sich im Kreise um. Oberst Bantry saß mit ausgestreckten Beinen im Sessel und starrte mit gerunzelter Stirn auf den Kaminsims. Seine Frau blätterte in einem Blumenkatalog. Dr. Lloyd blickte mit offener Bewunderung auf Jane Helier, und diese betrachtete nachdenklich ihre rosafarben polierten Fingernägel. Nur die ältliche Jungfer, Miss Marple, saß kerzengerade auf ihrem Stuhl und zwinkerte Sir Henry ebenfalls mit ihren verblichenen blauen Augen zu.

„Eine Beschwerde?" murmelte sie.

„Eine sehr ernste Beschwerde. Wir sind hier heute abend sechs Personen; drei Vertreter jeden Geschlechts, und ich protestiere im Namen der unterdrückten männlichen Wesen. Wir haben drei Geschichten gehört, die alle von Männern erzählt wurden! Ich erkläre hiermit feierlich, daß die Damen nicht ihren angemessenen Teil zur Unterhaltung beigetragen haben."

„Oho!" erwiderte Mrs. Bantry empört. „Das möchte ich bestreiten. Wir haben mit Intelligenz und Verständnis zugehört. Außerdem haben wir ein echt frauliches Wesen an den Tag gelegt, das sich davor scheut, die Blicke aller auf sich zu ziehen!"

„Eine ausgezeichnete Entschuldigung", bemerkte Sir Henry, „aber wir lassen sie nicht gelten. Ich bin überzeugt, daß eine der Damen ein besonders geschätztes Geheimnis in petto hat. Wie ist es, Miss Marple, mit der ‚Merkwürdigen Begebenheit mit der Putzfrau' oder der ‚Mysteriösen Angelegenheit bei der Mütterversammlung'? Sie und St. Mary Mead dürfen mich nicht enttäuschen."

Kopfschüttelnd erwiderte Miss Marple: „Ich habe nichts erlebt, das Sie interessieren würde, Sir Henry. Natürlich haben wir unsere kleinen rätselhaften Angelegenheiten, aber die würden Sie nicht interessieren."

„Und wie steht's mit Ihnen, Miss Helier?" fragte Oberst Bantry. „Sie müssen doch sicher interessante Erlebnisse gehabt haben."

„Ja, wirklich“, stimmte Dr. Lloyd zu.

„Ich?“ fragte Jane. „Sie meinen – Sie wollen, daß ich Ihnen etwas erzähle, das mir passiert ist?“

„Oder irgendwelchen Freunden“, ergänzte Sir Henry.

„Oh!“ sagte Jane vage. „Ich glaube, ich habe gar nichts erlebt, jedenfalls nicht so etwas. Blumen natürlich und seltsame Botschaften, aber das sind einfach Männergeschichten. Ich glaube nicht ...“ Sie brach gedankenverloren ab.

„Ich sehe schon, wir müssen auf die kleinen Angelegenheiten zurückkommen“, meinte Sir Henry. „Also los, Miss Marple.“

„Sie belieben zu scherzen, Sir Henry. Aber nun, wo ich darüber nachdenke, fällt mir tatsächlich eine Begebenheit ein. Begebenheit ist allerdings nicht der richtige Ausdruck, es handelt sich um etwas viel Ernsteres: um eine Tragödie. Und ich war gewissermaßen darin verwickelt. Aber was ich getan habe, hat mich nie gereut – niemals. Doch ist es nicht in St. Mary Mead geschehen.“

„Da bin ich aber enttäuscht“, meinte Sir Henry. „Aber ich werde versuchen, mich damit abzufinden. Ich wußte ja, daß wir uns auf Sie verlassen können.“

Er setzte sich voller Erwartung in seinem Sessel zurecht, während Miss Marple leicht errötete.

„Ich hoffe, daß ich es Ihnen richtig schildern kann“, sagte sie ein wenig ängstlich. „Ich neige etwas zur Weitschweifigkeit. Ohne es zu wissen, verliert man oft den Faden, und es ist so schwer, sich an die richtige Reihenfolge zu erinnern. Sie müssen eben Geduld mit mir haben, wenn ich mich als eine schlechte Erzählerin entpuppe. Außerdem ist es schon so lange her.

Wie gesagt, die Geschichte spielte sich nicht in St. Mary Mead, sondern in einem Thermalbadeort ab.“

„Garstige Plätze“, schob Oberst Bantry ein, „absolut scheußlich! Man muß früh aus den Federn und dieses widerliche Wasser trinken. Alte Frauen sitzen massenweise herum, mit ihren tausend kleinen Gebrechen und ihrem endlosen Geschwätz. Mein Gott, wenn ich bloß daran denke ...“

„Das ist leider wahr“, stimmte ihm Miss Marple zu. „Ich selbst ...“

„Meine liebe Miss Marple“, rief der Oberst entsetzt. „Ich habe natürlich nicht für eine Sekunde ...“

Rosa angehaucht, brachte sie ihn mit einer kleinen Geste zum Schweigen.

„Aber es ist wahr, Herr Oberst. Nur möchte ich noch etwas hinzufügen. Was war es doch gleich? Ach so, ja. Es wird, wie Sie sagen, viel gelästert. Und die Menschen urteilen sehr hart darüber, besonders junge Menschen. Mein Neffe, der Bücher schreibt – und, wie ich glaube, sehr gescheite – hat äußerst sarkastische Bemerkungen gemacht über Leute, die ohne jeglichen Beweis den guten Ruf anderer vernichten. Hierzu möchte ich bemerken, daß die jungen Leute oft nicht nachdenken oder die Tatsachen prüfen. An dem Getratsche ist nämlich meistens sehr viel Wahres dran! Und wenn die jungen Leute der Sache einmal auf den Grund gingen, würden sie die Entdeckung machen, daß es in neun von zehn Fällen stimmt. Das ist der Grund, weshalb sich die Leute so darüber aufregen.“

„Die göttliche Eingebung, wie?“ sagte Sir Henry ironisch.

„O nein, durchaus nicht. Es handelt sich in Wirklichkeit um praktische Erfahrung. Wenn Sie einem Ägyptologen einen dieser merkwürdigen kleinen Käfer zeigen, kann er Ihnen, wie ich gehört habe, aus dem Gefühl heraus sagen, welcher Periode er angehört oder ob es eine Imitation aus Birmingham ist. Auch kann er nicht immer bestimmte Gründe dafür angeben. Er weiß es eben. Er hat sich sein Leben lang mit solchen Dingen beschäftigt.

Ebenso haben die von meinem Neffen als ‚nutzlos‘ bezeichneten Frauen sehr viel freie Zeit, und sie interessieren sich meistens in der Hauptsache für Menschen. Und auf diese Weise werden sie sozusagen Sachverständige auf diesem Gebiet. Nun, diese jungen Leute heutzutage – sie reden sehr frei über Dinge, die in meiner Jugend nicht erwähnt wurden; auf der anderen Seite aber sind sie sehr naiv. Sie glauben an alles und jeden. Und wenn man sie noch so sanft zu warnen versucht, wird einem gesagt, man sei viktorianisch angehaucht – und die viktorianische Gesinnung, erklären sie, sei wie ein Ausguß.“

„Na“, meinte Sir Henry, „was ist denn an einem Ausguß schon auszusetzen?“

„Das meine ich auch", pflichtete ihm Miss Marple eifrigst bei, „es ist eine höchst notwendige Einrichtung in jedem Haus, aber natürlich nicht romantisch. Nun muß ich bekennen, daß ich auch etwas empfindlich bin, und gedankenlose Bemerkungen haben mich schon oft aufs tiefste verletzt. Ich weiß, Männer interessieren sich nicht für häusliche Angelegenheiten, aber ich muß doch eben einmal mein Hausmädchen Ethel erwähnen – ein sehr hübsches Mädchen und in jeder Weise gefällig. Nun, sobald ich sie sah, wußte ich, daß sie derselbe Typ wie Annie Webb war. Wenn sich die Gelegenheit ergab, würde sie mein und dein nicht unterscheiden können. Daher ließ ich sie am Ende des Monats gehen und schrieb ihr ins Zeugnis, daß sie ehrlich und bescheiden sei. Aber unter vier Augen warnte ich die alte Mrs. Edwards davor, sie zu nehmen. Mein Neffe Raymond war entsetzt und erklärte mir, er habe noch nie so etwas Schändliches – ja, Schändliches – gehört. Na, sie ging dann zu Lady Ashton, die zu warnen ich mich nicht verpflichtet fühlte. Und was geschah? Alle Spitzen wurden von ihrer Unterwäsche abgeschnitten und zwei Diamantbroschen gestohlen – und das Mädchen schlich sich mitten in der Nacht davon, und seitdem hat man nichts mehr von ihr gehört!"

Miss Marple hielt inne, holte tief Atem und fuhr dann fort.

„Sie werden sicher denken, dies alles hat nichts zu tun mit dem, was sich in dem Kurort von Keston ereignete, aber indirekt doch. Denn es ist eine Erklärung dafür, warum ich nicht den geringsten Zweifel daran in meinem Herzen hatte – gleich als ich die beiden Sanders' zusammen sah –, daß er beabsichtigte, sie umzubringen."

„Was sagen Sie da?" fragte Sir Henry erstaunt.

„Ich sagte, Sir Henry, daß ich durchaus nicht im Zweifel war. Mr. Sanders war ein stattlicher, gutaussehender Mann, etwas rot im Gesicht, von sehr herzlichem Wesen und bei allen recht beliebt. Und niemand hätte netter zu seiner Frau sein können als er. Aber ich wußte Bescheid! Er hatte die Absicht, sie aus dem Wege zu räumen."

„Aber meine liebe Miss Marple . . ."

„Ja, ich weiß. Mein Neffe Raymond West würde mir dasselbe sagen, nämlich, daß ich nicht den geringsten Beweis hätte.

Aber ich muß dabei an Walter Hones denken, den Wirt des ‚Grünen Mannes'. Als er eines Abends mit seiner Frau nach Hause ging, fiel sie in den Fluß, und er ließ sich das Versicherungsgeld auszahlen! Ich könnte noch ein paar Leute anführen, die bis heute ungestraft herumlaufen – einen sogar aus unseren Kreisen. Verbrachte die Sommerferien in der Schweiz, um mit seiner Frau Kletterpartien zu machen. Ich bat sie vorher, nicht mitzufahren. Das arme Geschöpf wurde nicht einmal zornig mit mir, wie man es hätte erwarten können – sie lachte nur. Es erschien ihr komisch, daß eine merkwürdige Alte wie ich so etwas über ihren Harry sagen sollte. Na, und dann gab es halt einen Unfall, und Harry ist jetzt mit einer anderen Frau verheiratet. Aber was konnte ich tun? Ich wußte es zwar, hatte aber keine Beweise."

„Oh! Miss Marple", rief Mrs. Bantry. „Das ist doch wohl nicht möglich!"

„Meine Liebe, solche Dinge passieren alle Tage. Und Männer sind dieser Versuchung besonders ausgesetzt, da sie so viel stärker sind. Es ist ja so leicht, wenn es wie ein Unfall aussieht. Wie gesagt, bei den Sanders' hatte ich denselben Eindruck. Wir fuhren in einer Elektrischen. Da unten alles voll war, mußten wir nach oben klettern. Dann standen wir alle drei auf, um auszusteigen, und Mr. Sanders verlor das Gleichgewicht und fiel heftig gegen seine Frau, die kopfüber nach unten stürzte. Glücklicherweise war der Schaffner ein starker junger Mann und fing sie geschickt auf."

„Das war aber doch bestimmt ein Zufall."

„Natürlich war es ein Zufall – nichts hätte zufälliger aussehen können. Aber Mr. Sanders war, wie er mir erzählte, in der Handelsmarine gewesen, und wenn jemand auf einem ekligen, schwankenden Schiff das Gleichgewicht bewahren kann, verliert er es nicht oben in einer Elektrischen, zumal wenn eine alte Frau wie ich fest auf den Füßen steht. Das kann mir keiner weismachen."

„Jedenfalls dürfen wir annehmen, daß Ihnen die Sache auf der Stelle sonnenklar war, nicht wahr, Miss Marple?" meinte Sir Henry.

Die alte Dame nickte.

„Ich war ziemlich sicher, und ein anderer Zwischenfall, als

wir später die Straße überquerten, bestätigte meinen Eindruck. Nun frage ich Sie, Sir Henry, was konnte ich machen? Hier war eine nette, zufriedene, glückliche kleine Frau, die in Kürze ermordet werden sollte."

„Meine liebe gnädige Frau, ich bin einfach sprachlos."

„Seien Sie nicht so ironisch. Wie die meisten Leute heutzutage neigen Sie zu der Ansicht, daß so etwas nicht möglich ist. Aber es verhielt sich so, und ich wußte es. Leider ist man in seiner Handlungsweise so sehr behindert. Ich konnte zum Beispiel nicht zur Polizei gehen. Und die junge Frau zu warnen wäre völlig nutzlos gewesen; denn ich konnte sehen, daß sie diesen Mann liebte. Also ließ ich es mir angelegen sein, soviel wie möglich über sie in Erfahrung zu bringen. Man hat reichlich Gelegenheit dazu, wenn man am Feuer sitzt und Handarbeiten macht. Mrs. Sanders – Gladys hieß sie mit Vornamen – redete nur zu gern. Allem Anschein nach waren sie noch nicht lange verheiratet. Ihr Mann hatte Aussicht, bald in den Besitz eines Vermögens zu kommen. Aber im Augenblick waren sie sehr schlecht dran. Ja, sie lebten von ihrem kleinen Einkommen. Diese Geschichte ist nicht neu. Sie bedauerte es sehr, daß sie ihr Kapital nicht anrühren konnte. Anscheinend hatte irgend jemand irgendwo etwas Verstand gehabt! Aber ich bekam heraus, daß sie das Geld jemandem testamentarisch vermachen konnte. Und sie und ihr Mann hatten gleich nach der Hochzeit jeder ein Testament zugunsten des anderen gemacht. Sehr rührend. Natürlich, wenn Jacks Angelegenheit in Ordnung kam – das war der Refrain, den man den ganzen Tag hörte, und inzwischen waren sie so arm wie eine Kirchenmaus, hatten sogar ein Zimmer im obersten Stockwerk, wo die Dienstboten alle schliefen. Wie gefährlich, falls ein Feuer ausbrach! Obgleich zufälligerweise gerade hinter ihrem Fenster eine Feuertreppe hinabführte. Ich erkundigte mich vorsichtig danach, ob auch ein Balkon vorhanden sei – sehr gefährlich, so ein Balkon. Ein Stoß genügt!

Ich nahm ihr das Versprechen ab, nicht auf den Balkon zu treten, unter dem Vorwand, daß ich einen Traum gehabt hätte. Das machte einen tiefen Eindruck auf sie. Manchmal kann man sehr viel durch Aberglauben erreichen. Sie war ein blonder Typ mit käsiger Gesichtsfarbe und einer unordentlichen

Haarrolle im Nacken. Sehr leichtgläubig. Sie erzählte, was ich ihr gesagt hatte, ihrem Mann wieder, und es fiel mir auf, daß er mich ein paarmal recht merkwürdig anschaute. Er war nicht leichtgläubig, und er wußte, daß ich auch in der Elektrischen gewesen war.

Aber ich war in Sorge, in schrecklicher Sorge, weil ich nicht wußte, wie ich ihn an der Ausführung seines Planes hindern konnte. Für den Augenblick wäre es mir natürlich möglich gewesen. Ich hätte ihm nur mit ein paar Worten anzudeuten brauchen, daß ich Verdacht gegen ihn geschöpft hätte. Aber dann hätte er seinen Plan einfach auf später verschoben. Nein, ich gelangte allmählich zu der Überzeugung, daß nur ein kühner Schritt sie retten konnte. Man mußte ihm eine Falle stellen. Wenn man ihn dazu bringen konnte, einen Anschlag auf ihr Leben zu machen nach einem von mir entworfenen Plan – nun, dann vermochte man ihn zu entlarven, und sie war gezwungen, der Wahrheit ins Augen zu sehen, wie schwer der Schock auch für sie sein mochte."

„Ich bin sprachlos", erklärte Dr. Lloyd. „Was für einen Plan hätten Sie da bloß in Anwendung gebracht?"

„Keine Angst, ich hätte schon einen gefunden", erwiderte Miss Marple. „Aber der Mann war zu schlau für mich. Er wartete nicht. Wahrscheinlich ahnte er, daß ich mißtrauisch war. Also schlug er zu, bevor ich sicher sein konnte. Er wußte, daß ich bei einem Unfall Verdacht schöpfen würde. So machte er einen Mord daraus."

Alle im Kreise schnappten nach Luft. Miss Marple nickte und fuhr mit grimmiger Miene fort: „Ich befürchte, ich bin ein wenig unvermittelt damit herausgeplatzt, und ich will versuchen, Ihnen der Reihe nach alles zu erzählen. Stets verspüre ich eine gewisse Bitterkeit, es will mir scheinen, als hätte ich es irgendwie verhindern sollen. Aber das Schicksal hat es vielleicht nicht anders gewollt. Auf jeden Fall habe ich getan, was in meinen Kräften stand.

Es lag ein seltsam unheimliches Gefühl in der Luft. Etwas schien auf uns allen zu lasten. Eine Ahnung von nahem Unheil. Zunächst war da einmal die Geschichte mit George, dem Portier. Er war jahrelang dort gewesen und kannte jeden. Dann bekam er Bronchitis und eine Lungenentzündung und starb am vierten Tage. Schrecklich traurig. Ein wirklicher Schlag für alle. Noch dazu vier Tage vor Weihnachten! Dann bekam eines der Hausmädchen – ein so nettes Geschöpf – eine Blutvergiftung am Finger und starb tatsächlich innerhalb von vierundzwanzig Stunden.

Ich war gerade mit Miss Trollope und der alten Mrs. Carpenter im Salon, und Mrs. Carpenter war geradezu dämonisch. Sie schien sich regelrecht daran zu weiden.

‚Hören Sie auf mich', sagte sie. ‚Dies ist noch nicht das Ende. Sie kennen doch das Sprichwort? Aller guten Dinge sind drei. Das habe ich immer wieder erlebt. Wir werden noch einen Todesfall haben. Ganz ohne Zweifel. Und wir brauchen nicht lange zu warten. Aller guten Dinge sind drei.'

Bei diesen Worten, die sie, mit dem Kopf nickend, beim Geklapper ihrer Stricknadeln hervorbrachte, blickte ich zufällig auf, und da stand Mr. Sanders im Türrahmen. Einen Augenblick lang war er nicht auf der Hut, und ich sah die nackte Wahrheit in seinen Augen. Bis zu meiner letzten Stunde glaube ich, daß es die Worte dieser gräßlichen Mrs. Carpenter waren, die den Plan bei ihm auslösten. Ich vermochte ganz deutlich zu sehen, mit welchen Gedanken er sich trug.

In seiner genialen Art lächelnd, trat er ins Zimmer.

‚Kann ich für die Damen irgendwelche Weihnachtseinkäufe erledigen?' fragte er. ‚Ich gehe nämlich gleich nach Keston.'

Lachend und schwatzend blieb er noch eine Weile und ging dann hinaus. Voller Unruhe fragte ich sofort: ‚Wo ist Mrs. Sanders eigentlich? Weiß es jemand?'

Miss Trollope erwiderte, sie sei zu ihren Freunden, den Mortimers, gegangen, um Bridge zu spielen, und das beruhigte mich im Augenblick ein wenig. Aber ich war immer noch sehr besorgt und unschlüssig, ob ich etwas unternehmen sollte. Eine halbe Stunde später ging ich auf mein Zimmer. Auf der Treppe begegnete ich meinem Arzt, Dr. Coles, und da ich ihn sowieso wegen meines Rheumatismus um Rat fragen wollte, nahm ich ihn mit in mein Zimmer. Dort erwähnte er mir gegenüber (im Vertrauen, sagte er) den Tod des armen Hausmädchens Mary. Der Leiter wünsche nicht, daß es sich herumspräche, sagte er, und ich solle es daher für mich behalten. Natürlich erwähnte ich nicht, daß wir alle während der letzten

Stunde – von dem Augenblick an, als das arme Mädchen seinen letzten Atemzug getan hatte – von nichts anderem mehr geredet hatten. So etwas ist doch immer gleich bekannt, und ein Mann von seiner Erfahrung hätte das wissen müssen. Aber Dr. Coles war von jeher ein schlichter, naiver Mann, der glaubte, was er glauben wollte, und gerade das beunruhigte mich eine Sekunde später. Als er sich verabschiedete, erwähnte er, daß Sanders ihn gebeten habe, sich seine Frau anzusehen, da sie sich nicht recht wohl fühle – Verdauungsstörungen und dergleichen.

Und am selben Tage hatte mir Gladys Sanders selber erzählt, daß sie eine wunderbare Verdauung habe, wofür sie sehr dankbar sei.

Sehen Sie? Mein ganzer Verdacht gegen diesen Mann kehrte hundertfach zurück. Er traf Vorbereitungen – aber wofür? Dr. Coles war gegangen, ehe ich mich entschließen konnte, ob ich mit ihm reden sollte oder nicht. Und ich hätte auch nicht recht gewußt, wie ich mich ausdrücken sollte. Als ich aus meinem Zimmer trat, kam Sanders selbst die Treppe vom nächsten Stockwerk herunter. Er war für die Straße gekleidet und fragte mich abermals, ob er mir in der Stadt etwas besorgen könne. Ich mußte mich sehr beherrschen, um nicht unhöflich zu ihm zu sein! Dann ging ich in die Diele und bestellte mir Tee. Es ging schon auf halb sechs zu, wie ich mich entsinne.

Um Viertel vor sieben, als Mr. Sanders hereinkam, war ich immer noch in der Diele. Er hatte zwei Herren bei sich, und alle drei waren in ziemlich gehobener Stimmung. Mr. Sanders ließ seine beiden Freunde stehen und kam sofort zu dem Tisch, an dem ich mit Miss Trollope saß. Er bat uns um Rat wegen eines Weihnachtsgeschenkes, das er seiner Frau geben wollte. Es war eine Abendhandtasche.

‚Meine Damen', erklärte er, ‚ich bin nur ein rauher Seemann. Was weiß ich schon von diesen Dingen? Ich habe mir drei zur Auswahl schicken lassen und wäre Ihnen für Ihren sachkundigen Rat sehr dankbar.'

Wir versicherten ihm natürlich, daß es uns ein Vergnügen sein werde, und er fragte uns, ob es uns etwas ausmache, mit ihm nach oben zu gehen, da seine Frau jede Minute kommen könne und dann die Taschen sehen würde, wenn er sie herunterbrächte. Also gingen wir mit ihm hinauf. Niemals werde ich die nächsten Minuten vergessen. Mich überläuft jetzt noch bei der Vorstellung eine Gänsehaut.

Mr. Sanders öffnete die Tür zum Schlafzimmer und drehte das Licht an. Ich weiß nicht, wer von uns sie zuerst sah ...

Mrs. Sanders lag mit dem Gesicht nach unten auf dem Boden – tot.

Ich war zuerst bei ihr. Ich kniete nieder, nahm ihre Hand und fühlte nach dem Puls, aber es war sinnlos, denn der Arm war schon kalt und steif. Unmittelbar neben ihrem Kopf lag ein mit Sand gefüllter Strumpf – die Waffe, mit der sie niedergeschlagen worden war. Miss Trollope, dieses törichte Geschöpf, stand an der Tür und jammerte zum Steinerweichen. Mit dem Schrei: ‚Meine Frau, meine Frau!' stürzte Mr. Sanders an ihre Seite. Ich hinderte ihn daran, sie zu berühren; denn ich war überzeugt, daß er der Täter war, und glaubte, er wolle vielleicht etwas fortnehmen und verstecken.

‚Es darf nichts angerührt werden', erklärte ich. ‚Reißen Sie sich zusammen, Mr. Sanders. Miss Trollope, bitte gehen Sie nach unten und holen Sie den Geschäftsführer.'

Ich selbst verharrte kniend bei der Leiche, da ich keine Absicht hatte, Sanders mit ihr allein zu lassen. Allerdings mußte ich zugeben, daß der Mann ein wunderbarer Schauspieler war. Er schien bestürzt, verwirrt und über alle Maßen verängstigt.

Sehr bald erschien der Geschäftsführer. Er unterwarf den Raum einer raschen Inspektion, dann drängte er uns alle hinaus, schloß die Tür ab und nahm den Schlüssel mit, als er fortging, um die Polizei anzurufen. Es schien eine Ewigkeit zu dauern, bis sie kam (später erfuhren wir, daß die Leitung nicht in Ordnung war). Der Geschäftsführer mußte jemanden zum Hauptposten schicken, und das Kurhotel liegt ziemlich weit von der Stadt entfernt, fast am Rande des Moores. Inzwischen fiel Mrs. Carpenter uns allen sehr auf die Nerven. Sie war so zufrieden, daß ihre Prophezeiung sich so schnell erfüllt hatte. Sanders lief stöhnend und händeringend in den Garten hinaus, und in seinen Zügen malte sich tiefster Kummer ab.

Endlich kam die Polizei. Mit dem Geschäftsführer und Mr. Sanders gingen sie nach oben, und später ließen sie mich

holen. Als ich kam, saß der Inspektor an einem Tisch und schrieb. Er sah intelligent aus und war mir sehr sympathisch.

‚Miss Jane Marple?' fragte er.

‚Ja.'

‚Wie ich höre, gnädige Frau, waren Sie zugegen, als die Leiche gefunden wurde.'

Ich bestätigte das und schilderte genau, was vorgefallen war. Ich glaube, der arme Mann war sichtlich erleichtert, daß er jemanden gefunden hatte, der seine Fragen zusammenhängend beantworten konnte, nachdem er sich vorher mit Sanders und Emily Trollope abgequält hatte. Wie ich hörte, war Emily Trollope ja vollständig aus den Fugen geraten – was auch nicht anders zu erwarten war von diesem törichten Geschöpf! Meine liebe Mutter hat mir immer eingeschärft, daß eine Dame sich stets in der Öffentlichkeit zusammennehmen müsse, wie sehr sie sich auch in ihren eigenen vier Wänden gehenlassen mochte."

„Ein bewundernswerter Grundsatz", bemerkte Sir Henry mit ernster Miene.

„Als ich mit meiner Schilderung zu Ende war, sagte der Inspektor zu mir: ‚Vielen Dank, gnädige Frau. Nun muß ich Sie leider bemühen, sich die Leiche noch einmal anzusehen. Hat sie genauso gelegen, als Sie das Zimmer betraten? Ist sie von niemandem berührt worden?'

Ich erklärte ihm, daß ich Mr. Sanders daran gehindert hätte, und der Inspektor nickte beifällig.

‚Der Herr scheint furchtbar erregt zu sein', bemerkte er.

‚Das scheint er wohl – ja', erwiderte ich.

Ich glaube nicht, daß ich das Wort ‚scheint' besonders betont habe. Dennoch warf mir der Inspektor einen ziemlich scharfen Blick zu.

‚Wir können also annehmen, daß sich die Leiche in genau derselben Stellung befindet wie am Anfang, wie?' fragte er.

‚Ja, abgesehen von dem Hut', entgegnete ich.

Der Inspektor blickte mich erstaunt an.

‚Was ist mit dem Hut?'

Ich setzte ihm auseinander, daß die arme Gladys den Hut zuerst auf dem Kopf gehabt habe, während er jetzt neben ihr liege, und ich sprach die Vermutung aus, daß die Polizei ihn wohl entfernt habe. Doch der Inspektor leugnete dies ganz entschieden ab. Nichts sei bisher angerührt oder bewegt worden. Mit gerunzelter Stirn blickte er auf die arme, hingestreckte Gestalt hinab. Gladys trug Straßenkleidung – einen weiten dunkelroten Tweedmantel mit grauem Pelzkragen. Der Hut, ein billiges Stück aus rotem Filz, lag gerade neben ihrem Kopf.

Eine Weile stand der Inspektor grübelnd da. Dann kam ihm plötzlich ein Gedanke.

‚Können Sie sich ganz zufällig daran erinnern, gnädige Frau, ob die Verstorbene gewöhnlich Ohrringe trug?'

Nun habe ich, Gott sei Dank, eine ziemlich gute Beobachtungsgabe, und ich entsann mich sofort, daß ich gerade unter dem Hutrand einen Schimmer von Perlen gesehen hatte, obgleich ich in dem Augenblick keine besondere Notiz davon genommen hatte. Seine Frage konnte ich also bejahen.

‚Dann ist die Sache ja klar', meinte er. ‚Der Schmuckkasten der Dame ist geplündert worden – nicht, daß sie etwas Wertvolles besaß, soviel ich unterrichtet bin –, und die Ringe hat man ihr von den Fingern gezogen. Der Mörder muß also die Ohrringe vergessen und sie geholt haben, nachdem der Mord entdeckt war. Ein hartgesottener Bursche! Oder vielleicht ...'

Bei diesen Worten starrte er im Zimmer umher und sagte langsam: ‚Vielleicht hatte er sich im Zimmer versteckt und war die ganze Zeit über hier.'

Doch ich verwarf die Idee. Ich selbst, erklärte ich ihm, hätte unter das Bett geguckt, und der Geschäftsführer habe die Türen des Kleiderschrankes geöffnet. Und sonst gebe es keine Versteckplätze im Zimmer, wo ein Mann sich verbergen könne. Allerdings sei das Hutfach mitten im Kleiderschrank verschlossen gewesen, aber da es nicht sehr tief und außerdem mit Regalen versehen sei, habe sich kein Mann darin verstekken können.

Der Inspektor nickte langsam, während ich dies alles erklärte.

‚Ich glaube es Ihnen, gnädige Frau. Dann muß er eben, wie ich schon sagte, noch einmal zurückgekommen sein. Ein wirklich abgebrühter Geselle.'

‚Aber der Geschäftsführer hat doch die Tür abgeschlossen und den Schlüssel mitgenommen!'

‚Das hat nichts zu sagen. Der Dieb hat den Balkon und die Feuertreppe benutzt. Wahrscheinlich haben Sie ihn sogar bei der Arbeit gestört. Da ist er einfach zum Fenster hinausgeschlüpft und, als Sie alle fort waren, wieder zurückgekehrt, um mit seiner Arbeit fortzufahren.‘

‚Sind Sie sicher‘, fragte ich, ‚daß es ein Dieb war?‘

Er erwiderte ziemlich trocken: ‚Na, es sieht ganz danach aus, nicht wahr?‘

Aber etwas in seinem Ton gab mir eine gewisse Befriedigung. Ich hatte das Gefühl, daß er Mr. Sanders in seiner Rolle als trauernder Witwer nicht allzu ernst nehmen würde.

Ich gab unumwunden zu, daß ich ganz in dieser fixen Idee aufging. Daß dieser Sanders seine Frau umbringen wollte, stand für mich durchaus fest. Was ich jedoch nicht mit einkalkuliert hatte, war dieses seltsame und phantastische Etwas, das man als Koinzidenz bezeichnet. Meine Ansichten über Mr. Sanders – davon war ich überzeugt – waren absolut richtig und wahr. Der Mann war ein Schurke. Aber obgleich sein geheuchelter Kummer mich nicht für eine Sekunde täuschte, so hatte ich doch empfunden, als wir zuerst ins Zimmer traten, daß seine Überraschung und Verwirrung außerordentlich echt schienen – absolut natürlich. Ich muß gestehen, daß mich nach meiner Unterhaltung mit dem Inspektor ein seltsamer Zweifel beschlich. Denn wenn Sanders diese furchtbare Tat begangen hatte, konnte ich mir keinen stichhaltigen Grund vorstellen, warum er sich über die Feuertreppe zurückschleichen sollte, um seiner Frau die Ohrringe fortzunehmen. Das wäre durchaus nicht klug gewesen, und Sanders war ein sehr kluger Mann. Darum hielt ich ihn gerade für so gefährlich.“

Miss Marple blickte sich im Kreise ihrer Zuhörer um.

„Sie wissen vielleicht schon, worauf ich hinauswill. In dieser Welt geschieht so oft das, was man am wenigsten erwartet. Ich war eben so sicher, und das hatte mich wohl so blind gemacht. Das Resultat war für mich ein großer Schock. Denn es wurde einwandfrei bewiesen, daß Mr. Sanders unter keinen Umständen das Verbrechen begangen haben konnte . . .“

Ein Laut der Überraschung kam von Mrs. Bantrys Lippen.

Miss Marple wandte sich ihr zu.

„Ich weiß, meine Liebe, das haben Sie nach dem Anfang

meiner Geschichte nicht erwartet. Auch ich hatte es nicht erwartet. Aber an den Tatsachen läßt sich nicht rütteln, und wenn die Beweise ergeben, daß man unrecht hat, muß man sich bescheiden und wieder von vorn anfangen. Daß Mr. Sanders im Grunde genommen ein Mörder war, wußte ich. Von dieser Überzeugung ließ ich mich durch nichts abbringen.

Und nun möchten Sie wohl gern hören, wie sich alles zugetragen hat. Wie Sie bereits wissen, verbrachte Mrs. Sanders den Nachmittag bei ihren Freunden, den Mortimers, wo sie Bridge spielte. Um Viertel nach sechs etwa ging sie von dort weg. Von dem Hause ihrer Freunde bis zum Kurhotel brauchte man ungefähr eine Viertelstunde – oder noch weniger, wenn man sich beeilte. Sie mußte also um halb sieben zurückgekehrt sein. Da niemand sie hereinkommen sah, ist anzunehmen, daß sie die Seitentür benutzt hat und geradewegs auf ihr Zimmer geeilt ist. Sie hat sich dann wohl umgezogen (die Sachen, die sie nachmittags getragen hatte – der rehfarbene Mantel und Rock – hingen im Schrank) und war offenbar auf dem Sprunge, wieder auszugehen, als das Unglück sich ereignete. Wahrscheinlich, so sagt man, hat sie gar nicht gemerkt, wer sie niedergeschlagen hat. Der Sandsack soll ja eine sehr wirksame Waffe sein. Demnach muß der Angreifer im Zimmer verborgen gewesen sein, möglicherweise in dem anderen Schrank, den sie nicht geöffnet hatte.

Nun zu Mr. Sanders. Er ging, wie gesagt, gegen halb sechs aus – oder ein wenig später. Dann besuchte er verschiedene Läden und betrat gegen sechs Uhr das Grand-Spa-Hotel, wo er zwei Freunde traf, dieselben, mit denen er später zum Kurhotel zurückkehrte. Sie spielten zusammen Billard und tranken manches Glas Whisky dabei. Diese beiden Männer waren tatsächlich die ganze Zeit von sechs Uhr an mit ihm zusammen. Sie begleiteten ihn zum Hotel, und er verließ sie erst, als er zu mir und Miss Trollope an den Tisch kam. Das war etwa um Viertel vor sieben, wie ich schon erwähnte, um welche Zeit seine Frau schon tot gewesen sein muß.

Ich muß Ihnen sagen, daß ich selbst mit diesen beiden Freunden gesprochen habe. Ich mochte sie nicht leiden. Sie waren weder angenehm noch gebildet. Doch über eines war ich mir klar: sie sprachen die volle Wahrheit, als sie sagten,

Mr. Sanders sei während der gesamten Zeit in ihrer Gesellschaft gewesen.

Eine Kleinigkeit ist vielleicht noch zu erwähnen. Während des Bridgespiels wurde Mrs. Sanders offenbar ans Telefon gerufen. Ein Mr. Littleworth wollte sie sprechen. Hinterher schien sie freudig erregt zu sein und machte, nebenbei bemerkt, ein paar schlimme Spielfehler. Sie brach bedeutend früher auf, als ihre Freunde erwartet hatten.

Mr. Sanders wurde gefragt, ob ihm der Name Littleworth bekannt sei und ob dieser Mann zu den Freunden seiner Frau zähle, aber er erklärte, er habe den Namen noch nie gehört. Und das schien mir durch das Verhalten seiner Frau bestätigt. Ihr bedeutete der Name Littleworth anscheinend zuerst auch nichts. Dennoch kam sie lächelnd und errötend vom Telefon zurück. Daraus muß man schließen, daß der Betreffende nicht seinen richtigen Namen genannt hat, und das erweckt an sich schon ein gewisses Mißtrauen, nicht wahr?

Jedenfalls war dies das Problem, das sich uns präsentierte: die Einbrechergeschichte, die ziemlich wahrscheinlich war – oder aber die Theorie, daß Mrs. Sanders im Begriff stand, auszugehen, um sich mit jemandem zu treffen. Ist dieser Jemand über die Feuertreppe in ihr Zimmer gekommen? Hat es einen Streit gegeben? Oder hat er sie aus dem Hinterhalt überfallen?"

Miss Marple hielt inne.

„Nun?" meinte Sir Henry. „Wie lautet die Antwort?"

„Ob einer unter Ihnen sie wohl erraten kann?"

„Ich kann nicht gut raten", erklärte Mrs. Bantry. „Es ist schade, daß Sanders ein so tadelloses Alibi hatte. Aber wenn es Ihnen genügte, muß es schon in Ordnung gewesen sein."

Jane Helier bewegte ihr schönes Haupt und stellte eine Frage: „Warum war das Hutfach verschlossen?"

„Eine sehr kluge Frage, meine Liebe", antwortete Miss Marple strahlend. „Darüber habe ich mich auch im stillen gewundert. Allerdings war die Erklärung ganz einfach. Es enthielt ein Paar handgearbeitete Pantoffeln und einige Taschentücher, die die junge Frau für ihren Mann zu Weihnachten gestickt hatte. Darum hatte sie das Fach abgeschlossen. Den Schlüssel fand man in ihrer Handtasche."

„Oh!“ meinte Jane. „Dann ist es doch nicht so interessant.“

„O ja, aber sehr“, erwiderte Miss Marple. „Es ist das einzig wirklich Interessante an der Sache, das einzige, das die Pläne des Mörders vereitelte.“

Jeder starrte die alte Dame an.

„Ich selbst habe es zwei Tage lang nicht erkannt“, sagte Miss Marple. „Ich zerbrach mir immer und immer wieder den Kopf, und dann auf einmal kam die Erleuchtung über mich. Ich ging sofort zum Inspektor und bat ihn, etwas auszuprobieren, was er dann auch tat.“

„Worum haben Sie ihn gebeten?“

„Ich bat ihn, der armen Frau den Hut aufzusetzen – und das ging nicht. Der Hut paßte nicht. Es war nämlich nicht ihr Hut.“

Mrs. Bantry rief ganz erstaunt: „Aber er saß doch zuerst auf ihrem Kopf.“

„Nicht auf ihrem Kopf ...“

Miss Marple hielt einen Augenblick inne, um ihren Worten Gewicht zu verleihen, und fuhr dann fort: „Wir nahmen es als selbstverständlich an, daß es sich um die Leiche der armen Gladys handelte. Aber wir haben uns nie das Gesicht angesehen. Wie Sie sich erinnern, lag sie mit dem Gesicht nach unten, und der Hut verdeckte alles.“

„Aber sie wurde doch getötet?“

„Ja, später. In dem Augenblick, als wir die Polizei anriefen, war Gladys noch quicklebendig.“

„Meinen Sie etwa, es war jemand anders, die vorgab, Gladys zu sein? Aber als Sie sie anfaßten ...“

„Es war eine Leiche. Darüber besteht nicht der geringste Zweifel“, sagte Miss Marple ernst.

„Aber zum Kuckuck noch mal“, mischte sich Oberst Bantry ein, „Leichen fallen einem doch nicht einfach so in den Schoß. Was hat man denn nachher mit der ersten Leiche gemacht?“

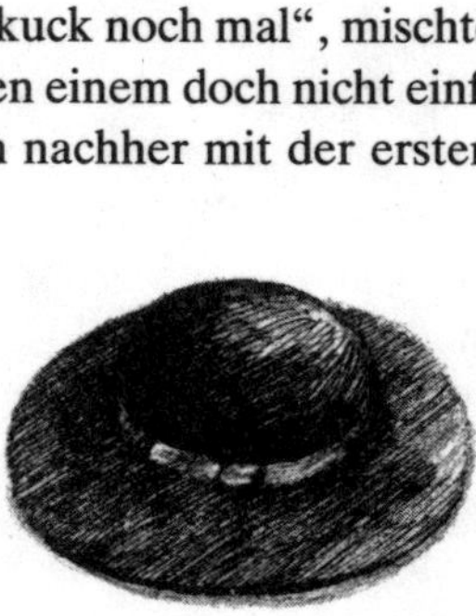

„Mr. Sanders hat sie zurückgetragen“, erwiderte Miss Marple. „Es war ein böser, aber sehr kluger Plan. Unsere Unterhaltung im Salon hat ihn darauf gebracht. Die Leiche des armen Hausmädchens Mary – warum sollte er sie nicht gebrauchen? Sie müssen bedenken, daß das Zimmer der Sanders' oben im Dienstbotenflügel lag. Marys Zimmer befand sich nur zwei Türen weiter, und der Leichenbestatter würde erst später am Abend kommen. Damit rechnete Mr. Sanders. Er trug also die Leiche über den Balkon (um fünf Uhr war es schon dunkel), zog ihr ein Kleid seiner Frau und ihren weiten roten Mantel an. Und dann entdeckte er, daß das Hutfach abgeschlossen war! Was tun? Es blieb ihm nichts anderes übrig, als einen Hut des Mädchens zu holen. Das würde niemandem auffallen. Er legte den Sandsack neben sie auf den Boden und ging dann fort, um sich ein Alibi zu beschaffen.

Unter dem Namen Littleworth telefonierte er mit seiner Frau. Ich weiß nicht, was er ihr erzählt hat. Aber sie war eine leichtgläubige Frau, wie ich vorhin schon sagte. Auf alle Fälle veranlaßte er sie dazu, das Bridgespiel früher abzubrechen und nicht ins Kurhotel zurückzukehren. Er verabredete sich mit ihr im Park des Hotels, nahe an der Feuertreppe, um sieben Uhr. Wahrscheinlich hat er ihr eine Überraschung in Aussicht gestellt.

Er selbst kehrte mit seinen Freunden ins Hotel zurück und richtete es so ein, daß Miss Trollope und ich gemeinsam mit ihm die Leiche entdeckten. Er tat sogar so, als wolle er die Leiche umdrehen. Und ich hielt ihn ausgerechnet davon zurück! Dann schickte man nach der Polizei, und er taumelte in den Park hinaus.

Es hatte ihn natürlich niemand gefragt, wo er sich nach dem Verbrechen aufgehalten habe. Er traf sich mit seiner Frau, ging mit ihr die Feuertreppe hinauf, und sie betraten das Zimmer. Vielleicht hatte er ihr gegenüber schon etwas von der Leiche erwähnt. Sie beugte sich über die am Boden liegende Gestalt, und er nahm den Sandsack und schlug zu ... Mein Gott, es macht mich jetzt noch ganz krank, wenn ich nur daran denke! Dann zog er ihr rasch den Mantel und den Rock aus, hängte die Sachen in den Schrank und zog ihr die Sachen der anderen Leiche an.

Doch der Hut wollte nicht passen. Mary hatte kurzgeschnittenes Haar und Gladys Sanders eine dicke Haarrolle. Er war gezwungen, ihn neben die Leiche zu legen, und hoffte, daß niemand es bemerken würde. Dann trug er die Leiche der armen Mary in ihr Zimmer zurück und legte sie wieder schicklich auf das Bett."

„Es erscheint unglaublich", bemerkte Dr. Lloyd. „Dieses Risiko, das er auf sich nahm. Die Polizei hätte ja bloß zu früh einzutreffen brauchen."

„Sie müssen bedenken, daß die Leitung nicht in Ordnung war", erinnerte ihn Miss Marple. „Dafür war er natürlich verantwortlich. Er konnte es sich nicht leisten, daß die Polizei zu früh erschien. Als sie dann endlich kam, brachte sie noch eine Weile im Büro des Geschäftsführers zu. Die größte Gefahr bestand darin, daß jemand merken würde, daß Gladys erst vor einer halben Stunde das Zeitliche gesegnet hatte. Aber er verließ sich darauf, daß die Leute, die das Verbrechen zuerst entdeckten, keine Fachkenntnisse auf diesem Gebiet hatten."

Dr. Lloyd nickte.

„Man nahm wahrscheinlich an, daß das Verbrechen gegen Viertel vor sieben begangen worden sei", meinte er. „In Wirklichkeit geschah es um sieben oder ein paar Minuten nach sieben. Frühestens um halb acht hat dann der Polizeiarzt die Leiche untersucht. Da konnte er es unmöglich merken."

„Aber ich bin diejenige, die es hätte merken sollen", erwiderte Miss Marple. „Ich habe die Hand der armen Frau angefaßt, und sie war eiskalt. Und kurz darauf sprach der Inspektor davon, daß der Mord gerade vor unserer Ankunft begangen worden sein müsse – und ich habe nichts bemerkt!"

„Meiner Ansicht nach haben Sie sehr viel bemerkt, Miss Marple", sagte Sir Henry. „Es muß vor meiner Zeit passiert sein. Ich kann mich überhaupt nicht entsinnen, daß ich je davon gehört habe. Was geschah dann?"

„Sanders wurde gehängt", sagte Miss Marple lebhaft. „Und das geschah ihm recht. Ich habe es niemals bereut, daß ich dazu beigetragen habe, diesen Mann vor den Richter zu bringen. Ich halte nicht viel von diesen modernen Humanitariern, die die Todesstrafe abschaffen wollen."

Ihre strengen Züge wurden weicher.

„Aber ich habe mir oft bittere Vorwürfe gemacht, daß ich es versäumte, dieser armen Frau das Leben zu retten. Würde sie aber auf mich gehört haben? Wahrscheinlich hätte sie meine Warnungen für die Hirngespinste einer alten Frau gehalten. Wer weiß? Vielleicht war es auch besser für sie zu sterben, während ihr Leben noch glücklich war, als unglücklich und ernüchtert in einer Welt weiterzuleben, die ihr plötzlich entsetzlich hätte erscheinen müssen. Sie liebte diesen Schurken und vertraute ihm. Sie hat ihn nie durchschaut."

„Nun", meinte Jane Helier, „dann war ja alles in Ordnung. In bester Ordnung. Ich wollte . . ." Sie brach ab.

Miss Marple blickte auf die berühmte, die schöne, die erfolgreiche Jane Helier und nickte sanft mit dem Kopf.

„Ich verstehe, liebes Kind", sagte sie sehr leise. „Ich verstehe."

Das Todeskraut

„Jetzt ist die Reihe an Ihnen, Mrs. B.“, sagte Sir Henry Clithering aufmunternd.

Mrs. Bantry, seine Gastgeberin, maß ihn mit einem kühlen, tadelnden Blick.

„Ich habe Ihnen bereits gesagt, daß ich *nicht* Mrs. B. genannt werden möchte. Es gehört sich nicht.“

„Dann Scheherezade.“

„Noch weniger bin ich Sche ... Wie heißt sie schon? Ich kann nie eine Geschichte richtig erzählen. Fragen Sie Arthur, wenn Sie mir nicht glauben wollen.“

„Tatsachen kannst du ganz gut schildern, Dolly“, meinte Oberst Bantry, „aber es hapert etwas mit der Ausschmükkung.“

„Das ist es ja gerade“, sagte Mrs. Bantry. „Ich habe Ihnen allen zugehört und weiß nicht, wie Sie es fertigbringen. Ich kann's einfach nicht. Und außerdem habe ich auch gar keinen Stoff für eine Erzählung.“

„Das können wir Ihnen nicht so ohne weiteres glauben, Mrs. Bantry“, erklärte Dr. Lloyd und schüttelte sein graues Haupt in scherzhaftem Zweifel.

Mit sanfter Stimme mischte sich nun auch die alte Miss Marple ein. „Sie werden doch sicherlich irgend etwas erlebt haben, meine Liebe.“

Mrs. Bantry blieb hartnäckig.

„Sie haben keine Vorstellung, wie banal mein Leben ist. Alles dreht sich um Dienstboten und um die Schwierigkeit, ein Küchenmädchen zu bekommen. Man fährt höchstens einmal nach London zum Zahnarzt oder um Kleider zu kaufen, und auch nach Ascot, das Arthur nicht ausstehen kann. Und dann habe ich natürlich meinen Garten ...“

„Aha!“ bemerkte Dr. Lloyd. „Der Garten. Wir alle wissen, woran Ihr Herz hängt, Mrs. Bantry.“

„Es muß wunderbar sein, einen Garten zu haben“, meinte Jane Helier, die schöne junge Schauspielerin. „Das heißt, wenn man nicht zu graben oder sich die Hände schmutzig zu machen braucht. Ich schätze Blumen ja so sehr.“

„Der Garten!“ rief Sir Henry. „Könnten wir den nicht als

Ausgangspunkt nehmen? Raffen Sie sich auf, Mrs. B., und erzählen Sie uns von den giftigen Blumenknollen, den verderbenbringenden Narzissen, dem Todeskraut!“

„Merkwürdig, daß Sie das gerade erwähnen“, sagte Mrs. Bantry. „Dadurch haben Sie mich auf etwas gebracht. Arthur, erinnerst du dich noch an Clodderham Court? An den alten Sir Ambrose Bercy, den wir für einen so höflichen, charmanten alten Herrn hielten?“

„Aber natürlich! Ja, das war eine merkwürdige Geschichte. Nun, da hast du ja etwas zu erzählen, Dolly.“

„Mir wäre es lieber, du würdest es tun.“

„Unsinn! Selbst ist der Mann. Fang nur an. Und heutzutage auch die Frau. Ich habe bereits meine Pflicht getan.“

Mrs. Bantry holte tief Atem. Sie faltete die Hände und blickte ganz verängstigt drein. Dann begann sie rasch und fließend zu sprechen.

„Nun, es gibt eigentlich nicht viel zu erzählen. Das Wort ‚Todeskraut‘ hat mir die Sache wieder ins Gedächtnis zurückgerufen, obgleich es bei mir den Namen ‚Salbei und Zwiebeln‘ führt.“

„Salbei und Zwiebeln?“ fragte Dr. Lloyd erstaunt.

Mrs. Bantry nickte.

„Ich will Ihnen das näher erklären. Arthur und ich waren einmal bei Sir Ambrose Bercy auf Clodderham Court zu Besuch, und eines Tages wurden aus Versehen – ich fand diese Dummheit unerklärlich – Fingerhutblätter zusammen mit Salbeiblättern gepflückt. Die Enten, die wir zum Essen hatten, wurden damit gestopft, und alle waren wir nachher sehr krank. Ein armes Mädchen – Sir Ambroses Mündel – starb sogar.“

Sie hielt inne.

„Herrje“, sagte Miss Marple, „wie tragisch.“

„Nicht wahr?“

„Nun“, meinte Sir Henry, „und was geschah danach?“

„Nichts“, erwiderte Mrs. Bantry. „Das ist alles.“

Alle schnappten nach Luft. Obgleich sie im voraus gewarnt gewesen waren, hatten sie sich doch nicht auf eine derartige Kürze gefaßt gemacht.

„Aber, meine liebe gnädige Frau“, protestierte Sir Henry, „das kann doch nicht alles sein. Was Sie uns da erzählt haben, ist wohl ein tragisches Ereignis, aber in keinem Sinne des Wortes ein Problem.“

„Natürlich folgt noch etwas“, entgegnete Mrs. Bantry. „Aber wenn ich Ihnen das sagte, würden Sie sofort Bescheid wissen.“

Sie sah ihre Zuhörer herausfordernd an. „Ich habe Ihnen ja gleich gesagt, daß ich nicht verstehe, etwas so auszumalen, daß es sich wie eine richtige Geschichte anhört.“

„Aha!“ Sir Henry richtete sich in seinem Sessel auf und schob sein Monokel zurecht. „Wissen Sie, Scheherezade, das ist höchst erfrischend. Ein Appell an unsere Spitzfindigkeit. Ich möchte fast annehmen, daß Sie es mit Absicht so gemacht haben, um unsere Neugierde anzuregen. Ich glaube, ein paar lebhafte Quiz-Runden sind angezeigt. Miss Marple, wollen Sie anfangen?“

„Ich möchte etwas über die Köchin erfahren“, sagte Miss Marple. „Sie muß entweder eine sehr dumme oder eine äußerst unerfahrene Person gewesen sein.“

„Sie war einfach sehr dumm“, erwiderte Mrs. Bantry. „Nachher weinte sie sehr heftig und erklärte, die Blätter seien ihr als Salbei gebracht worden und wie hätte sie es wissen sollen.“

„Sie hätte sich selbst überzeugen können“, bemerkte Miss Marple. „Aber wahrscheinlich war es eine ältere Frau und eine sehr gute Köchin.“

„Oh, ausgezeichnet!“ bestätigte Mrs. Bantry.

„Sie sind an der Reihe, Miss Helier!“ rief Sir Henry.

„Sie meinen, ich soll eine Frage stellen?“ Es trat eine Pause ein, während Jane sich den Kopf zerbrach. Schließlich sagte sie hilflos: „Ich weiß wirklich nicht, was ich fragen soll.“

Ihre schönen Augen richteten sich flehend auf Sir Henry.

„Warum versuchen Sie es nicht mit den ‚dramatis personae‘?“ schlug er lächelnd vor.

Jane jedoch blickte immer noch ganz verdutzt drein.

„Die handelnden Personen des Dramas“, erklärte er sanft.

„O ja“, meinte Jane. „Das ist eine gute Idee.“

Mrs. Bantry begann lebhaft, die Leute an den Fingern aufzuzählen.

„Sir Ambrose – Sylvia Keene (das ist das Mädchen, das gestorben ist) – eine Freundin von ihr, Maud Wye, eines jener dunklen, häßlichen Mädchen, die irgendwie doch großen Eindruck machen; wie, das mag der liebe Himmel wissen. Ferner ein Mr. Curle, der gekommen war, um mit Sir Ambrose über Bücher zu reden – seltene Ausgaben, wissen Sie, merkwürdige alte Schmöker in lateinischer Sprache, muffige alte Pergamente. Ein Nachbar war auch noch da, Jerry Lorimer. Sein Besitz, Fairlies, grenzt an Sir Ambroses Gut. Schließlich wäre noch Mrs. Carpenter zu erwähnen, eine von diesen alten Spinatwachteln, die es stets fertigbringen, sich irgendwo behaglich einzunisten. Sie war so eine Art Gesellschafterin für Sylvia, denke ich mir.“

„Nun bin ich wohl dran“, meinte Sir Henry, „da ich neben Miss Helier sitze. Ich verlange ziemlich viel: Ich möchte Sie nämlich um eine kurze Beschreibung aller dieser Personen bitten, Mrs. Bantry.“

„Oh!“ Mrs. Bantry zögerte ein wenig.

„Beginnen Sie nur mit Ambrose“, ermunterte Sir Henry sie. „Was für ein Typ war er?“

„Er war ein sehr vornehmer alter Herr – eigentlich nicht so sehr alt, vermutlich nicht mehr als sechzig. Aber er hatte eine zarte Gesundheit, ein schwaches Herz; konnte keine Treppen steigen und mußte sich einen Fahrstuhl einbauen lassen. Das alles ließ ihn vielleicht älter erscheinen, als er war. Er hatte bezaubernde Manieren, war ein richtiger Gentleman. Man sah ihn niemals aufgebracht oder außer Fassung. Er hatte schönes weißes Haar und eine wohltuende Stimme.“

„Gut“, lobte Sir Henry. „Ich sehe Sir Ambrose direkt vor mir. Nun zu diesem Mädchen Sylvia – wie hieß sie doch noch?“

„Sylvia Keene. Sie war hübsch, wirklich sehr hübsch. Blondhaarig und mit einer wunderbaren Haut. Allerdings nicht gerade klug. Eigentlich sogar ziemlich dumm. Alles, was sie von sich gab, war recht seicht.“

„Das graziöseste Geschöpf, das ich je gesehen habe“, sagte Oberst Bantry voller Wärme. „Ich sehe sie noch Tennis spielen – charmant, einfach charmant! Und dazu so lustig. Ein höchst amüsantes kleines Ding. Und ihr reizendes Wesen. Ich wette, die jungen Burschen waren alle sehr von ihr begeistert.“

„Da bist du aber auf dem Holzweg“, erwiderte seine Frau. „Jugend an sich hat heutzutage keinen Reiz für junge Männer. Nur so alte Käuze wie du, Arthur, faseln so ein Zeug zusammen über junge Mädchen.“

„Und die Gesellschafterin, die Sie so schön mit Spinatwachtel titulierten?“ bemerkte Sir Henry.

„Oh, Adelaide Carpenter war ein rundliches, zuckersüßes Persönchen.“

„In welchem Alter?“

„So um die Vierzig herum. Sie war schon ziemlich lange dort, ich glaube, seit Sylvias elftem Lebensjahr. Eine sehr taktvolle Person. Eine jener unglücklich situierten Witwen, die viel aristokratische Verwandte, aber keinen Pfennig in der Tasche haben. Ich persönlich konnte sie nicht leiden. Aber ich habe noch nie Leute mit sehr langen weißen Händen gemocht. Und Spinatwachteln schon gar nicht!“

„Und was für ein Typ war Mr. Curle?“

„Ein älterer Mann mit gebückter Haltung. Er wurde erst lebhaft, wenn er von seinen muffigen Büchern redete; sonst war er sterbenslangweilig. Ich glaube nicht, daß Sir Ambrose ihn sehr gut kannte.“

„Und Jerry von nebenan?“

„Ein wirklich reizender junger Mann. Er war mit Sylvia verlobt. Das machte die Sache besonders traurig.“

„Ich möchte wohl wissen ...“, begann Miss Marple.

„Was?“

„Ach nichts, meine Liebe.“

Sir Henry warf der alten Dame einen merkwürdigen Blick zu. Dann sagte er nachdenklich: „Dieses junge Paar war also verlobt. Wie lange wohl schon?“

„Ungefähr ein Jahr. Sir Ambrose hatte sich der Verbindung widersetzt unter dem Vorwand, daß Sylvia zu jung sei. Aber nach einjähriger Verlobungszeit hatte er nachgegeben, und die Hochzeit hätte in Kürze stattfinden sollen.“

„Aha! War die junge Dame vermögend?“

„Durchaus nicht – ein Einkommen von ein- oder zweihundert Pfund im Jahr.“

„Nun kann der Doktor einmal eine Frage stellen“, schlug Sir Henry vor. „Ich habe genug geredet.“

„Meine Neugierde ist in erster Linie professionell“, erkärte Dr. Lloyd. „Ich möchte gerne wissen, wie der medizinische Befund bei der Leichenschau lautete . . . falls unsere Gastgeberin es überhaupt wissen oder sich noch daran erinnern sollte.“

„Ja, ich weiß es so ungefähr“, erwiderte Mrs. Bantry. „Vergiftung durch Digitalin – ist das richtig?“

Dr. Lloyd nickte.

„Der Hauptbestandteil des Fingerhuts – Digitalis – wirkt auf das Herz. Bei manchen Herzbeschwerden ist es sogar ein wertvolles Heilmittel. Im großen und ganzen ein recht merkwürdiger Fall. Ich hätte es nie für möglich gehalten, daß sich das Verspeisen zubereiteter Fingerhutblätter tödlich auswirken könnte. Die Vorstellungen, die die Menschen vom Essen giftiger Blätter und Beeren haben, sind sehr übertrieben. Die wenigsten sind sich darüber klar, daß das Gift, um seine volle Wirkung zu erlangen, durch einen sorgfältigen Prozeß extrahiert werden muß.“

„Jetzt müssen wir aber mit der Untersuchung des Verbrechens fortfahren“, drängte Sir Henry.

„Verbrechen?“ fragte Jane betroffen. „Ich dachte, es handle sich um einen unglücklichen Zufall.“

„Wenn es so wäre“, sagte Sir Henry sanft, „hätte Mrs. Bantry uns die Geschichte wohl nicht erzählt. Nein, wie ich sie deute, war es nur ein scheinbarer Unglücksfall, hinter dem etwas Unheimlicheres steckt. Irgend jemand hatte diese Fingerhutblätter absichtlich unter die Salbeiblätter gemischt. Da wir die Köchin freisprechen – und das tun wir doch, nicht wahr? –, erhebt sich die Frage: Wer hat die Blätter gepflückt und in der Küche abgeliefert?“

„Die Frage ist leicht zu beantworten“, erwiderte Mrs. Bantry. „Wenigstens der zweite Teil. Sylvia selbst hat die Blätter in die Küche gebracht. Es gehörte zu ihren täglichen Pflichten, Salate, Kräuter, junge Karotten und dergleichen aus dem Garten zu holen, weil die Gärtner das nie richtig besorgten. Und

in einer Ecke des Gartens wuchs roter Fingerhut tatsächlich mitten unter den Salbeipflanzen. Also handelte es sich um ein ganz natürliches Versehen."

„Hat aber Sylvia die Blätter tatsächlich selbst gepflückt?"

„Das hat niemand gewußt. Man nahm es nur an."

„Annahmen", sagte Sir Henry, „sind etwas sehr Gefährliches."

„Aber ich weiß ganz sicher, daß Mrs. Carpenter sie nicht gepflückt hat; denn sie ging zufällig an jenem Morgen mit mir auf der Terrasse auf und ab. Sylvia ging allein in den Garten, aber später sah ich sie Arm in Arm mit Maud Wye."

„Sie waren also eng befreundet?" fragte Miss Marple.

„Ja", erwiderte Mrs. Bantry. Sie schien noch etwas hinzufügen zu wollen, überlegte es sich dann aber anders.

„War sie schon lange dort zu Besuch?" erkundigte sich Miss Marple.

„Ungefähr vierzehn Tage", lautete die Antwort.

Mrs. Bantrys Stimme klang ein wenig bekümmert.

„Mochten Sie Miss Wye nicht leiden?“ fragte Sir Henry.

„Doch, sehr sogar. Das ist es ja gerade.“

In ihrer Stimme schwang jetzt eine schmerzvolle Note mit.

„Sie verheimlichen uns etwas, Mrs. Bantry“, beschuldigte sie Sir Henry.

„Ich habe mich vorhin im stillen gewundert“, sagte Miss Marple, „aber ich wollte es nicht sagen.“

„Wann war das?“

„Als Sie erwähnten, daß die jungen Leute verlobt gewesen seien und daß es daher besonders traurig sei. Aber Ihre Stimme klang dabei nicht sehr überzeugend.“

„Es ist ganz schrecklich mit Ihnen“, sagte Mrs. Bantry. „Sie durchschauen uns doch immer. Ja, ich habe allerdings an etwas gedacht, aber ich weiß wirklich nicht, ob ich es erwähnen soll.“

„Sie müssen es sagen“, mahnte Sir Henry. „Was für Skrupel Sie auch haben mögen, Sie dürfen es nicht für sich behalten.“

„Nun, es handelt sich nur um folgendes“, erklärte Mrs. Bantry. „Am Abend vor der Tragödie ging ich zufällig vor dem Abendessen auf die Terrasse hinaus. Das Fenster des Salons stand offen, und ich sah Maud Wye und Jerry Lorimer im Zimmer. Er – nun –, er küßte sie gerade. Natürlich wußte ich nicht, ob das eine zufällige Angelegenheit war oder ob mehr dahintersteckte. Mir war bekannt, daß Sir Ambrose stets eine Abneigung gegen Jerry Lorimer gehabt hatte. Vielleicht wußte er, was von diesem jungen Mann zu halten war. Einer Sache bin ich jedenfalls sicher: Maud Wye mochte ihn wirklich gerne. Man brauchte nur zu sehen, wie sie ihn anhimmelte, wenn sie sich unbeobachtet fühlte. Und meiner Ansicht nach paßten sie auch besser zusammen als Sylvia und Jerry.“

„Ich werde rasch eine Frage stellen, ehe Miss Marple mir zuvorkommt“, meldete sich Sir Henry. „Ich möchte wissen, ob Jerry Lorimer nach dem tragischen Ereignis Maud Wye geheiratet hat.“

„Ja“, antwortete Mrs. Bantry. „Sechs Monate nachher haben sie geheiratet.“

„Zwei Frauen und ein Mann“, betonte Sir Henry. „Das uralte Dreieck. Liegt das unserem Problem hier zugrunde? Ich glaube beinah.“

Dr. Lloyd räusperte sich.

„Ich habe mir die Sache durch den Kopf gehen lassen“, sagte er ein wenig schüchtern. „Waren Sie selbst nicht auch krank, Mrs. Bantry?“

„Und wie! Arthur ebenfalls! Und alle andern auch!“

„Das ist es ja gerade. Jeder war krank“, sagte der Doktor.

„Ich verstehe nicht“, ließ sich Jane vernehmen.

„Ich wollte damit sagen“, fuhr der Doktor fort, „wer diesen Plan ausgeheckt hat, glaubte entweder blindlings an den Zufall oder besaß nicht die geringste Achtung vor dem menschlichen Leben. Man sollte es kaum für möglich halten, daß es einen Mann gibt, der vorsätzlich acht Personen vergiftet, um eine unter ihnen zu beseitigen.“

„Ich verstehe, worauf Sie hinauswollen“, bemerkte Sir Henry nachdenklich. „Ich muß gestehen, das hätte mir auch einfallen müssen.“

„Und hätte er sich nicht auch selbst vergiften können?“ fragte Jane.

„Fehlte an jenem Abend jemand an der Tafel?“ erkundigte sich Miss Marple.

Mrs. Bantry schüttelte den Kopf.

„Alle waren anwesend.“

„Außer Mr. Lorimer wahrscheinlich, meine Liebe. Er war doch kein Logiergast, nicht wahr?“

„Nein, aber er war an dem Abend zum Essen eingeladen.“

„Oh!“ sagte Miss Marple in verändertem Ton. „Dann liegt die Sache ja ganz anders.“

Sie runzelte die Stirn und schien ärgerlich mit sich selbst.

„Der Punkt, den Sie da vorgebracht haben, Lloyd“, gestand Sir Henry, „macht mir allerlei Kopfzerbrechen. Wie sollte der Mörder sich vergewissern, daß das Mädchen allein die verhängnisvolle Dosis bekam?“

„Unmöglich“, erklärte der Doktor. „Das bringt mich zu der Frage, die mir vorgeschwebt hat: War das Mädchen vielleicht gar nicht das beabsichtigte Opfer?“

„Was sagen Sie da?“

„In allen Fällen von Vergiftungen durch Nahrungsmittel ist das Resultat sehr ungewiß. Mehrere Leute essen dasselbe Gericht. Was geschieht? Einige erkranken leicht, andere sind schwerkrank, einer stirbt. Aber es können noch andere Faktoren hinzutreten. Wie ich Ihnen bereits sagte, wird es in gewissen Fällen verordnet. Nun gab es eine Person im Hause, die an Herzbeschwerden litt. War diese das auserwählte Opfer? Der Mörder sagte sich vielleicht: was den anderen nicht schadet, wird dieser Person zum Verhängnis werden. Daß es anders kam, ist nur ein Beweis für meine soeben aufgestellte Behauptung von der Ungewißheit und Unzuverlässigkeit der Wirkung von Giften auf menschliche Wesen."

„Sir Ambrose!" rief Sir Henry. „Glauben Sie etwa, daß man es auf ihn abgesehen hatte? Ja, ja – und der Tod des Mädchens war nur ein Versehen."

„Wer erbte sein Geld nach seinem Tode?" fragte Jane.

„Eine sehr vernünftige Frage, Miss Helier. Eine der ersten, die wir in meinem früheren Beruf immer stellten", bemerkte Sir Henry.

„Sir Ambrose hatte einen Sohn", erwiderte Mrs. Bantry, „mit dem er sich vor vielen Jahren überworfen hatte. Der junge Mann war wohl etwas wild. Immerhin vermochte Sir Ambrose nicht, ihn zu enterben. Clodderham Court war ein unveräußerliches Erblehen. Martin Bercy erbte den Titel und den Grundbesitz. Sir Ambrose hatte aber außerdem noch sehr viel anderes Vermögen, das er hinterlassen konnte, wem er wollte; und dafür setzte er sein Mündel Sylvia als Erbin ein. Ich weiß dies alles, weil Sir Ambrose noch vor Ablauf eines Jahres nach den von mir erwähnten Ereignissen starb und sich nicht die Mühe gemacht hatte, nach Sylvias Tod ein neues Testament aufzusetzen. Ich glaube, das Geld fiel an die Krone oder auch an seinen Sohn als den nächsten Verwandten. Daran kann ich mich nicht so genau erinnern."

„Dann lag es also nur im Interesse seines Sohnes, der nicht zugegen war, und des Mädchens, das selber starb, Sir Ambrose zu töten", sagte Sir Henry nachdenklich. „Das ist nicht sehr vielversprechend."

„Wurde der anderen Frau nichts vermacht?" fragte Jane. „Ich meine die Frau, die Mrs. Bantry als ‚Spinatwachtel' bezeichnet."

„Sie ist im Testament überhaupt nicht erwähnt worden", erwiderte Mrs. Bantry.

„Miss Marple, Sie hören gar nicht zu", sagte Sir Henry. „Sie scheinen mit Ihren Gedanken ganz woanders zu sein."

„Ich dachte gerade an den alten Mr. Badger, den Apotheker", entgegnete Miss Marple. „Er hatte eine sehr junge Haushälterin – jung genug, um nicht nur seine Tochter, sondern sogar seine Enkelin sein zu können. Und da waren seine vielen Neffen und Nichten, die ihn zu beerben hofften. Und was meinen Sie, als er starb, da stellte sich doch heraus, daß er seit zwei Jahren heimlich mit ihr verheiratet war. Mr. Badger war natürlich nur ein Apotheker und außerdem ein ungeschliffener alter Mann, während Sir Ambrose, wie Mrs. Bantry ihn uns schilderte, höchst gesittet war. Dennoch ist die menschliche Natur überall die gleiche."

Es trat eine Stille ein. Sir Henry blickte Miss Marple sehr scharf in die sanften blauen Augen, in denen ein sonderbarer Ausdruck lag. Jane Helier unterbrach das Schweigen.

„Sah diese Mrs. Carpenter eigentlich gut aus?" fragte sie.

„Ja, wenn sie auch nicht gerade eine auffallende Schönheit war."

„Sie hatte eine sehr sympathische Stimme", fügte der Oberst hinzu.

„Ich möchte eher sagen, sie schnurrte wie ein Kätzchen", sagte Mrs. Bantry.

„Nimm dich in acht, Dolly, daß man dich nicht eines Tages auch eine Katze nennt."

„Ich habe im allgemeinen nicht viel für Frauen übrig, das weißt du doch. Ich ziehe Männer und Blumen vor."

„Ein ausgezeichneter Geschmack", meinte Sir Henry. „Besonders, da Sie die Männer zuerst nennen."

„Das geschah aus Takt", parierte Mrs. Bantry. „Doch nun zu meinem kleinen Problem. Bitte, äußern Sie sich dazu. Sie sind zuerst an der Reihe, Sir Henry."

„Ich werde wohl etwas langatmig sein", begann Sir Henry, „denn ich bin noch nicht zu einer festen Ansicht gelangt. Sehen wir uns zunächst einmal Sir Ambrose an. Nun, er würde bestimmt nicht eine so originelle Methode wählen, um Selbstmord zu begehen. Andererseits brachte ihm der Tod seines Mündels keinerlei Vorteil. Also, ab durch die Mitte, Sir Ambrose. Nun kommt Mr. Curle. Kein Motiv für den Tod des

Mädchens. Falls Sir Ambrose das beabsichtigte Opfer war, hätte er höchstens mit ein paar seltenen Manuskripten davonziehen können, hinter denen niemand hertrauerte. Sehr fadenscheinig und höchst unwahrscheinlich. Wir können also wohl mit ruhigem Gewissen Mr. Curle freisprechen. Miss Wye. Motiv für den Mord an Sir Ambrose – keines. Motiv für den Mord an Sylvia – ziemlich stark. Sie wollte Sylvias jungen Mann und war – nach Mrs. Bantrys Schilderung zu urteilen – einigermaßen versessen auf ihn. Sie war an dem Morgen mit Sylvia im Garten, hatte also Gelegenheit, die Blätter zu pflücken. Nein, wir dürfen Miss Wye nicht so rasch aus den Augen verlieren. Der junge Lorimer. Er hat in jedem Fall ein Motiv. Wenn er seine Verlobte los wird, kann er die andere heiraten, obwohl es ja etwas drastisch erscheint, sie darum zu töten. Was bedeutet heutzutage schon eine aufgelöste Verlobung? Wenn Sir Ambrose stirbt, heiratet er ein reiches und kein armes Mädchen. Das kann unter Umständen wichtig sein, hängt von seiner finanziellen Lage ab. Wenn es sich herausstellen sollte, daß auf seinem Besitz schwere Hypotheken lasten und Mrs. Bantry uns diese Tatsache absichtlich verheimlicht hat, werde ich mich wegen unredlichen Spiels beklagen. Und nun Mrs. Carpenter. Wissen Sie, ich habe einen starken Verdacht gegen Mrs. Carpenter. Einmal ihre weißen Hände, zum anderen ihr ausgezeichnetes Alibi zur Zeit, als die Kräuter gesammelt wurden. Gegen Alibis bin ich immer mißtrauisch. Außerdem habe ich noch einen andern Verdachtsgrund, den ich für mich behalten möchte. Aber wenn ich mich nun einmal für jemanden entscheiden muß, dann entscheide ich mich für Miss Maud Wye, weil gegen sie mehr Beweismaterial vorliegt als gegen alle anderen."

„Nun kommen Sie, Herr Dr. Lloyd", sagte Mrs. Bantry.

„Ich glaube, Sie machen einen Fehler, Clithering, wenn Sie sich an die Theorie klammern, daß der Tod des Mädchens beabsichtigt war. Ich bin der Überzeugung, daß der Mörder Sir Ambrose um die Ecke bringen wollte. Meiner Ansicht nach hatte der junge Lorimer nicht die nötigen Kenntnisse. Ich neige eher zu der Annahme, daß Mrs. Carpenter die schuldige Person ist. Sie war lange in der Familie gewesen und kannte sich mit Sir Ambroses Gesundheitszustand genau aus; mit

Leichtigkeit konnte sie es so einrichten, daß Sylvia – die ja, wie Sie sagten, reichlich dumm war – die gewünschten Blätter pflückte. Allerdings sehe ich kein Motiv, das muß ich gestehen. Aber ich möchte annehmen, daß Sir Ambrose irgendwann einmal ein Testament gemacht hatte, in dem auch sie bedacht wurde. Etwas Besseres fällt mir nicht ein."

Mrs. Bantrys Zeigefinger richtete sich nun auf Jane Helier.

„Ich weiß nicht, was ich sagen soll", meinte Jane. „Aber warum könnte das junge Mädchen es nicht selbst getan haben? Sie hat schließlich die Blätter in die Küche gebracht. Und Sie erwähnten doch, daß Sir Ambrose sich gegen die Heirat gesträubt habe. Wenn er also starb, bekam sie das Geld und konnte sofort heiraten. Sie war ebenso vertraut mit Sir Ambroses Gesundheitszustand wie Mrs. Carpenter."

Mrs. Bantrys Finger bewegte sich langsam auf Miss Marple zu. „Nun legen Sie los, Frau Schulmeisterin!"

„Sir Henry hat uns ja alles so klar auseinandergesetzt – so überaus klar", begann Miss Marple. „Und Dr. Lloyd hat ebenfalls seinen Standpunkt deutlich zum Ausdruck gebracht. Nur hat er eines außer acht gelassen, glaube ich. Da er ja nicht Sir Ambroses ärztlicher Ratgeber war, konnte er natürlich nicht wissen, was für ein Herzleiden Sir Ambrose hatte, nicht wahr?"

„Ich verstehe nicht ganz, worauf Sie hinauswollen, Miss Marple", erklärte Dr. Lloyd.

„Nun, Sie nehmen doch an, daß Sir Ambrose ein Herzleiden hatte, das durch Digitalin ungünstig beeinflußt wurde. Dafür haben wir aber keine Beweise. Es könnte genausogut das Gegenteil der Fall gewesen sein."

„Das Gegenteil?"

„Ja, Sie sagten doch selbst, daß Digitalin auch oft als Medizin verschrieben werde."

„Selbst in diesem Falle verstehe ich nicht, was Sie damit bezwecken, Miss Marple."

„Nun, es würde bedeuten, daß er Digitalin in ganz natürlicher Weise in seinem Besitz hatte, ohne Verdacht zu erregen. Was ich Ihnen zu erklären versuche – ich drücke mich immer so schlecht aus –, ist folgendes: Nehmen wir einmal an, Sie wollten jemanden mit einer tödlichen Dosis Digitalin vergiften. Wäre es da nicht am einfachsten, wenn Sie die Sache so arrangierten, daß alle infolge des Genusses von Fingerhutblättern Vergiftungserscheinungen zeigten? Es würde natürlich für keinen der andern tödlich ausgehen, aber niemand würde überrascht sein, wenn doch eine Person dabei stürbe; denn Dr. Lloyd wies ja darauf hin, daß die Wirkung so verschieden sei. Niemand würde wohl fragen, ob das Mädchen eine tödliche Dosis von seinem Digitalinextrakt bekommen habe. Er konnte es ihr in einen Cocktail oder in den Kaffee getan oder einfach als Stärkungsmittel verabreicht haben."

„Sie behaupten also, Sir Ambrose habe sein Mündel, das reizende Mädchen, das er so liebte, vergiftet?"

„Das ist ja gerade der Grund", erwiderte Miss Marple. „Genau wie bei Mr. Badger und seiner jungen Haushälterin. Nun erzählen Sie mir nicht, daß es für einen sechzigjährigen Mann absurd sei, sich in ein zwanzigjähriges Mädchen zu verlieben. Das passiert alle Tage. Und wenn es sich dabei um einen so alten Autokraten wie Sir Ambrose handelte, mochte es sich seltsam auswirken. So etwas wird manchmal zu einer Besessenheit. Er konnte den Gedanken an ihre Heirat mit Lorimer nicht ertragen. Er tat alles, was in seiner Macht stand, um die Heirat zu verhindern; aber es gelang ihm auf die Dauer nicht. Sein Eifersuchtswahn nahm solche Ausmaße an, daß er es vorzog, sie zu töten, als ihre Hand dem jungen Lorimer zu geben. Er muß sich schon eine ganze Weile mit dem Gedanken getragen haben; denn der Fingerhutsamen mußte ja erst unter die Salbeipflanzen gesät werden! Als es soweit war, pflückte er die Blätter selbst und schickte Sylvia damit in die Küche. Der Gedanke daran ist entsetzlich, aber wir müssen wohl so nachsichtig sein, wie wir können. Männer in dem Alter sind manchmal sehr sonderbar, wenn es sich um junge Mädchen handelt."

„Mrs. Bantry", fragte Sir Henry, „verhält sich die Sache so?"

Mrs. Bantry nickte.

„Ja, allerdings. Ich hatte nicht die geringste Ahnung, dachte im Traum nicht daran, daß es etwas anderes sein könnte als ein Unglücksfall. Nach Sir Ambroses Tod bekam ich dann einen Brief, der mir auf seine Anweisungen hin durch seinen Rechtsanwalt zugestellt wurde. Darin erzählte er mir den wahren Sachverhalt. Ich weiß nicht, weshalb. Aber er und ich kamen immer so gut miteinander aus."

In dem momentanen Schweigen spürte sie anscheinend eine unausgesprochene Kritik und fuhr hastig fort: „Sie denken sicher, ich hätte einen Vertrauensbruch begangen, aber das ist nicht der Fall. Ich habe alle Namen geändert. Er hieß nicht Sir Ambrose Bercy. Haben Sie denn nicht gesehen, wie Arthur dumm in die Gegend starrte, als ich den Namen zum erstenmal erwähnte? Er hat es zuerst gar nicht begriffen. Ich habe alles geändert. Wie in den Büchern, wo es zu Beginn heißt: ‚Alle Personen in diesem Buch sind reine Phantasiegestalten.' Sie werden nie wissen, um wen es sich in meinem Fall handelte."

Die seltsame Angelegenheit mit dem Bungalow

„Mir ist auch etwas eingefallen!“ rief Jane Helier.

Ihr schönes Gesicht wurde erhellt durch das vertrauensvolle Lächeln eines Kindes, das Beifall erwartet. Es war dasselbe Lächeln, welches das Londoner Publikum Abend für Abend in Ekstase versetzte und den Fotografen ein Vermögen einbrachte. „Es ist . . .“, fuhr sie etwas zögernd fort, „einer Freundin von mir passiert.“

Von allen Seiten ertönten ermunternde, wenn auch etwas geheuchelte Zurufe. Oberst Bantry, Mrs. Bantry, Sir Henry Clithering, Dr. Lloyd und Miss Marple waren alle davon überzeugt, daß Janes „Freundin“ Jane selber war. Sie war gar nicht dazu imstande, sich an etwas zu erinnern oder sich für etwas zu interessieren, das jemand anders betraf.

„Meine Freundin“, fuhr Jane fort, „– ich will ihren Namen nicht erwähnen – war eine sehr bekannte Schauspielerin.“

Keiner war von dieser Enthüllung überrascht. Sir Henry Clithering dachte im stillen: Beim wievielten Satz wird sie sich wohl verraten und statt „sie“ auf einmal „ich“ sagen?

„Meine Freundin befand sich auf einer Tournee durch die Provinzen. Das war vor ein paar Jahren. Den Namen des Ortes will ich lieber nicht verraten. Es war eine an der Themse gelegene Stadt nicht weit von London. Nennen wir sie mal . . .“

Sie brach ab und dachte mit tief gerunzelter Stirn nach. Selbst die Erfindung eines einfachen Namens schien über ihre Kräfte zu gehen. Sir Henry kam ihr zu Hilfe.

„Sollen wir sie Riverbury nennen?“ schlug er vor.

„Ach ja, das geht großartig. Riverbury – das werde ich behalten. Also, wie ich schon sagte, meine Freundin war mit ihrer Theatergesellschaft in Riverbury, und da passierte etwas sehr Merkwürdiges.“

Wieder zog sie die Stirn in krause Falten.

„Es ist sehr schwierig“, klagte sie, „gerade das zu sagen, was man gerne möchte. Man bringt so leicht alles durcheinander und fängt womöglich falsch an.“

„Sie machen Ihre Sache sehr gut“, ermunterte sie Dr. Lloyd. „Erzählen Sie nur weiter.“

„Nun, diese merkwürdige Sache ereignete sich, und man ließ meine Freundin zur Polizeiwache kommen. Sie ging auch hin. Offenbar hatte man in einem am Fluß gelegenen Bungalow einen Einbruch verübt, und ein junger Mann wurde verhaftet. Da dieser eine seltsame Geschichte erzählte, schickte man nach meiner Freundin. Sie war noch nie auf einer Polizeiwache gewesen, aber alle waren dort sehr nett zu ihr – wirklich, sehr nett."

„Das glaube ich gern", meinte Sir Henry.

„Der Wachtmeister – ich glaube wenigstens, es war ein Wachtmeister; es mag aber auch ein Inspektor gewesen sein – rückte ihr einen Stuhl zurecht und erklärte die Situation, und natürlich sah ich sofort, daß es sich um einen Irrtum handelte."

Aha! dachte Sir Henry. Da wären wir ja soweit. Ich! Hab's ja gleich geahnt!

„Meine Freundin sagte das auch sofort", fuhr Jane gelassen fort, ohne sich bewußt zu werden, daß sie sich verraten hatte. „Sie erklärte ihnen, daß sie im Hotel mit ihrem Double geprobt und niemals etwas von diesem Mr. Faulkener gehört habe. Und der Wachtmeister sagte: ‚Miss Hel . . .'"

Sie brach errötend mitten im Wort ab.

„Miss Helman", schlug Sir Henry mit lustig zwinkernden Augen vor.

„Ja – ja, das geht. Vielen Dank. Er sagte also: ‚Nun, Miss Helman, ich habe mir gleich gedacht, daß es ein Versehen war, da ich ja wußte, daß Sie im Bridge-Hotel wohnten.' Dann fragte er mich, ob ich etwas dagegen hätte, wenn ich konferiert – oder hieß es: konfrontiert würde? Ich kann mich nicht mehr entsinnen"

„Es tut wirklich nichts zur Sache", beruhigte sie Sir Henry.

„Jedenfalls mit dem jungen Mann. Daraufhin sagte ich: ‚Natürlich nicht.' Und sie brachten ihn herein und sagten: ‚Dies ist Miss Helier', und – Oh!" Jane blieb vor Schreck der Mund offenstehen.

„Macht nichts, meine Liebe", tröstete Miss Marple sie. „Wir hätten es doch erraten. Und Sie haben uns ja nicht den Namen des Ortes oder andere wichtige Einzelheiten preisgegeben."

„Nun", meinte Jane, „ich wollte es ja so erzählen, als ob es

einer andern zugestoßen sei. Aber es ist so schwierig. Ich meine, man vergißt es immer wieder."

Alle versicherten ihr, daß es wirklich sehr schwierig sei, und sie fuhr ganz beruhigt mit ihrer etwas verwickelten Erzählung fort.

„Er war ein schöner Mann, sah wirklich gut aus. Jung, mit rötlichem Haar. Er starrte mich mit offenem Mund an, und der Wachtmeister fragte: ‚Ist dies die Dame?' Und er antwortete: ‚Nein, das ist die Dame nicht. Was für ein Esel bin ich gewesen!' Ich lächelte ihn an und sagte, es sei nicht von Bedeutung."

„Ich kann mir die Szene gut vorstellen", meinte Sir Henry.

Jane Helier legte die Stirn in Falten.

„Einen Augenblick – wie soll ich wohl am besten fortfahren?"

„Vielleicht erzählen Sie uns erst einmal, worum es sich überhaupt handelte, meine Liebe." Miss Marples Stimme klang so milde, daß keiner sie der Ironie verdächtigte. „Ich meine, was für einen Fehler der junge Mann begangen hatte und wie die Geschichte mit dem Einbruch war."

„O ja", stimmte Jane ihr zu. „Sehen Sie, dieser junge Mann – Leslie Faulkener hieß er – hatte ein Bühnenstück geschrieben, mehrere sogar; obwohl keines davon aufgeführt worden war. Dieses eine aber hatte er mir zum Lesen geschickt. Ich wußte nichts weiter davon, denn ich bekomme natürlich Hunderte von Dramen und lese selbst sehr wenige davon – nur die, von denen ich etwas Näheres weiß. So war's jedenfalls, und offenbar hatte Mr. Faulkener einen Brief von mir erhalten. Nur stellte es sich heraus, daß er eigentlich nicht von mir stammte, verstehen Sie?"

Sie hielt ängstlich inne, und alle versicherten ihr eilig, daß sie die Situation erfaßt hätten.

„In diesem Brief stand, daß ich das Stück gelesen hätte und es mir sehr gut gefalle und ob er wohl kommen und die Sache mit mir besprechen würde. Als Adresse war angegeben: Bungalow, Riverbury. Mr. Faulkener war natürlich hocherfreut und fuhr gleich hin. Als er am Bungalow ankam, öffnete ein Hausmädchen ihm die Tür, und er erkundigte sich nach Miss Helier. Sie sagte, Miss Helier sei zu Hause und erwarte ihn.

Dann führte sie ihn in einen Salon, wo ihm eine Frau entgegenkam. Und er nahm ohne weiteres an, daß ich es sei, was ich sehr merkwürdig fand. Schließlich hatte er mich auf der Bühne gesehen, und meine Fotografien sind doch überall verbreitet, nicht wahr?"

„Weit über England hinaus", erklärte Mrs. Bantry prompt. „Aber Fotografien sind oft ganz verschieden vom Original, meine liebe Jane. Und im Rampenlicht sehen die meisten anders aus als im täglichen Leben. Sie müssen bedenken, daß nicht jede Schauspielerin diese Gefahr so spielend besteht wie Sie."

„Nun", meinte Jane etwas besänftigt, „das mag ja sein. Jedenfalls beschrieb er diese Frau als hochgewachsen und blond. Mit großen blauen Augen und sehr gutaussehend. Also mußte sie mir wohl ziemlich geähnelt haben. Er schöpfte jedenfalls keinen Verdacht. Sie setzten sich dann hin und redeten über sein Stück, und sie erklärte, daß sie sehr gern die Hauptrolle darin übernehmen würde. Während sie sich unterhielten, wurden Cocktails hereingebracht, und Mr. Faulkener trank natürlich auch einen. Nun, dieser Cocktail war das einzige, woran er sich erinnern konnte. Als er aufwachte oder zu sich kam – wie man es nennen will –, lag er draußen auf der Straße; an der Hecke natürlich, damit er nicht in Gefahr war, überfahren zu werden. Er fühlte sich merkwürdig schwach. Schließlich stand er auf und taumelte die Straße entlang, ohne zu wissen, wohin er ging. Er behauptete, wenn er alle seine Sinne beieinander gehabt hätte, wäre er zum Bungalow zurückgekehrt und der Sache auf den Grund gegangen. Aber er war so benommen und verdattert, daß er einfach weiterging, ohne recht zu wissen, was er tat. Er kam gerade wieder etwas zu Verstand, als die Polizei erschien und ihn verhaftete."

„Warum hat die Polizei ihn denn verhaftet?" fragte Dr. Lloyd.

„Oh, habe ich Ihnen denn das nicht erzählt?" fragte Jane mit weitgeöffneten Augen. „Ich Dummkopf! Wegen des Einbruchs, natürlich."

„Sie haben wohl einen Einbruch erwähnt, aber nichts von dem näheren Drum und Dran", bemerkte Mrs. Bantry.

„Nun, dieser Bungalow gehörte natürlich nicht mir, sondern einem Mann namens ..."

Wieder zog sich ihre Stirn in angestrengtem Nachdenken zusammen.

„Soll ich wieder Pate spielen?" fragte Sir Henry. „Pseudonyme frei ins Haus geliefert. Beschreiben Sie den Pächter, und ich gebe ihm einen Namen."

„Das Haus war von einem reichen Mann aus der City gemietet – einem Adeligen."

„Sir Herman Cohen", schlug Sir Henry vor.

„Wunderbar! Er hatte es für eine Dame gemietet. Sie war die Frau eines Schauspielers und selbst auch Schauspielerin."

„Den Schauspieler wollen wir Claud Leason nennen", meinte Sir Henry. „Und die Dame war sicher unter ihrem Bühnennamen bekannt. Sagen wir also Miss Mary Kerr."

„Sie müssen schrecklich klug sein", meinte Jane. „Ich verstehe nicht, wie Ihnen das alles so zufällt. Also, dies war nämlich eine Art Wochenendhaus für Sir Herman – sagten Sie Herman? – und die Dame. Seine Frau wußte natürlich nichts davon."

„Was ja so häufig der Fall sein soll", entfuhr es Sir Henry.

„Und er hatte dieser Schauspielerin einen Haufen Juwelen geschenkt, darunter einige sehr schöne Smaragde."

„Aha!" rief Dr. Lloyd. „Nun kommen wir der Sache schon näher."

„Diese Juwelen befanden sich im Bungalow, einfach in einem Schmuckkasten eingeschlossen. Die Polizei sagte, es sei sehr nachlässig gewesen, jeder hätte sie mitnehmen können."

„Siehst du, Dolly", warf Oberst Bantry dazwischen. „Was habe ich dir immer gesagt?"

„Nach meiner Erfahrung", erwiderte Mrs. Bantry, „sind es gerade die überaus vorsichtigen Leute, die alles verlieren. Ich schließe meinen Schmuck nicht ein, sondern bewahre ihn lose in einer Schublade auf – unter den Strümpfen. Und wenn – wie heißt sie doch? – Mary Kerr es genauso gemacht hätte, wäre ihr der Schmuck wahrscheinlich nicht abhanden gekommen."

„Doch", erklärte Jane. „Denn alle Schubladen waren aufgerissen, und der ganze Inhalt lag am Boden verstreut."

„Dann waren sie nicht hinter den Juwelen her“, erwiderte Mrs. Bantry, „sondern auf der Suche nach Geheimpapieren, wie es ja immer in den Büchern steht.“

„Von Geheimpapieren ist mir nichts bekannt“, meinte Jane. „Ich habe nie davon gehört.“

„Lassen Sie sich nicht beirren“, warnte Oberst Bantry. „Dollys Ablenkungsmanöver sind nicht ernst zu nehmen.“

„Sie wollten uns von dem Einbruch erzählen!“ mahnte Sir Henry.

„Ach ja. Nun, die Polizei wurde von einer Frau angerufen, die behauptete, sie sei Miss Mary Kerr. Sie meldete, daß bei ihr im Bungalow eingebrochen worden sei, und beschrieb einen Mann mit rötlichem Haar, der am Vormittag bei ihr vorgesprochen habe. Ihr Hausmädchen sei mißtrauisch gewesen und habe ihn nicht hineingelassen. Später hätten sie ihn dann aus einem Fenster steigen sehen. Sie beschrieb den Mann so haargenau, daß die Polizei ihn schon nach einer Stunde verhaftete. Dann erzählte er ihnen seine Geschichte und zeigte ihnen meinen Brief. Daraufhin holten sie mich, wie ich vorhin schon erwähnte, und als er mich sah, sagte er, was ich Ihnen vorhin schon erzählt habe: daß ich es gar nicht gewesen sei!“

„Eine äußerst merkwürdige Begebenheit“, meinte Dr. Lloyd. „Kannte Mr. Faulkener diese Miss Kerr?“

„Nein, jedenfalls behauptete er das. Aber das Merkwürdigste habe ich Ihnen noch gar nicht erzählt. Die Polizei ging natürlich zu dem Bungalow und fand dort alles vor, wie beschrieben – Schubladen herausgezogen, Juwelen verschwunden –, aber das ganze Haus war leer. Erst einige Stunden später kehrte Mary Kerr zurück und erklärte der Polizei, daß sie überhaupt nicht bei ihnen angerufen habe, sondern jetzt erst von der Geschichte höre. Es stellte sich heraus, daß sie morgens ein Telegramm bekommen hatte von einem Manager, der ihr eine höchst wichtige Rolle anbot und sie zu der Unterredung zu sich bat. Daraufhin war sie natürlich nach London gestürzt, mußte aber bei ihrer Ankunft entdecken, daß es sich um einen dummen Streich handelte und man ihr von dort überhaupt kein Telegramm geschickt hatte.“

„Ein ganz gewöhnlicher Trick, um jemanden fortzulocken“, bemerkte Sir Henry. „Wo waren denn die Dienstboten?“

„Hier geschah dasselbe. Es war nur ein Hausmädchen vorhanden, und sie wurde ans Telefon gerufen – anscheinend von Mary Kerr, die ihr sagte, sie habe etwas äußerst Wichtiges vergessen, und ihr Anweisungen gab, eine bestimmte Handtasche, die im Schlafzimmer in einer Schublade lag, zu ihr nach London zu bringen, und zwar mit dem nächsten Zug. Das Mädchen befolgte diese Instruktion und schloß natürlich das Haus ab. Aber als sie Miss Kerrs Klub erreichte, wo sie ihre Herrin treffen sollte, wartete sie vergeblich."

„Hm", meinte Sir Henry. „Es wird allmählich klarer. Das Haus stand leer, und ich könnte mir denken, daß es nicht allzu schwierig gewesen ist, durch ein Fenster hineinzugelangen. Aber ich verstehe nicht recht, was für eine Rolle Mr. Faulkener dabei spielt. Wer hat überhaupt bei der Polizei angerufen, wenn es nicht Miss Kerr war?"

„Das ist nie herausgekommen."

„Seltsam", bemerkte Sir Henry. „War denn der junge Mann tatsächlich die Person, für die er sich ausgab?"

„O ja, das war alles in Ordnung. Er hatte sogar den angeblich von mir geschriebenen Brief. Die Handschrift war meiner ganz und gar nicht ähnlich, aber das konnte er natürlich nicht wissen."

„Nun, wir wollen uns die Situation noch einmal ganz klar vorstellen", schlug Sir Henry vor. „Verbessern Sie mich, wenn ich einen Fehler mache. Die Dame und das Mädchen werden vom Hause fortgelockt. Dieser junge Mann wird mit Hilfe eines gefälschten Briefes herbeigelockt – eines Briefes, der dadurch glaubhaft erscheint, daß Sie tatsächlich eine Woche in Riverbury auftreten. Der junge Mann wird bewußtlos gemacht. Dann wird die Polizei angerufen und der Verdacht auf ihn gelenkt. Ein Einbruch ist tatsächlich verübt worden. Ich nehme an, daß die Juwelen wirklich gestohlen wurden."

„O ja."

„Hat man sie jemals wiederbekommen?"

„Nein, nie. Ich glaube, Sir Herman hat sogar versucht, die Sache nach Möglichkeit zu vertuschen. Es gelang ihm aber nicht, und ich könnte mir denken, daß seine Frau daraufhin die Scheidung eingereicht hat. Aber darüber weiß ich nichts."

„Was ist aus Mr. Leslie Faulkener geworden?"

„Er wurde zu guter Letzt entlassen. Die Polizei sagte, sie habe nicht genug Beweismaterial gegen ihn. Aber finden Sie das Ganze nicht auch reichlich seltsam?“

„Ganz entschieden. Zunächst müssen wir uns fragen, wem man überhaupt Glauben schenken soll. Während Ihrer Schilderung habe ich bemerkt, Miss Helier, daß Sie geneigt sind, Mr. Faulkener zu glauben. Ist es Ihr Instinkt, der Sie dazu treibt, oder haben Sie einen bestimmten Grund dafür?“

„N–ein“, erwiderte Jane zögernd. „Einen bestimmten Grund habe ich nicht, aber er war so nett und voller Bedauern, daß er jemand anders mit mir verwechselt hatte. Daher hatte ich einfach das Gefühl, er müsse die Wahrheit gesprochen haben.“

„Ich verstehe“, lächelte Sir Henry. „Aber Sie müssen doch zugeben, daß er die Geschichte sehr leicht hätte erfinden können. Den angeblich von Ihnen stammenden Brief konnte er selbst schreiben. Auch konnte er sich nach erfolgtem Einbruch sehr gut selbst betäuben. Allerdings verstehe ich nicht ganz, was für ein Sinn darin läge. Es wäre viel einfacher gewesen, in das Haus einzudringen, sich zu nehmen, was er brauchte, und dann ruhig zu verschwinden. Es sei denn, er habe gespürt, daß er von jemandem in der Nachbarschaft beobachtet worden war. In diesem Falle mag er hastig diesen Plan ausgeheckt haben, um den Verdacht von sich abzulenken und eine Erklärung für seine Anwesenheit in der Gegend zu haben.“

„War er wohlsituiert?“ fragte Miss Marple.

„Das nehme ich nicht an“, erwiderte Jane. „Nein, ich glaube sogar, es ging ihm ziemlich schlecht.“

„Mir kommt das Ganze etwas schleierhaft vor“, erklärte Dr. Lloyd. „Ich muß gestehen, der Fall wird noch komplizierter, wenn wir die Geschichte des jungen Mannes für bare Münze hinnehmen. Warum sollte die Unbekannte, die sich als Miss Helier ausgab, diesen unbekannten Mann in die Affäre ziehen? Warum sollte sie eine so verwickelte Komödie inszenieren?“

„Sagen Sie mal, Jane“, erkundigte sich Mrs. Bantry, „ist der junge Faulkener irgendwann im Verlaufe dieser Angelegenheit Mary Kerr persönlich begegnet?“

„Das kann ich nicht genau sagen“, erwiderte Jane nach einigem Nachdenken.

„Wenn das nämlich nicht der Fall wäre, ist das Rätsel gelöst!“ triumphierte Mrs. Bantry. „Ich bin überzeugt, daß ich recht habe. Was ist leichter, als vorzutäuschen, daß man nach London bestellt sei? Dann telefoniert man dem Mädchen vom Ankunftsbahnhof aus, und sobald sie ankommt, fährt man wieder nach Hause. Der junge Mann erscheint wie verabredet; er wird bewußtlos gemacht, und man inszeniert den Einbruch in recht übertriebener Weise. Daraufhin ruft man die Polizei an, liefert eine ziemlich genaue Beschreibung des Sündenbocks und begibt sich wieder nach London. Mit einem späteren Zug kehrt man dann zurück und spielt die erstaunte Unschuld vom Lande.“

„Aber warum sollte sie ihre eigenen Juwelen stehlen, Dolly?“

„Das tun sie immer“, entgegnete Mrs. Bantry. „Außerdem könnte ich hundert Gründe angeben. Sie mag, zum Beispiel, sofort Geld nötig gehabt haben. Vielleicht wollte der alte Sir Herman nicht damit herausrücken. Also tut sie so, als seien die Juwelen gestohlen, und verkauft sie heimlich. Oder sie ist von jemandem erpreßt worden, der ihr angedroht hat, ihren Mann oder Sir Hermans Frau über die Sachlage aufzuklären. Vielleicht hatte sie die Juwelen auch bereits verkauft, und Sir Herman verlangte ungeduldig danach, sie zu sehen. Also mußte sie einen Einbruch fingieren. Das kommt in Büchern sehr häufig vor. Oder vielleicht wollte er sie neu fassen lassen, und dabei wären die falschen Glassteine entdeckt worden. Ha! Hier habe ich noch eine Idee, die nicht so oft in Büchern benutzt wird: sie täuscht Diebstahl vor, regt sich furchtbar auf und bekommt eine neue Garnitur von ihm. Auf diese Weise macht sie ein ganz schönes Geschäft. Diese Sorte von Frauen ist ziemlich gerissen, davon bin ich überzeugt.“

„Sind Sie aber klug, Dolly!“ sagte Jane bewundernd. „An so etwas hätte ich nie gedacht.“

„Du magst ja klug sein, Dolly. Aber Jane sagte nicht, daß du recht hast“, wandte Oberst Bantry ein. „Ich bin eher geneigt, den Herrn aus der City zu verdächtigen. Er würde es gewußt haben, mit was für einem Telegramm man die Dame aus dem Hause locken konnte, und das übrige hätte er sehr leicht mit Hilfe einer neuen Freundin inszenieren können."

„Was halten Sie davon, Miss Marple?" Jane wandte sich der alten Dame zu, die schweigsam und nachdenklich in ihrem Sessel saß.

„Meine Liebe, ich weiß wirklich nicht, was ich dazu sagen soll. Sir Henry wird lachen, aber mir fällt im Augenblick keine Dorfparallele hierzu ein, die mir helfen könnte. Natürlich tauchen mehrere Fragen auf. Zum Beispiel die Dienstbotenfrage. In einem – hm – irregulären Haushalt, wie Sie ihn beschreiben, würde das Dienstmädchen zweifellos über den Stand der Dinge orientiert sein – und ein wirklich anständiges Mädchen würde einen solchen Posten gar nicht annehmen, das würde ihre Mutter schon keinesfalls gestatten. Daher können wir wohl vermuten, daß das Mädchen keine wirklich zuverlässige Person war. Vielleicht steckte sie mit den Dieben unter einer Decke. In dem Falle hätte sie dann das Haus offengelassen und wäre tatsächlich nach London gefahren, um den Verdacht von sich abzulenken. Ich muß gestehen, daß mir diese Lösung am meisten einleuchtet. Nur, wenn es sich um ganz gewöhnliche Diebe handelt, scheint alles sehr seltsam, da es mehr Wissen voraussetzt, als ein Dienstmädchen wahrscheinlich besitzt."

Miss Marple hielt einen Augenblick inne und fuhr dann gedankenverloren fort: „Ich habe unbedingt den Eindruck, daß irgendwie persönliche Gefühle mitspielen. Vielleicht hegt jemand einen Groll gegen Faulkener. Eine junge Schauspielerin etwa, die er nicht anständig behandelt hatte. Meinen Sie nicht auch, daß man mit einer solchen Erklärung weiterkommen würde? Ein vorsätzlicher Versuch, ihm Unannehmlichkeiten zu bereiten. So kommt's mir beinahe vor. Und doch ist diese Lösung auch nicht ganz befriedigend."

„Herr Doktor, Sie haben sich ja noch gar nicht geäußert", sagte Jane. „Ich hatte Sie ganz übersehen."

„Ich werde immer übersehen", erwiderte der grauhaarige Doktor traurig. „Ich muß eine sehr unauffällige Persönlichkeit sein."

„O nein, durchaus nicht! Aber sagen Sie uns doch Ihre Meinung."

„Ich befinde mich in der merkwürdigen Lage, daß ich die Lösungen alle plausibel finde, aber mit keiner übereinstimme. Selbst habe ich die abwegige und wahrscheinlich gänzlich falsche Theorie, daß die Frau etwas damit zu tun hat. Ich denke dabei an Sir Hermans Frau. Ich habe keine besonderen Gründe dafür, aber Sie würden überrascht sein, wenn Sie wüßten, was eine gekränkte Frau alles zuwege bringt."

„Oh, Dr. Lloyd!" rief Miss Marple aufgeregt. „Wie klug von Ihnen! Und ich habe nie an Mrs. Pebmarsh gedacht."

Jane starrte sie an.

„Mrs. Pebmarsh? Wer ist denn nur Mrs. Pebmarsh?"

„Nun ...", Miss Marple zauderte. „Eigentlich hat sie wohl doch nichts mit dem Fall zu tun. Sie ist eine Waschfrau, die einer Frau eine Opalnadel aus der Bluse stahl und sie in die Bluse einer anderen Frau steckte."

Jane blickte verwirrter drein denn je.

„Und dadurch ist für Sie unser Problem sonnenklar, ja, Miss Marple?" Sir Henry zwinkerte ihr belustigt zu.

„Nein, leider nicht. Ich muß bekennen, daß ich völlig ratlos dastehe. Doch eines ist mir klargeworden: Frauen müssen zusammenstehen. In einer schwierigen Lage sollte man zu seinem eigenen Geschlecht halten. Das ist für mich die Moral der Geschichte, die Miss Helier uns erzählt hat."

„Ich muß gestehen, daß mir diese besondere ethische Bedeutung des Geheimnisses entgangen ist", bemerkte Sir Henry mit ernster Miene. „Aber vielleicht erkenne ich den Sinn Ihrer Behauptung deutlicher, wenn Miss Helier uns die Lösung verraten hat."

„Wie bitte?" fragte Jane, die ein wenig verdutzt aussah.

„Ich bemerkte nur, daß wir ‚es aufgeben', wie wir als Kinder zu sagen pflegten. Sie ganz allein, Miss Helier, haben die hohe Ehre gehabt, uns ein so gänzlich verblüffendes Problem zu präsentieren, daß selbst Miss Marple die Waffen strecken muß."

„Sie geben es auf?" fragte Jane.

„Ja." Nach einem kurzen Schweigen, währenddessen er darauf gewartet hatte, daß die anderen etwas sagen würden, machte sich Sir Henry wieder zum Sprecher. „Das soll heißen, daß wir über die skizzenhaften Lösungen, die wir experimentell vorgebracht haben, nicht hinauskommen. Es waren je eine von uns Männern, zwei von Miss Marple und ein rundes Dutzend von Mrs. B."

„Es war kein Dutzend", protestierte Mrs. Bantry. „Es waren nur Variationen eines Hauptthemas. Und wie oft muß ich Ihnen noch sagen, daß ich nicht Mrs. B. genannt zu werden wünsche."

„Sie geben es also alle auf", wiederholte Jane nachdenklich. „Das ist sehr interessant."

Sie lehnte sich im Sessel zurück und begann etwas zerstreut ihre Nägel zu polieren.

„Nun", sagte Mrs. Bantry. „Heraus damit, Jane. Wie lautet die Lösung?"

„Die Lösung?"

„Ja. Was ist in Wirklichkeit vor sich gegangen?"

Jane starrte sie an.

„Ich habe nicht die geringste Ahnung."

„Was sagen Sie da?"

„Ich habe mir immer Gedanken darüber gemacht. Und da Sie alle so klug sind, dachte ich, einer von Ihnen würde es mir wohl verraten können."

Alle waren etwas verärgert. Jane mochte ja sehr schön sein, aber in diesem Augenblick hatte jeder das Gefühl, daß Dummheit auch etwas übertrieben werden könne. Selbst die vortrefflichste Schönheit war keine Entschuldigung dafür.

„Wollen Sie etwa sagen, daß die Wahrheit nie ans Licht gekommen ist?" fragte Sir Henry.

„Nein, man hat sie nie entdeckt. Deshalb hatte ich, wie gesagt, gehofft, daß Sie mir eine Erklärung geben würden."

Jane schien ein wenig beleidigt zu sein. Man merkte ganz deutlich, daß sie verstimmt war.

„Na, da bin ich doch . . ." Oberst Bantry fehlten einfach die Worte.

„Sie können einen auf die Palme bringen, Jane", entrüstete sich seine Frau. „Jedenfalls bin ich felsenfest davon überzeugt, daß meine Lösung die richtige ist. Wenn Sie uns nun noch die wirklichen Namen aller Beteiligten nennen, wird es sich ja herausstellen."

„Das kann ich nicht machen", antwortete Jane langsam.

„Nein, meine Liebe“, erklärte Miss Marple. „Das kann Miss Helier wirklich nicht.“

„Natürlich“, protestierte Mrs. Bantry. „Setzen Sie sich nicht aufs hohe Roß! Wir älteren Leute brauchen etwas Skandal, Jane. Auf jeden Fall verraten Sie uns doch, wer der City-Magnat war.“

Aber Jane schüttelte den Kopf, und Miss Marple unterstützte sie auf ihre altmodische Art.

„Es muß wohl alles sehr peinlich gewesen sein“, meinte sie.

„Nein“, erwiderte Jane wahrheitsgetreu. „Es hat mir eigentlich eher Spaß gemacht.“

„Nun, das mag sein“, meinte Miss Marple. „Vielleicht war es eine kleine Abwechslung in dem ewigen Einerlei. In welchem Stück traten Sie damals auf?“

„In *‚Smith‘*.“

„O ja. Von Somerset Maugham, nicht wahr? Alle seine Dramen sind so geistreich. Ich habe sie fast alle gesehen.“

„Im Herbst wollen Sie mit *‚Smith‘* auf Tournee gehen, nicht wahr?“ fragte Mrs. Bantry.

Jane nickte.

„Nun“, sagte Miss Marple und erhob sich. „Jetzt muß ich aber nach Hause gehen. Es ist schon so spät. Aber wir hatten einen sehr unterhaltsamen Abend. Außergewöhnlich interessant. Ich glaube, Miss Heliers Erzählung trägt den ersten Preis davon. Meinen Sie nicht auch?“

„Es tut mir leid“, sagte Jane, „daß Sie mir zürnen, weil ich den Ausgang nicht wußte. Ich hätte das vielleicht schon eher erwähnen sollen.“

Ihre Stimme klang so zerknirscht, daß Dr. Lloyd galant in die Bresche sprang. „Mein gnädiges Fräulein, warum denn nur? Sie haben uns doch ein sehr nettes Problem vorgelegt, an dem wir unsern Verstand schärfen konnten. Es tut mir nur leid, daß keiner von uns das Rätsel überzeugend lösen konnte.“

„Reden Sie nicht für die Allgemeinheit“, wehrte sich Mrs. Bantry. „*Ich* habe es gelöst. Davon bin ich fest überzeugt.“

„Wissen Sie, das glaube ich tatsächlich“, bestätigte Jane. „Was Sie sagten, hatte Hand und Fuß.“

„Welche ihrer sieben Lösungen haben Sie dabei im Sinn?“ neckte Sir Henry sie.

Dr. Lloyd half Miss Marple ritterlich in ihre Überschuhe. „Für den Fall, daß . . .“, meinte die alte Dame. Der Doktor erbot sich, sie nach Hause zu begleiten. In mehrere wollene Schals gehüllt, wünschte Miss Marple allen eine gute Nacht. Als sie sich zuletzt von Jane Helier verabschiedete, beugte sie sich vor und flüsterte der Schauspielerin etwas ins Ohr. Ein bestürztes „Oh!“ entrang sich Janes Lippen – so laut, daß sich die andern alle umdrehten.

Lächelnd und nickend ging Miss Marple zur Tür hinaus, und Jane Helier starrte ihr nach.

„Gehen Sie auch schon zu Bett, Jane?“ fragte Mrs. Bantry. „Was ist denn mit Ihnen? Sie starren ja so, als hätten Sie einen Geist gesehen.“

Mit einem tiefen Seufzer kam Jane wieder zu sich, schenkte den beiden Männern ein betörendes Lächeln und folgte ihrer Gastgeberin nach oben. Mrs. Bantry trat noch für einen Augenblick zu Jane ins Zimmer.

„Ihr Feuer ist ja beinahe aus“, sagte Mrs. Bantry und stocherte heftig, aber wirkungslos darin herum. „Es muß nicht richtig angelegt worden sein. Wie dumm diese Hausmädchen doch sind! Allerdings ist es auch schon ziemlich spät. Du meine Güte, es ist ja nach eins!“

„Gibt es wohl viele Leute wie sie?“ fragte Jane, die, anscheinend tief in Gedanken versunken, auf der Bettkante saß.

„Wie das Hausmädchen?“

„Nein, wie die komische alte Frau – wie heißt sie doch? – Miss Marple.“

„Ach, ich weiß nicht, nehme aber an, daß sie in einem kleinen Dorf so der Durchschnittstyp ist.“

„Du meine Güte! Ich weiß nicht, was ich tun soll.“ Jane seufzte tief.

„Was ist mit Ihnen?“

„Ich habe Angst.“

„Wovor?“

„Dolly“, sagte Jane mit unheilverkündender Stimme, „wissen Sie, was diese merkwürdige alte Dame mir zugeflüstert hat?“

„Keine Ahnung.“

„Sie sagte zu mir: ‚An Ihrer Stelle würde ich es nicht tun,

meine Liebe. Man soll sich nie zu sehr in die Gewalt einer anderen Frau begeben, selbst wenn man sie im Augenblick für eine gute Freundin hält.‘ – Wissen Sie, Dolly, das ist eigentlich sehr wahr.“

„Der Grundsatz? Ja, vielleicht. Aber ich sehe im Augenblick keine Nutzanwendung.“

„Ich glaube, man kann einer Frau nie richtig trauen, und ich würde tatsächlich in ihrer Gewalt sein. Daran habe ich nie gedacht.“

„Von welcher Frau reden Sie eigentlich?“

„Von Netta Greene, meinem Double.“

„Was weiß denn Miss Marple um Himmels willen von Ihrem Double?“

„Sie hat es wohl erraten, aber wie, das kann ich einfach nicht fassen.“

„Jane, wollen Sie mir nun bitte endlich sagen, wovon Sie eigentlich reden?“

„Von der Geschichte, die ich Ihnen soeben erzählt habe. Oh, Dolly, Sie wissen doch, die Frau, die mir Claude fortgenommen hat . . .“

Mrs. Bantry nickte, und an ihrem geistigen Auge zog blitzschnell die erste von Janes unglücklichen Ehen vorüber – die Ehe mit dem Schauspieler Claude Averbury.

„Er hat sie geheiratet. Und ich hätte ihm prophezeien können, wie es kommen würde. Claude weiß es nicht, aber sie hat ein Verhältnis mit Sir Joseph Salmon, verbringt das Wochenende immer mit ihm in dem Bungalow, von dem ich Ihnen erzählt habe. Ich möchte sie an den Pranger stellen, möchte, daß alle Leute wissen, was für ein Weibsstück das ist! Und durch einen Einbruchdiebstahl würde nämlich alles ans Tageslicht kommen.“

„Jane!“ Mrs. Bantry schnappte nach Luft. „Haben Sie sich das alles ausgedacht, was Sie uns da erzählt haben?“

Jane nickte.

„Deshalb habe ich das Stück ‚*Smith*‘ gewählt. Darin trage ich nämlich die Uniform eines Zimmermädchens. Und wenn dann die Polizei nach mir schickte, könnte ich sagen, ich hätte die Rolle mit dem Double im Hotel geprobt. Ich hatte mir alles so ausgetüftelt: Ich spiele das Zimmermädchen, öffne

die Tür und bringe nachher die Cocktails herein. Und Netta stellt mich dar. Er wird sie natürlich nie wiedersehen; also besteht keine Gefahr, daß er sie wiedererkennt. Und ich kann mich als Zimmermädchen unkenntlich machen. Außerdem gehört ein Zimmermädchen zu einer ganz besonderen Kategorie von Menschen. Ja, und dann den jungen Mann auf die Straße geschleppt, den Schmuckkasten entwendet, die Polizei angerufen und zurück ins Hotel. Und dann würde ihr Name in den Zeitungen erscheinen, und Claude würde sich ein Bild davon machen können, wen er geheiratet hat."

Mrs. Bantry ließ sich stöhnend in einen Sessel fallen.

„Oh, mein armer Kopf! Und die ganze Zeit – Jane Helier, Sie haben es faustdick hinter den Ohren! Wie sie uns nur die Geschichte erzählt haben, so naiv."

„Ich bin tatsächlich eine gute Schauspielerin", erklärte Jane selbstbewußt. „Bin es immer gewesen, was auch die Leute schwatzen mögen. Ich habe mich nicht ein einziges Mal verraten, nicht wahr?"

„Miss Marple hatte recht", murmelte Mrs. Bantry. „Das persönliche Element. O ja, das persönliche Element. Jane, mein gutes Kind, machen Sie sich eigentlich klar, daß Diebstahl nun einmal ein Diebstahl ist und daß man Sie hätte ins Gefängnis stecken können?"

„Na, von Ihnen hat es niemand erraten", meinte Jane. „Außer Miss Marple." Ihr Gesicht nahm wieder einen verängstigten Ausdruck an. „Dolly, glauben Sie wirklich, daß es viele solcher Frauen gibt wie sie?"

„Offen gestanden, nein", erwiderte Mrs. Bantry.

Wieder stieß Jane einen Seufzer aus.

„Immerhin ist es vielleicht besser, wenn ich es nicht riskiere.

Und natürlich würde ich in Nettas Gewalt sein. Das stimmt schon. Wir könnten uns zanken, oder sie mag mich erpressen oder dergleichen. Sie hat die Einzelheiten mit mir ausgearbeitet und mir Verschwiegenheit gelobt, aber bei Frauen kann man wirklich nie wissen. Ich sollte es wohl lieber nicht drauf ankommen lassen."

„Aber, meine Liebe, Sie haben es doch bereits drauf ankommen lassen!"

„O nein!" Jane riß die blauen Augen weit auf. „Haben Sie es denn nicht verstanden? Bis jetzt ist doch noch nichts davon wirklich passiert! Ich habe ... ich habe, wie man so sagt, es erst mal den Hunden vorgesetzt."

„Ich maße mir nicht an, Ihren Theaterslang zu verstehen", sagte Mrs. Bantry würdevoll. „Wollen Sie damit sagen, daß dies ein Projekt der Zukunft ist und nicht ein in der Vergangenheit liegendes tatsächliches Geschehen?"

„Ich hatte es mir für diesen Herbst vorgenommen – September. Nun weiß ich nicht recht, was ich tun soll."

„Und Miss Marple hat tatsächlich die Wahrheit erraten und uns nichts davon gesagt? Ein starkes Stück!" erklärte Mrs. Bantry voller Zorn.

„Ich glaube, darum sprach sie davon, daß Frauen zusammenhalten müßten. Sie wollte mein Geheimnis den Männern wohl nicht preisgeben. Das ist sehr nett von ihr. Aber ich habe nichts dagegen, wenn Sie es wissen, Dolly."

„Nun, schlagen Sie sich die Idee aus dem Kopf, Jane, ich bitte Sie inständigst darum."

„Ich glaube auch", murmelte Jane. „Vielleicht gibt es noch andere alte Damen wie Miss Marple."

Der Fall von St. Mary Mead

Sir Henry Clithering, Ex-Kommissar von Scotland Yard, war wieder einmal bei seinen Freunden, den Bantrys, in der Nähe des kleinen Dorfes St. Mary Mead zu Gast.

Am Sonnabendmorgen, als er um zehn Uhr fünfzehn – eine angenehme, gastliche Stunde – zum Frühstück nach unten kam, wäre er beinahe mit seiner Gastgeberin, Mrs. Bantry, im Türrahmen des Frühstückszimmers zusammengestoßen; denn sie stürzte sich gerade in ziemlich aufgeregter Verfassung in den Korridor.

Oberst Bantry saß mit puterrotem Gesicht am Tisch.

„Morgen, Clithering", begrüßte er seinen Gast. „Schöner Tag. Bedienen Sie sich."

Sir Henry tat, wie ihm geheißen. Als er sich mit seinem Teller voll Nieren und Speck niederließ, fuhr sein Gastgeber fort: „Dolly ist heute morgen ein wenig aufgeregt."

„Ja – hm – den Eindruck hatte ich auch", erwiderte Sir Henry in sanftem Tonfall.

Er wunderte sich eigentlich im stillen darüber. Seine Gastgeberin hatte nämlich ein ruhiges Temperament und ließ sich nicht leicht aus der Fassung bringen. Soweit Sir Henry wußte, besaß sie nur eine Leidenschaft – Blumenzucht.

„Ja", fuhr Oberst Bantry fort. „Eine Nachricht, die wir heute morgen erhalten haben, hat sie etwas aus der Fassung gebracht. Ein Mädchen aus dem Dorf – Emmotts Tochter – Emmott, der Wirt vom *‚Blauen Eber'* ..."

„O ja, natürlich."

„Ja", meinte der Oberst sinnend. „Hübsches Mädchen. Hat sich mit einem Mann eingelassen. Übliche Geschichte. Ich hatte mit Dolly ein kleines Wortgefecht deswegen. Töricht von mir. Frauen nehmen keine Vernunft an. Dolly legte sich mächtig für das Mädchen ins Zeug. Sie wissen ja, wie Frauen nun mal sind: Männer sind alle Scheusale und so weiter. Aber so einfach ist die Sache auch wieder nicht. Heutzutage jedenfalls nicht. Die Mädchen wissen, was sie tun. Ein Bursche, der ein Mädchen verführt, ist nicht unbedingt ein Schurke. Ich persönlich mochte den jungen Sandford ganz gern. Eher ein junger Esel als ein Don Juan in meinen Augen."

„Hat dieser Sandford das Mädchen ins Unglück gebracht?"

„Es scheint so. Natürlich weiß ich persönlich nichts davon", setzte der Oberst vorsichtig hinzu. „Alles Geschwätz und Getratsche! Sie wissen ja, wie das hier zugeht. Wie gesagt, ich weiß nichts Positives, und ich bin nicht wie Dolly, die voreilige Schlüsse zieht und mit den Anklagen schnell bei der Hand ist. Zum Kuckuck, man sollte mit seinen Worten sehr vorsichtig umgehen! Sie wissen ja – Leichenschau und so weiter."

„Leichenschau?"

Oberst Bantry starrte vor sich hin.

„Ja. Habe ich das nicht erwähnt? Das Mädchen ist ins Wasser gegangen. Darum dreht sich ja das ganze Theater."

„Das ist eine üble Angelegenheit", meinte Sir Henry.

„Natürlich. Mag selbst nicht daran denken. Arme, hübsche kleine Range. Ihr Vater ist ein ziemlich harter Mann, wie man so hört. Sie wagte es wohl nicht, ihm gegenüberzutreten."

Er hielt inne.

„Das hat Dolly so aufgebracht."

„Wo hat sie sich ertränkt?"

„Im Fluß. Gerade unterhalb der Mühle ist er ziemlich reißend. Dort ist ein Fußpfad, und es führt eine Brücke über den Fluß. Man nimmt an, daß sie sich von dieser Brücke ins Wasser gestürzt hat. Herrje, man darf gar nicht daran denken!"

Mit gewichtigem Rascheln schlug Oberst Bantry seine Zeitung auf und machte sich daran, seine Gedanken von dieser schmerzlichen Angelegenheit abzulenken, indem er sich in die neuesten Ungerechtigkeiten der Regierung vertiefte.

Sir Henry war nur oberflächlich an der Dorftragödie interessiert. Nach dem Frühstück streckte er sich behaglich in einem bequemen Stuhl auf dem Rasen aus, schob sich den Hut über die Augen und betrachtete das Leben von einem geruhsamen Standpunkt.

Es war ungefähr halb zwölf, als ein adrettes Zimmermädchen über den Rasen trippelte.

„Entschuldigen Sie bitte, Sir, Miss Marple ist hier und möchte Sie gerne einmal sprechen."

„Miss Marple?"

Sir Henry richtete sich auf und schob seinen Hut zurück. Der Name überraschte ihn. Er konnte sich an Miss Marple noch sehr gut erinnern, an ihr sanftes, ruhiges, altjüngferliches Wesen, an ihren erstaunlichen Scharfsinn. Es fielen ihm mindestens ein Dutzend „ungeklärter Fälle“ ein – und wie diese typische alte Dorfjungfer jedesmal unfehlbar die richtige Lösung des Rätsels gefunden hatte. Sir Henry empfand eine große Achtung vor Miss Marple, und er war neugierig zu erfahren, was sie jetzt wohl zu ihm führen mochte.

Miss Marple saß im Salon, kerzengerade wie immer, einen lustig bunten Marktkorb ausländischer Herkunft neben sich. Ihre Wangen waren ziemlich gerötet, und sie schien in großer Aufregung zu sein.

„Sir Henry . . . ich bin so froh! So ein Glück, Sie anzutreffen. Ich hörte ganz zufällig von Ihrer Anwesenheit hier . . . ich hoffe, Sie werden mir verzeihen . . .“

„Es ist mir ein großes Vergnügen“, sagte Sir Henry und schüttelte ihr die Hand. „Ich fürchte aber, Mrs. Bantry ist nicht zu Hause.“

„Ja“, erwiderte Miss Marple. „Ich sah sie im Gespräch mit Footit, dem Metzger, als ich vorbeikam. Henry Footit ist gestern überfahren worden, das war sein Hund. Einer von diesen glatthaarigen Foxterriern, ziemlich korpulent und zanksüchtig, die die Metzger zu bevorzugen scheinen.“

„Ja“, stimmte ihr Sir Henry zu.

„Ich bin ganz froh, daß Mrs. Bantry gerade nicht zu Hause ist“, fuhr Miss Marple fort. „Denn ich wollte in erster Linie mit Ihnen sprechen. Über diese traurige Angelegenheit.“

„Henry Footit?“ fragte Sir Henry leicht verwirrt.

„Nein, nein. Rose Emmott, natürlich. Sie haben doch davon gehört?“

Sir Henry nickte.

„Bantry hat es mir erzählt. Sehr traurig.“

Er war ein wenig verdutzt und konnte sich nicht recht denken, warum Miss Marple gerade mit ihm über Rose Emmott sprechen wollte.

Miss Marple setzte sich wieder, und Sir Henry nahm auch Platz. Als die alte Dame von neuem zu sprechen anhob, hatte ihr Wesen sich verändert. Sie war jetzt ernst und legte eine gewisse Würde an den Tag.

„Sie erinnern sich vielleicht noch, Sir Henry, daß wir bei

verschiedenen Gelegenheiten einem angenehmen Zeitvertreib huldigten. Wir berichteten von geheimnisvollen Ereignissen und versuchten, die richtige Erklärung zu finden. Sie waren damals so freundlich und sagten, daß ich – daß ich nicht zu schlecht abgeschnitten hätte."

„Sie haben uns alle geschlagen", erklärte Sir Henry mit Wärme. „Sie entfalteten ein ausgesprochenes Talent, die Wahrheit zu ergründen, und Sie führten immer, wie ich mich entsinne, eine Parallele aus Ihrem Dorf an, die Ihnen den erforderlichen Anhaltspunkt geliefert hatte."

Er lächelte bei diesen Worten, aber Miss Marple lächelte nicht. Sie blieb sehr ernst.

„Ihre Worte haben mir den Mut gegeben, Sie jetzt aufzusuchen. Ich habe das Gefühl, daß Sie nicht über mich lachen werden, wenn Sie hören, was ich Ihnen zu sagen habe."

Er merkte plötzlich, daß sie von einem tödlichen Ernst beseelt war.

„Ich werde bestimmt nicht lachen", sagte er sanft.

„Sir Henry – dieses Mädchen – diese Rose Emmott. Sie hat sich nicht ertränkt – sie ist ermordet worden! – Und ich weiß, wer es getan hat."

Sir Henry war so erstaunt, daß er volle zehn Sekunden schwieg. Miss Marple hatte ganz sachlich gesprochen, als handle es sich um die alltäglichste Bemerkung der Welt.

„Das ist eine sehr ernste Behauptung, Miss Marple", erklärte Sir Henry, sobald er sich von seinem Erstaunen erholt hatte.

Sie nickte mehrere Male sanft mit dem Kopf.

„Ich weiß, ich weiß. Deshalb bin ich auch zu Ihnen gekommen."

„Aber, liebe gnädige Frau, ich bin nicht die richtige Person für Sie. Heutzutage bin ich nur noch Privatmann. Wenn Sie diesbezügliche Kenntnisse haben, müssen Sie zur Polizei gehen."

„Das kann ich wohl nicht", erwiderte Miss Marple.

„Aber warum nicht?"

„Weil ich nämlich keine diesbezüglichen Kenntnisse habe, wie Sie sich ausdrücken."

„Wollen Sie damit sagen, daß es nur Vermutungen Ihrerseits sind?"

„Sie können es so nennen, wenn Sie wollen, aber es ist in Wirklichkeit ganz anders. *Ich weiß es.* Ich bin in der Lage, es zu wissen. Aber wenn ich Inspektor Drewitt meine Gründe dafür angäbe, würde er einfach lachen. Und ich könnte es ihm nicht einmal übelnehmen. Es ist sehr schwierig, eine besondere Art von Wissen zu verstehen."

„Zum Beispiel?" erkundigte sich Sir Henry.

Miss Marple lächelte ein wenig.

„Wenn ich Ihnen nun sagte: ich weiß es, weil ein Gemüsehändler namens Peasegood vor Jahren einmal bei meiner Nichte Steckrüben statt Karotten ablieferte . . ."

Es folgte ein beredtes Schweigen.

„Mit anderen Worten", meinte Sir Henry, „Sie urteilen also einfach nach den Tatsachen eines Parallelfalls."

„Ich kenne die menschliche Natur", betonte Miss Marple. „Wenn man so viele Jahre in einem Dorf gelebt hat, lernt man sie von Grund auf kennen. Das läßt sich gar nicht vermeiden. Die Hauptsache ist: glauben Sie mir oder nicht?"

Sie blickte ihm direkt und unverwandt in die Augen, während sich das Rot in ihren Wangen vertiefte.

Sir Henry verfügte über eine umfassende Lebenserfahrung. Er traf seine Entscheidungen rasch und ohne Umschweife. So unwahrscheinlich und phantastisch Miss Marples Behauptung auch klingen mochte, er stellte fest, daß er sie ohne weiteres akzeptierte.

„Ich glaube Ihnen wirklich, Miss Marple. Aber ich verstehe nicht ganz, was ich in der Angelegenheit tun soll oder weshalb Sie zu mir kommen."

„Ich habe mir auch schon den Kopf zerbrochen", erwiderte Miss Marple. „Wie ich bereits sagte, wäre es zwecklos, bei der Polizei ohne Beweise anzutreten, und greifbare Beweise habe ich nicht. Ich möchte Sie daher bitten, Interesse an der Sache zu zeigen. Inspektor Drewitt würde sich bestimmt geschmeichelt fühlen. Und wenn die Sache weitergehen sollte, würde Oberst Melchett, der Polizeipräsident, selbstverständlich wie Wachs in Ihren Händen sein."

Sie sah ihn flehend an.

„Und was für Anhaltspunkte könnten Sie mir geben?"

„Ich hatte die Absicht, einen Namen – *den* Namen – auf ein

Stück Papier zu schreiben und Ihnen dieses zu geben. Wenn Sie dann bei der Untersuchung zu dem Schluß kommen, daß diese Person nichts damit zu tun hat, nun, so habe ich mich eben geirrt."

Sie hielt inne und fügte dann mit leichtem Schaudern hinzu: „Es wäre furchtbar – ganz furchtbar, wenn eine unschuldige Person an den Galgen käme."

„Was veranlaßt Sie zu dieser Annahme?" fragte Sir Henry.

Ein gequälter Ausdruck lag in ihren Augen.

„Ich kann mich ja irren, aber ich glaube es nicht. Inspektor Drewitt ist wirklich ein intelligenter Mann. Doch eine durchschnittliche Intelligenz ist manchmal höchst gefährlich. Sie führt einen nicht weit genug."

Sir Henry warf ihr einen merkwürdigen Blick zu.

Etwas ungeschickt öffnete Miss Marple einen zierlichen Pompadour, nahm ein kleines Notizbuch hervor und riß ein Blatt heraus. Darauf schrieb sie sorgfältig einen Namen, faltete das Blatt und reichte es Sir Henry.

Er öffnete es und las den Namen, der keinerlei Bedeutung für ihn hatte. Ein wenig verdutzt blickte er zu Miss Marple hinüber und steckte dann das Stück Papier in seine Tasche.

„Nun", meinte er, „eine ziemlich ungewöhnliche Sache. So etwas ist mir in meiner ganzen Praxis noch nicht vorgekommen. Aber ich setze alles auf die hohe Meinung, die ich von Ihnen habe, Miss Marple."

Sir Henry saß mit Oberst Melchett, dem Polizeipräsidenten der Grafschaft, und Inspektor Drewitt zusammen in seinem Zimmer.

Der Polizeipräsident war ein kleiner Mann, der ein etwas aggressives, militärisches Benehmen zur Schau trug. Der Inspektor war breit und stattlich und überaus vernünftig.

„Ich habe wirklich das Gefühl, daß ich meine Nase in Dinge stecke, die mich nichts angehen", erklärte Sir Henry mit gewinnendem Lächeln. „Ich kann Ihnen nicht einmal sagen, warum ich es tue."

„Aber mein lieber Herr Kollege, wir sind hocherfreut und betrachten es als ein Kompliment."

„Es ist uns eine Ehre, Sir Henry", sagte der Inspektor.

Im stillen dachte der Polizeipräsident: Der arme Kerl langweilt sich bestimmt zu Tode bei den Bantrys, wo der Alte dauernd auf die Regierung schimpft und die Frau ständig von ihren Blumenzwiebeln schwatzt.

Der Inspektor dachte: Schade, daß wir es nicht mit einem richtig komplizierten Fall zu tun haben. Einer der besten Köpfe Englands, wie ich gehört habe. Ein Jammer, daß es sich um eine so einfache, klare Sache handelt.

Laut sagte der Polizeipräsident: „Ich glaube, es ist ein ziemlich gewöhnlicher und unkomplizierter Fall. Zuerst glaubte man, das Mädchen habe sich selbst ins Wasser gestürzt. Sie war nämlich schwanger. Unser Dr. Haydock ist jedoch ein sorgfältiger Bursche. Er hat die blauen Flecke an beiden Oberarmen bemerkt, die vor dem Tode verursacht worden sind. Gerade an den Stellen, wo ein Kerl sie am Arm hätte packen müssen, um sie hineinzuwerfen."

„Hätte das viel Kraft erfordert?"

„Ich glaube nicht. Das Mädchen hat sich ja vermutlich nicht gewehrt, da der Angriff unvermittelt erfolgt sein muß. Es ist dort ein Fußsteg aus schlüpfrigem Holz. Geradezu ein Kinderspiel, sie hineinzustoßen. Auf der einen Seite ist nicht einmal ein Geländer."

„Wissen Sie ganz genau, daß die tragische Begebenheit sich dort ereignet hat?"

„Ja, wir haben da einen Jungen zu fassen gekriegt – Jimmy Brown – zwölf Jahre alt. Er war auf der andern Seite im Wald, als er einen Schrei von der Brücke her und dann ein Aufklatschen hörte. Es war schon dämmrig – schwierig, etwas zu erkennen. Bald darauf sah er etwas Weißes unten im Wasser treiben und ist davongerannt, um Hilfe zu holen. Man hat sie dann herausgefischt, aber es war zu spät, um sie zu retten."

Sir Henry nickte.

„Und der Junge hat niemanden auf der Brücke gesehen?"

„Nein. Aber wie gesagt, es war schon dämmrig, und es ist dort immer etwas neblig. Ich werde ihn nochmals fragen, ob er kurz nachher oder kurz vorher überhaupt jemanden in der Gegend gesehen hat. Er hat nämlich einfach angenommen, daß das Mädchen sich ins Wasser gestürzt habe. Das glaubten ja alle anderen zuerst auch."

„Immerhin haben wir den Brief“, sagte Inspektor Drewitt und wandte sich Sir Henry zu.

„Einen Brief aus der Tasche des toten Mädchens, Sir, mit einer Art Zeichenstift geschrieben. Obwohl das Papier ziemlich aufgeweicht war, konnten wir ihn noch lesen.“

„Und was stand darin?“

„Es war von dem jungen Sandford. *‚Also gut‘*, so lautete er, *‚ich treffe Dich um halb neun an der Brücke. R. S.‘*. Nun, es war so um halb neun herum, vielleicht ein paar Minuten später, daß Jimmy Brown den Schrei und das Platschen hörte.“

„Ich weiß nicht, ob Sie Sandford schon begegnet sind“, fuhr Oberst Melchett fort. „Er ist seit etwa einem Monat hier. Einer dieser modernen jungen Architekten, die seltsame Häuser bauen. Er baut gerade jetzt eins für Allington. Mag der liebe Himmel wissen, was daraus wird – steckt sicher voll von hypermodernem Kram. Eßzimmertische aus Glas und Operationstische aus Stahl mit Gurtbändern! Na, das spielt hier keine Rolle; ich wollte Ihnen nur zeigen, was für ein Bursche dieser Sandford ist. Ein Bolschewist, wissen Sie, ohne jegliche Moral."

„Verführung", meinte Sir Henry, „ist ein ziemlich altes Vergehen, wenn es natürlich auch nicht so weit zurückdatiert wie der Mord."

Oberst Melchett starrte ihn an.

„O ja", sagte er dann, „ganz recht – ganz recht."

„Nun, Sir Henry", bemerkte Drewitt, „das wär's. Eine häßliche Geschichte, aber völlig unkompliziert. Dieser junge Sandford macht das Mädchen unglücklich, und dann will er schleunigst verduften. Zurück nach London, wo er auch ein Mädchen hat, eine nette junge Dame, mit der er verlobt ist. Wenn die von dieser Geschichte erfährt, ist er natürlich bei ihr erledigt. Also trifft er sich mit Rose auf der Brücke. Es ist ein nebliger Abend, weit und breit kein Mensch zu sehen. Er packt sie bei den Schultern und wirft sie einfach ins Wasser. Ein richtiger Schweinehund, der den Strick verdient hat. Das ist meine Ansicht."

Sir Henry schwieg eine Zeitlang. Aus den Reden der beiden Männer sprach ein starkes, örtlich bedingtes Vorurteil. Ein moderner Architekt würde sich zweifellos in dem konservativen Dorf St. Mary Mead nicht sehr großer Beliebtheit erfreuen.

„Und es besteht kein Zweifel, daß dieser Sandford wirklich der Vater des Kindes war?"

„Nein. Er ist schon der Vater. Rose Emmott hat es ihrem Vater gestanden. Sie glaubte, er würde sie heiraten. Der sie heiraten! Das hätte er nie und nimmer getan."

Herrje! dachte Sir Henry bei sich. Da bin ich ja in ein regelrechtes Melodrama aus der guten alten Zeit hineingeraten: das ahnungslose Mädchen, der Schurke aus London, der strenge Vater, der Verrat – und nun fehlt uns nur noch der treue Liebhaber aus dem Dorf. Ja, es ist wohl an der Zeit, daß ich mich nach ihm erkundige.

Laut fragte er: „Hatte das Mädchen denn nicht einen jungen Mann hier im Dorf?“

„Meinen Sie etwa Joe Ellis?“ erwiderte der Inspektor. „Ein guter Kerl, dieser Joe. Tischler von Beruf. Ah! Wenn sie Joe nur treu geblieben wäre!“

Oberst Melchett nickte beifällig. „Jeder zu seinesgleichen!“ schnauzte er.

„Wie hat sich Joe Ellis denn zu der Sache gestellt?“ erkundigte sich Sir Henry.

„Das weiß niemand“, entgegnete der Inspektor. „Ein ruhiger Bursche, dieser Joe. Verschwiegen. Alles, was Rose tat, war in seinen Augen richtig. Er tanzte so ganz nach ihrer Pfeife. Ich glaube, er hoffte wohl, daß sie eines Tages zu ihm zurückkehren würde.“

„Ich möchte gern einmal mit ihm sprechen“, sagte Sir Henry.

„Oh, wir werden ihn schon aufsuchen“, versprach Oberst Melchett. „Wir übersehen keine Möglichkeit. Persönlich habe ich es mir so gedacht: zuerst gehen wir zu Emmott, dann zu Sandford, und zum Schluß können wir noch Ellis besuchen. Ist Ihnen das recht, Clithering?“

„Das paßt mir ausgezeichnet“, entgegnete Sir Henry.

Im *„Blauen Eber“* trafen sie Tom Emmott an, einen großen, kräftig gebauten Mann in mittleren Jahren mit unbeständigem Blick und grausamem Mund.

„Freut mich, Sie zu sehen, meine Herren. Guten Morgen, Herr Oberst. Treten Sie bitte hier ein, dann sind wir unter uns. Darf ich Ihnen etwas anbieten, meine Herren? Nein? Wie Sie wünschen. Sie kommen also wegen meiner armen Tochter. Ach! Sie war ein so gutes Mädchen, meine Rose. Stets so rechtschaffen, bis dieser Gauner ins Dorf kam. Versprach ihr die Ehe, dieser Kerl! Aber ich werde ihn verklagen. Er hat sie in den Tod getrieben! Das hat er, dieser mörderische Halunke, und Schande über uns alle gebracht. Mein armes Kind!“

„Hat Ihre Tochter Ihnen ausdrücklich gesagt, daß Mr. Sandford für ihren Zustand verantwortlich sei?“ fragte Melchett in energischem Ton.

„Jawohl. Hier in diesem Zimmer sogar.“

„Und was haben Sie zu ihr gesagt?“ erkundigte sich Sir Henry.

„Zu ihr gesagt?“ Der Mann schien im Augenblick ganz verblüfft.

„Ja. Haben Sie ihr gedroht, sie aus dem Haus zu werfen?“

„Ich war etwas erregt, aber das ist doch ganz natürlich. Das werden Sie sicher zugeben. Aber ich habe sie selbstverständlich nicht aus dem Haus geworfen. So etwas würde ich doch nicht tun.“ Er spielte den beleidigten Tugendbold. „Nein, wofür haben wir denn das Gesetz, sage ich immer. Wofür haben wir das Gesetz? Er mußte sie heiraten. Und wenn er das nicht tat, dann, bei Gott, mußte er eben zahlen.“

Er schlug heftig mit der Faust auf den Tisch.

„Wann haben Sie Ihre Tochter zum letztenmal gesehen?“ fragte Melchett.

„Gestern, beim Tee.“

„Wie war sie da?“

„Nun, wie immer. Ich habe ihr nichts angemerkt. Wenn ich gewußt hätte . . .“

„Aber Sie haben es nicht gewußt“, sagte der Inspektor trocken. Sie brachen auf.

„Emmott hinterläßt nicht gerade einen günstigen Eindruck“, bemerkte Sir Henry nachdenklich.

„Ein kleiner Schurke“, gab Melchett zu. „Er würde Sandford schon das Fell über die Ohren gezogen haben, wenn er die Chance gehabt hätte.“

Ihr nächster Besuch galt dem Architekten. Rex Sandford entsprach keineswegs dem Bild, das Sir Henry sich unbewußt von ihm gemacht hatte. Er war ein großer junger Mann, sehr blond und sehr dünn. Er hatte blaue träumerische Augen, und sein Haar war unordentlich und etwas zu lang. Seine Sprechweise war reichlich geziert.

Oberst Melchett stellte sich und seine Begleiter vor. Dann steuerte er ohne Umschweife auf den Zweck seines Besuches los. Er forderte den Architekten auf, ihnen genau zu sagen, wo er sich am vergangenen Abend zu den verschiedenen Zeiten aufgehalten hatte.

„Sie verstehen ja wohl“, warnte er. „Ich habe keine Befugnis, eine Aussage von Ihnen zu erzwingen. Und jede Aussage, die Sie machen, kann als Beweis gegen Sie verwendet werden. Ich möchte, daß Sie sich darüber ganz klar sind.“

„Ich . . . ich verstehe nicht recht“, stotterte Sandford.

„Es ist Ihnen wohl bekannt, daß Rose Emmott gestern abend ertrunken ist, nicht wahr?“

„Ich weiß. Oh! Es ist zu schrecklich. Wirklich, ich habe kein Auge zugetan. Und heute konnte ich einfach nicht arbeiten. Ich fühle mich verantwortlich, furchtbar verantwortlich!“

Er fuhr sich mit den Händen durchs Haar und machte es noch unordentlicher.

„Ich habe nichts Böses im Schilde geführt“, fuhr er kläglich fort. „Ich war gedankenlos und habe es mir nicht träumen lassen, daß sie es sich so zu Herzen nehmen würde.“

Er ließ sich am Tisch nieder und vergrub das Gesicht in den Händen.

„Mr. Sandford, weigern Sie sich, eine Aussage darüber zu machen, wo Sie gestern abend um halb neun waren?“

„Nein, nein, gewiß nicht. Ich war draußen, habe einen Spaziergang gemacht.“

„Sie gingen zu einer Verabredung mit Miss Emmott, nicht wahr?“

„Nein. Ich war allein. Bin durch den Wald gegangen. Ziemlich weit.“

„Was für eine Erklärung haben Sie dann für diesen Brief, der in der Tasche des ertrunkenen Mädchens gefunden wurde?“

Inspektor Drewitt las den Brief kalt und sachlich laut vor.

„Nun, mein Herr“, fragte er schließlich, „leugnen Sie, daß Sie dies geschrieben haben?“

„Nein, nein, Sie haben recht, ich habe diesen Brief tatsächlich geschrieben. Rose bat mich um eine Zusammenkunft. Sie bestand darauf. Ich wußte nicht, was ich machen sollte. Daher schrieb ich den Brief.“

„Aha, das ist schon besser“, meinte der Inspektor.

„Aber ich bin nicht hingegangen!“ Sandfords Stimme wurde schrill und aufgeregt. „Ich bin nicht hingegangen! Nach meinem Gefühl war es viel besser, wenn ich nicht hinging. Morgen wollte ich nach London zurückkehren. Ich hielt es für ratsamer, mich nicht mit ihr zu treffen. Ich hatte die Absicht, von London aus zu schreiben und . . . gewisse Anordnungen zu treffen.“

„Sie wissen doch, mein Herr, daß dieses Mädchen ein Kind erwartete und Sie als den Vater angegeben hat, ja?“

Sandford stöhnte, antwortete aber nicht.

„War diese Behauptung richtig, mein Herr?“

Sandford vergrub sein Gesicht noch tiefer.

„Ich glaube wohl“, erwiderte er mit erstickter Stimme.

„Aha!“ Inspektor Drewitt konnte seine Befriedigung nicht verbergen. „Um auf diesen Spaziergang zurückzukommen: Sind Sie dabei jemandem begegnet?“

„Ich weiß es nicht, glaube es aber nicht. Soweit ich mich entsinne, habe ich niemanden getroffen.“

„Das ist sehr schade.“

„Wie meinen Sie das?“ Sandford starrte ihn aufgeregt an. „Was hat es auf sich, ob ich einen Spaziergang gemacht habe oder nicht? Was ändert es schon daran, daß Rose sich ertränkt hat?“

„Ah!“ entgegnete der Inspektor. „Aber sie hat sich nicht ertränkt! Sie ist vorsätzlich in den Fluß geworfen worden, Mr. Sandford.“

„Was sagen Sie da?“ Es dauerte eine Weile, bis er die Schreckensnachricht erfaßt hatte. „Mein Gott! Dann ...“

Er sank in einen Sessel.

Oberst Melchett schickte sich zum Gehen an.

„Sie verstehen, Sandford“, sagte er. „Unter keinen Umständen dürfen Sie dieses Haus verlassen.“

Die drei Männer gingen fort. Der Inspektor und der Polizeipräsident tauschten Blicke miteinander aus.

„Das genügt wohl, Sir“, meinte der Inspektor.

„Ja, lassen Sie einen Haftbefehl ausstellen und verhaften Sie ihn.“

„Entschuldigen Sie bitte“, sagte Sir Henry. „Ich habe meine Handschuhe vergessen.“

Er trat schnell wieder ins Haus. Sandford saß noch in derselben Stellung, wie sie ihn verlassen hatten, und starrte benommen vor sich hin.

„Ich bin zurückgekehrt“, erklärte Sir Henry, „um Ihnen zu sagen, daß ich persönlich darauf bedacht bin, alles zu tun, um Ihnen zu helfen. Den Grund hierfür kann ich Ihnen leider nicht verraten. Aber ich möchte Sie bitten, mir so kurz wie möglich zu schildern, was eigentlich zwischen Ihnen und dem Mädchen vorgefallen ist."

„Sie war sehr hübsch", erwiderte Sandford. „Sehr hübsch und sehr verführerisch. Und ... und sie hatte es sofort auf mich abgesehen. Bei Gott, das ist wahr. Sie ließ mir keine Ruhe. Außerdem war es hier sehr einsam für mich; die anderen mochten mich nicht gern, und, wie gesagt, sie war erstaunlich hübsch und mit allen Wassern gewaschen ..."

Seine Stimme sank zu einem Flüstern herab. Er blickte auf. „Und dann ist es eben passiert. Sie wollte, daß ich sie heiratete. Ich wußte nicht, was ich tun sollte, da ich mit einem Mädchen in London verlobt bin. Wenn sie je davon erfährt – und das wird sie wohl –, na, dann ist alles aus. Sie wird kein Verständnis dafür haben. Natürlich nicht. Und ich bin ja auch ein Taugenichts. Wie gesagt, ich wußte nicht aus noch ein. Ich vermied es, Rose wiederzusehen. Ich dachte, es sei am besten, wenn ich nach London zurückführe – meinen Rechtsanwalt aufsuchte – und finanzielle Anordnungen für sie träfe. Gott, was für ein Idiot war ich doch! Und alles deutet auf mich als den Täter hin. Aber Sie haben sich geirrt. Sie *muß* es selbst getan haben."

„Hat sie jemals gedroht, sich das Leben zu nehmen?"

Sandford schüttelte den Kopf.

„Nie. Ich hätte es auch nicht von ihr geglaubt."

„Wie steht es denn mit einem Manne namens Joe Ellis?"

„Dieser Tischler? Stammt aus einer guten Dorffamilie. Langweiliger Bursche, aber ganz versessen auf Rose."

„Vielleicht war er eifersüchtig?" deutete Sir Henry an.

„Das war er wohl etwas, aber er ist ein sturer Typ. Der leidet, ohne zu klagen."

„Nun", meinte Sir Henry, „ich muß jetzt gehen."

Sobald er die andern eingeholt hatte, wandte er sich an Melchett: „Wissen Sie, Melchett, ich bin dafür, daß wir uns erst noch diesen anderen Burschen – Ellis – ansehen, bevor wir etwas Drastisches unternehmen. Es wäre schade, wenn Sie den falschen Mann verhaften. Schließlich ist Eifersucht ein ziemlich gutes – und auch ein ziemlich alltägliches Mordmotiv."

„Das ist schon richtig", erwiderte der Inspektor. „Aber Joe

Ellis ist nicht der Typ für so etwas. Der täte keiner Fliege etwas zuleide. Ihn hat noch nie jemand in gereizter Stimmung gesehen. Immerhin kann es nichts schaden, wenn wir ihn eben mal fragen, wo er gestern abend war. Um diese Zeit wird er zu Hause sein. Er wohnt bei Mrs. Bartlett. Eine herzensgute Seele, eine Witwe, die sich ihr Brot mit Waschen verdient."

Das kleine Häuschen, auf das sie zugingen, war von peinlicher Sauberkeit. Eine große, stämmige Frau in mittleren Jahren öffnete ihnen die Tür. Sie hatte ein angenehmes Gesicht und blaue Augen.

„Guten Morgen, Mrs. Bartlett", begrüßte sie der Inspektor. „Ist Joe Ellis hier?"

„Vor kaum zehn Minuten ist er nach Hause gekommen", antwortete Mrs. Bartlett. „Treten Sie doch bitte ein, meine Herren."

Während sie sich die Hände an ihrer Schürze abwischte, führte sie die Besucher in die kleine Vorderstube, die mit ausgestopften Vögeln, Porzellanhunden, einem Sofa und mehreren nutzlosen Möbelstücken angefüllt war.

Sie zog eilig ein paar Stühle zurecht, schob eigenhändig einen Ziertisch beiseite, um mehr Platz zu schaffen, und rief zur Tür hinaus: „Joe, hier sind drei Herren, die Sie gern sprechen möchten."

Aus der Hintertür ertönte eine Stimme: „Ich komme, sobald ich mich gewaschen habe."

Mrs. Bartlett lächelte.

„Kommen Sie doch herein, Mrs. Bartlett", sagte Oberst Melchett. „Nehmen Sie Platz."

„O nein, Sir, das fiele mir im Traum nicht ein."

Mrs. Bartlett war ganz entsetzt über diese Idee.

„Haben Sie in Joe Ellis einen guten Mieter?" erkundigte sich Melchett in ganz beiläufigem Ton.

„Könnte keinen besseren finden, Sir. Ein wirklich zuverlässiger junger Mann. Rührt keinen Tropfen an. Ist stolz auf seine Arbeit. Und immer freundlich und hilfreich im Haus. Er hat dieses Regal für mich gemacht und auch eine neue Küchenanrichte. Und wenn etwas im Haus zu reparieren ist, tut Joe es mit der größten Selbstverständlichkeit und will nicht einmal Dank dafür. Ah! Es gibt nicht viele junge Männer wie Joe, Sir."

„Das Mädchen, das ihn mal bekommt, ist glücklich dran", bemerkte Melchett nachlässig. „Er war wohl sehr verliebt in die arme Rose Emmott, nicht wahr?"

Mrs. Bartlett seufzte.

„Es hat mich geradezu geärgert. Er verehrte den Saum ihres Gewandes, und sie machte sich auch nicht *so* viel aus ihm." Hier schnipste sie mit den Fingern.

„Wo bringt Joe seine Abende zu, Mrs. Bartlett?"

„Gewöhnlich hier, Sir. Manchmal hat er abends noch etwas zu tun, und außerdem nimmt er an einem schriftlichen Kursus teil, um die Buchhaltung zu erlernen."

„Wirklich? War er gestern abend zu Hause?"

„Ja, Sir."

„Sind Sie sicher, Mrs. Bartlett?" fragte Sir Henry mit einiger Schärfe.

Sie wandte sich ihm zu.

„Ganz sicher, Sir."

„Er ist zum Beispiel nicht irgendwann zwischen acht und halb neun ausgegangen?"

„O nein", erwiderte sie lachend. „Er hat fast den ganzen Abend an meiner Küchenanrichte gearbeitet, und ich habe ihm dabei geholfen."

Sir Henry blickte in ihre lächelnden, zuversichtlichen Augen, und der erste Zweifel begann an ihm zu nagen.

Einen Augenblick später trat Ellis selbst in das Zimmer. Er war ein großer, breitschultriger junger Mann, der in seiner bäurischen Art sehr gut aussah. In seinen blauen Augen lag eine gewisse Schüchternheit, und um seinen Mund spielte ein gutmütiges Lächeln. Im ganzen machte er den Eindruck eines liebenswürdigen jungen Riesen.

Melchett eröffnete die Unterhaltung, während Mrs. Bartlett sich in die Küche zurückzog.

„Wir stellen Nachforschungen an über den Tod der Rose Emmott. Sie kannten sie doch, Ellis."

„Ja." Er zögerte ein wenig und murmelte dann: „Hoffte, sie eines Tages zu heiraten. Das arme Mädchen!"

„Hatten Sie von ihrem Zustand gehört?"

„Ja." In seinen Augen blitzte es zornig auf. „Hat sie sitzenlassen, dieser Kerl. Aber es wäre zu ihrem Besten gewesen.

Sie wäre niemals glücklich geworden, wenn er sie geheiratet hätte. Ich hatte damit gerechnet, daß sie zu mir kommen würde. Ich hätte für sie gesorgt."

„Trotz allem?"

„Es war nicht ihre Schuld. Er hat sie mit schönen Versprechungen verführt. O ja, das hat sie mir erzählt. Sie hatte es nicht nötig, ins Wasser zu gehen. Er war es nicht wert!"

„Wo waren Sie gestern abend um halb neun, Ellis?"

Bildete Sir Henry es sich ein, oder lag wirklich eine gewisse Verlegenheit in der prompten – fast allzu prompten – Antwort?

„Ich war hier. Habe für Mrs. Bartlett an der Küchenanrichte gearbeitet. Sie können sie fragen. Sie wird es Ihnen bestätigen."

Das kam wie aus der Pistole geschossen, dachte Sir Henry. Er ist ein langsam denkender Mann, doch dies klappte wie am Schnürchen. Er muß es sich vorher zurechtgelegt haben.

Dann sagte er sich aber, es sei wohl Einbildung. Er bildete sich so manches ein. Ja, er glaubte sogar einen Schimmer von Furcht in diesen blauen Augen zu entdecken.

Noch ein paar Fragen und Antworten, und dann erhoben sich die drei Männer. Sir Henry ging unter einem Vorwand in die Küche, wo Mrs. Bartlett am Herd beschäftigt war. Sie blickte mit freundlichem Lächeln zu ihm auf. An der Wand stand die neue Küchenanrichte, die noch nicht ganz fertig war. Werkzeuge und ein paar Holzstücke lagen am Boden verstreut.

„Daran hat Ellis also gestern abend gearbeitet?" fragte Sir Henry.

„Ja, Sir, ein schönes Stück, nicht wahr? Joe ist ein sehr geschickter Tischler."

Kein Schimmer von Furcht in ihren Augen – keine Verlegenheit.

Aber Ellis? Hatte er es sich eingebildet? Nein, er hatte tatsächlich etwas gesehen.

Ich muß ihn mir noch einmal vornehmen, dachte Sir Henry.

Beim Verlassen der Küche stieß er gegen einen Kinderwagen.

„Ich habe doch wohl nicht das Baby aufgeweckt?" sagte er.

Mrs. Bartlett brach in schallendes Gelächter aus.

„Nein, Sir. Ich habe keine Kinder – leider nicht. Den Wagen

benutze ich, um die Wäsche zu holen und wegzubringen."

„Ach so ..."

Nach einer kleinen Pause folgte er einer plötzlichen Eingebung und sagte: „Mrs. Bartlett, Sie kannten Rose Emmott. Sagen Sie mir, was Sie wirklich von ihr hielten."

Sie sah ihn merkwürdig an und erwiderte: „Nun, Sir, nach meinem Gefühl war sie oberflächlich. Aber sie ist nun tot, und über die Toten möchte ich nichts Schlechtes sagen."

„Aber ich habe einen besonderen Grund, einen sehr guten Grund für meine Frage." Er sprach mit sanfter Überredung.

Sie schien zu überlegen, während sie ihn aufmerksam betrachtete. Endlich war ihr Entschluß gefaßt.

„Sie war ein schlechtes Frauenzimmer", sagte sie in aller Ruhe. „Das würde ich natürlich nie in Joes Gegenwart sagen. Sie hat ihn so richtig an der Nase herumgeführt. Diese Sorte versteht's – leider Gottes. Sie wissen ja, wie es ist, Sir."

Ja, Sir Henry wußte Bescheid. Leute wie Joe Ellis waren besonders leicht verletzbar. Sie vertrauten blindlings. Aber aus dieser Ursache heraus war der Schock der Entdeckung vielleicht um so größer.

Als er das Haus verließ, wußte er nicht, was er von der Geschichte halten sollte. Er befand sich in einer Sackgasse. Joe Ellis hatte gestern den ganzen Abend im Hause gearbeitet, und Mrs. Bartlett hatte ihm tatsächlich dabei zugeschaut. Das ließ sich wohl nicht bestreiten. Man konnte nichts dagegen vorbringen. Höchstens vielleicht die verdächtige Schnelligkeit, mit der Joe geantwortet hatte, den Argwohn, daß es sich um eine zurechtgelegte Geschichte handelte.

„Nun", meinte Melchett, „das scheint die Angelegenheit endgültig geklärt zu haben, wie?"

„Ganz gewiß, Sir“, pflichtete ihm der Inspektor bei. „Sandford ist unser Mann. Er steckt in der Klemme. Es ist alles sonnenklar. Meiner Ansicht gingen Vater und Tochter darauf aus, ihn zu erpressen. Er hat nicht viel Geld. Außerdem wünschte er nicht, daß es seiner Braut zu Ohren kam. In seiner Verzweiflung hat er dann einfach gehandelt. Was meinen Sie dazu, Sir?“ Mit diesen Worten wandte er sich ehrerbietig an Sir Henry.

„Es sieht ja wohl so aus“, gab Sir Henry zu. „Und doch kann ich mir Sandford kaum als einen gewalttätigen Menschen vorstellen.“

Aber schon während des Sprechens kam es ihm zum Bewußtsein, daß dies kein triftiger Grund war. Selbst das schwächste Tier vermochte, wenn in die Enge getrieben, Erstaunliches zu vollbringen.

„Aber ich möchte noch gern den Jungen sehen“, sagte er plötzlich. „Den Jungen, der den Schrei gehört hat.“

Jimmy Brown entpuppte sich als ein intelligenter Bursche, etwas klein für sein Alter und mit einem scharfen, ziemlich listigen Ausdruck im Gesicht. Mit größter Bereitwilligkeit ließ er sich vernehmen und war ein wenig enttäuscht, als er in seiner dramatischen Schilderung der Vorgänge des verhängnisvollen Abends unterbrochen wurde.

„Du warst also auf der anderen Seite der Brücke, wie ich höre“, sagte Sir Henry. „Jenseits des Flusses, vom Dorf aus gesehen. Hast du dort jemanden gesehen, als du über die Brücke gingst?“

„Da war jemand, der im Wald spazierenging. Mr. Sandford war es, glaube ich, der Architektenherr, der das verrückte Haus baut.“

Die drei Männer blickten sich gegenseitig an.

„War das etwa zehn Minuten, bevor du den Schrei hörtest?“

Der Junge nickte.

„Hast du sonst noch jemanden gesehen, vielleicht auf der Dorfseite des Flusses?“

„Auf der Seite kam ein Mann den Pfad entlang. Er ging ganz langsam und pfiff vor sich hin. Es hätte Joe Ellis sein können.“

„Du konntest ihn doch unmöglich erkennen“, sagte der Inspektor mit scharfer Stimme. „Es war ja fast dunkel und so neblig.“

„Es ist wegen des Pfeifens“, erwiderte der Junge. „Joe Ellis pfeift immer dieselbe Melodie – die einzige, die er kennt.“

„Jeder kann schließlich eine Melodie pfeifen“, meinte Melchett. „Ging er auf die Brücke zu?“

„Nein, in entgegengesetzter Richtung, nach dem Dorf zu.“

„Ich glaube nicht, daß wir uns mit diesem Unbekannten zu befassen brauchen“, erklärte Melchett. „Du hörtest also den Schrei und das Aufklatschen und sahst wenige Minuten später die Leiche flußabwärts treiben. Dann bist du, um Hilfe zu holen, zur Brücke gerannt, hast sie überquert und den direkten Weg zum Dorf eingeschlagen. Hast du dabei irgend jemand in der Nähe der Brücke gesehen?“

„Ich glaube, es waren zwei Männer mit einer Schubkarre auf dem Flußpfad; aber sie waren etwas weiter weg, und ich könnte nicht sagen, ob sie gingen oder kamen, und Mrs. Giles' Haus lag am nächsten. Also bin ich dorthin gelaufen.“

„Hast deine Sache gut gemacht, mein Junge“, lobte Melchett. „Du hast sehr lobenswert und mit großer Geistesgegenwart gehandelt. Du bist wohl ein Pfadfinder, wie?“

„Ja, Sir.“

„Sehr gut. Wirklich sehr gut.“

Sir Henry war schweigsam – in Gedanken versunken. Er zog einen Zettel aus der Tasche, warf einen Blick darauf und schüttelte den Kopf. Es schien nicht möglich – und doch ...

Er hielt es für angebracht, Miss Marple einen Besuch abzustatten. Sie empfing ihn in ihrem hübschen, etwas vollgepfropften altmodischen Salon.

„Ich bin gekommen, um Bericht zu erstatten“, begrüßte er sie. „Leider sehen sich die Dinge von unserm Standpunkt aus nicht rosig an. Sie sind im Begriff, Sandford zu verhaften, und ich muß sagen, ihre Handlungsweise erscheint mir richtig.“

„Sie haben dann also nichts entdeckt, das – wie soll ich sagen – meine Theorie unterstützt?“ Sie blickte ganz perplex drein, auch etwas besorgt. „Vielleicht habe ich mich geirrt, sehr geirrt. Sie haben eine so große Erfahrung. Sie würden es bestimmt herausgefunden haben, wenn es sich so verhielte.“

„Einmal kann ich es kaum glauben“, sagte Sir Henry. „Und zum andern stehen wir einem unantastbaren Alibi gegenüber. Joe Ellis hat den ganzen Abend an einem Schrank in der Küche gearbeitet, und Mrs. Bartlett hat dabeigestanden und ihm zugesehen.“

Miss Marple beugte sich schnell atmend vor.

„Aber das kann ja nicht sein“, erklärte sie. „Es war doch Freitag abend.“

„Wieso Freitag abend?“

„Freitag abend liefert Mrs. Bartlett doch die fertige Wäsche bei den verschiedenen Kunden ab.“

Sir Henry lehnte sich im Sessel zurück. Er dachte daran, was Jimmy erzählt hatte von dem pfeifenden Mann und ... Ja, es schien alles zu passen.

Er erhob sich und drückte Miss Marple warm die Hand.

„Ich glaube, ich weiß jetzt, wie ich vorgehen muß. Wenigstens kann ich mein Heil versuchen ...“

Fünf Minuten später war er wieder bei Mrs. Bartlett im Hause und saß Joe Ellis gegenüber in der kleinen Stube mit den vielen Porzellanhunden.

„Sie haben uns belogen, Ellis, wegen gestern abend“, sagte er in bestimmtem Ton. „Zwischen acht und halb neun haben Sie nicht in der Küche an der Anrichte gearbeitet. Man hat Sie auf dem Flußpfad gesehen, und zwar wenige Minuten bevor Rose Emmott ermordet wurde.“

Der Mann rang nach Luft.

„Sie ist nicht ermordet worden – bestimmt nicht. Ich habe nichts damit zu tun. Sie hat sich selbst ins Wasser gestürzt. Aus Verzweiflung. Ich hätte ihr kein Haar auf dem Kopf gekrümmt – bestimmt nicht!“

„Warum haben Sie uns denn belogen?“ fragte Sir Henry scharf.

Dem Manne wurde unbehaglich zumute, und er senkte den Blick.

„Ich hatte Angst. Mrs. Bartlett sah mich dort in der Gegend, und als wir hinterher hörten, was geschehen war – nun, da glaubte sie, es sähe vielleicht schlecht für mich aus. Da habe ich mir denn so gedacht, ich wollte sagen, ich hätte hier gearbeitet, und sie hat sich bereit erklärt, mir den Rücken zu decken. So eine wie sie gibt es nicht alle Tage. Sie ist immer gut zu mir gewesen."

Ohne ein Wort zu verlieren, verließ Sir Henry das Zimmer und marschierte in die Küche. Mrs. Bartlett stand gerade am Spültisch und wusch ab.

„Mrs. Bartlett", sagte er unvermittelt, „ich weiß alles. Ich glaube, Sie legen am besten ein Geständnis ab, oder Joe Ellis wird gehängt für eine Tat, die er nicht begangen hat . . . Ah! Ich sehe, daß Sie das nicht wünschen. Ich will Ihnen genau sagen, was geschehen ist. Sie hatten die Wäsche fortgebracht und waren auf dem Heimweg. An der Brücke trafen Sie Rose Emmott. Sie glaubten, sie habe Joe betrogen wegen dieses Fremden. Aber nun war sie schwanger, und Joe war bereit, ihr zu helfen, sie nötigenfalls zu heiraten, wenn sie ihn haben wollte. Er hat vier Jahre in Ihrem Haus gewohnt, und Sie haben sich in ihn verliebt. Sie wollten ihn für sich haben. Daher haßten Sie dieses Mädchen, konnten es nicht ertragen, daß dieses wertlose Frauenzimmer Ihnen den Mann fortnahm. Sie sind eine starke Frau, Mrs. Bartlett. Sie faßten das Mädchen bei der Schulter und warfen es in den Fluß. Kurz darauf trafen Sie Joe Ellis. Der Junge Jimmy hat Sie von weitem zusammen gesehen, doch in der Dunkelheit und dem Nebel hat er den Kinderwagen für eine Schiebkarre gehalten und angenommen, sie werde von zwei Männern geschoben. Sie haben Joe eingeredet, daß der Verdacht auf ihn fallen könnte, und ein Alibi für ihn ausgeklügelt. In Wirklichkeit war es aber ein Alibi für Sie! Das stimmt doch, nicht wahr?"

Er hielt den Atem an und wartete. Alles hatte er auf diesen einen Wurf gesetzt.

Sie stand vor ihm und rieb sich die Hände an der Schürze, während langsam ein Entschluß in ihr reifte.

„Es verhält sich so, wie Sie es geschildert haben, Sir", sagte sie schließlich in ihrer ruhigen, beherrschten Stimme (eine gefährliche Stimme, dachte Sir Henry plötzlich). „Ich verstehe nicht, was auf einmal über mich kam. Sie war so schamlos. Da konnte ich einfach nicht anders. Sie sollte mir Joe nicht nehmen. Ich habe kein glückliches Leben gehabt. Mein Mann war immer krank und verdrießlich. Ich habe ihn gepflegt und treu für ihn gesorgt. Und dann kam Joe zu mir als Mieter. Ich bin noch nicht so sehr alt, Sir, trotz meiner grauen Haare. Bin gerade vierzig geworden. Joe ist ein Mann, wie es unter tausend nur einen gibt. Ich hätte alles für ihn getan – aber auch alles! Er war wie ein kleines Kind, so sanft und so vertrauensvoll. Er gehörte mir, Sir, ich wollte für ihn sorgen. Und diese ... diese ..."

Sie schluckte und versuchte sich zu beherrschen. Selbst in diesem Augenblick war sie eine starke Frau. Sie richtete sich kerzengerade auf und blickte Sir Henry mit einer gewissen Neugierde an. „Ich bin bereit, Sir. Ich hätte nie gedacht, daß es herauskommen würde. Es ist mir rätselhaft, wie Sie es entdeckt haben."

Sir Henry schüttelte den Kopf.

„Nicht ich habe es entdeckt", sagte er, und er dachte an das Stück Papier, das noch in seiner Tasche ruhte und auf dem in sauberer, altmodischer Handschrift die Worte standen: *Mrs. Bartlett, bei der Joe Ellis wohnt. Mill Cottages Nr. 2.*

Miss Marple hatte wieder einmal recht gehabt.